볼 라 뇨 전 염 병
감 염 자 들 의 기 록

볼라뇨 전염병 감염자들의 기록

로베르토 볼라뇨를 위한 24편의 비평, 에세이, 오마주 작품들

신 미 경 옮 김

CYCLOCOSMIA III: ROBERTO BOLAÑO. NUIT, COUTEAU, DÉSERT

이 책은 실로 꿰매어 제본하는 정통적인 사철 방식으로 만들어졌습니다.
사철 방식으로 제본된 책은 오랫동안 보관해도 손상되지 않습니다.

이 책은 2010년 로베르토 볼라뇨에 대한 글로 엮어 낸
프랑스의 잡지 『시클로코스미아*CYCLOCOSMIA*』 3호의
내용과 국내 필진의 글을 함께 실은 책이다.
국내외의 작가, 비평가, 번역가, 그의 주변 인물들,
그를 사랑하는 팬들이 로베르토 볼라뇨를 주제로
작가론, 작품론 등의 비평과 더불어
그에 대한 에세이와 그의 작품을
모티브로 한 오마주 작품을 담았다.

차례

거울의 이면

쥘리앵 프란츠
Julien Frantz

조르주와 길다는 절친한 친구 사이였다. 그 둘은 스포츠와 비틀스, 바다와 자동차를 사랑했다. 또 서로에게 솔직히 고백하지는 않았지만, 둘 다 안나를 사랑하고 있었다. 각자의 감정에 대해서는 피차 짐작하고 있는 터였지만. 그들은 합의하에 젊은 여인에게 깜짝 선물을 해주기로 했다. 어느 날 저녁 안나를 집에 바래다줄 때 골동품 가게 진열창에서 본 아름다운 거울을 선물하기로 한 것이다. 안나는 이런 종류의 골동품을 몹시 좋아했고, 또 그 거울이 마음에 든다는 사실을 공공연히 털어놓은 적도 있었다. 조르주와 길다는 며칠 후 가게로 찾아가 거울 가격을 흥정했다. 장사치는 꽤 비싼 거울 가격에 대해 해괴한 이야기를 늘어놓았다. 그것은 상상조차 하기 힘들 만큼 아주 오래된 물건으로 범상한 거울이 아니라 꿈의 거울이라는 거였다. 동양의 한 마법사가 지닌 물건이었는데, 거울의 영은 모든 소원을 실현시켜 줄 힘이 있었다. 침대 가에 거울을 놓고 거울에 비친 자신의 모습을 똑바로 바라보면서 잠자리에 들기 전에 자신의 소원을 똑바로 읊으면 된다. 그러면 다음 날 아침에 소원이 실현된다. 그런데 매번 소원이 실현될 때마다 거울의 주인은 꿈속에서 완전히 정반대의 상황을 꿈꾸게 된다는 거였다. 소원을 빌기 전에 깊이 생각해 보라는 당부이죠, 하고 독감기에 걸린 듯한 조롱 어린 목소리로 장사치가 당부했다.

조르주와 길다는 장사치의 이런 허무맹랑한 요설 따위는 전혀 귀담아듣지 않고 거래를 매듭지었다. 거울 대금의 큰 액수를 지불한 사람이 조르주였던 만큼 안나에게 선물하기 전에 일단 거울을 가져갈 사람은 자연스럽게 조르주로 결정되었다. 두 사내는 거울을 조르주의 아파트 침실에 가져다 두었다. 잠자리에 들기 전 조르주는 갑자기 장난기가 발동했다. 약간은 실낱같은 희망에 들뜬 것도 사실이었다. 그는 거울 속 자신의 영상을 냉정하게 바라보면서 이렇게 읊조렸다. 「안나가 나를 열정적으로 사랑했으면 좋겠다.」

조르주와 길다는 경쟁자였다. 두 사람 모두 독서와 롤링 스톤스, 등산과 트레킹을 좋아했다. 게다가 두 사람 모두 안나를 좋아하고 있다. 물론 이 문제에 관한 한 상대방의 의도나 감정은 익히 잘 알고 있는 터였다. 젊은 여인의 호의를 얻을 심산으로, 어느 날 아침 그녀를 직장에 바래다줄 때 안나가 골동품 가게 진열창에 걸려 있던 거울을 마음에 들어 하자 그녀에게 선물해야겠다는 마음을 두 사람 모두 품고 있었다. 가게에 먼저 도착한 사람은 조르주였지만, 길다가 훨씬 더 돈이 많았고 필요하다면 어떤 거액이라도 지불할 용의가 있었다. 게다가 장사치는 두 사내 사이에 경쟁을 붙여 가격을 계속 올려 부르면서 거울의 기원에 대해 끔찍하고 어리석기 짝이 없는 전설을 들려주었다. 그 거울은 예전에 아메리카 인디언 마법사의 물건이었는데, 모든 소원을 들어줄 수 있는 마법의 힘이 있으나, 거울의 소유자는 매일 밤 그가 소원했던 것과 정반대의 상황을 꿈꾸게 된다는 거였다. 길다보다 더 높은 가격을 제시할 수 없었던 조르주는 마음이 상하기도 했고 분하기도 했지만 어쩔 수 없이 길다에게 거울을 양보할 수밖에 없었다. 집으로 돌아와 침대에 털썩 드러누운 조르주는 분노의 눈물을 흘렸다. 〈안나가 나를 사랑한다면!〉 조르주는 마침내 울음을 터뜨렸다.

이튿날 조르주는 이른 시간 잠에서 깼다. 기분이 이상했다. 지난밤의 뒤숭숭했던 꿈이 너무나도 또렷하게 머리에 떠올랐다. 이토록 생생한 현실처럼 느껴지는 꿈을 꾼 것은 처음이었다. 그는 침실 반대편 거울에 비친 자신의 모습을 물끄러미 응시했다. 거울은 넋이 나간 듯한 조르주의 눈빛을 되비치고 있었다. 조르주는 아침을 먹고 자리에서 일어나 옷을 입었다. 아침나절에 그는 어떻게 안나에게 거울을 선물할 것인가를 의논하기 위해 길다에게 전화할까 생각해 보기도 했다. 그때 마침 전화벨이 울렸다. 안나였다. 평소 침착했던 안나의 어조는 어딘가 억제된 감정을 노출시키고 있었으며 나지막이 떨리고 있었다. 그녀는 조르주에게 그날 저녁 그녀의 집에 저녁 식사하러 오라고 초대했다. 아니, 길다와 함께 올 필요는 없어요. 당신만 오면 돼요. 전혀 예상치 않았던 초대에 한껏 달아오른 조르주는 바로 초대를 받아들였다. 안나의 한 마디 한 마디가 커다란 환희의 파도처럼 그에게 밀려들었지만, 새하얀 포말로 부서지는 그 물결 끝자락에는 일말의 불안감이 배어 있었다. 자신의 행운에 반신반의하면서 조르주는 저녁 8시에 안나의 집을 찾아갔다. 그들은 식전주를 마실 시간조차 없었다. 여러 시간 동안 열정적인 사랑의 맹세를 주고받으며 쉬지 않고 사랑을 나눴던 것이다. 그러나 자정 조금 전, 막 잠들려는 순간에, 뭔가 중요한 일이 불현듯 떠오른 사람처럼 조르주는 단번에 자리를 박차고 일어났다. 그는 두서없는 변명을 늘어놓으며 그녀의 집에서 밤을 보낼 수는 없고 다음 날 아침 일찍 전화하겠다고 말했다. 약속할게요. 자기야, 잘 자. 내 사랑, 당신도 굿 나이트. 좋은 꿈 꿔요.

미열에 들뜬 상태로 조르주는 집으로 돌아와 거울 앞에 우뚝 섰다. 그녀가 먼저 그를 껴안을 때까지 그런 일이 가능하리라고는 상상조차 못했었다. 그런데 그렇게 된 것이다. 이렇게 엄청난 반전을 어떻게 설명할 수 있을까? 평소에는 몹시도 소극적이던 안나가! 믿기 힘든 얘기긴 했지만 장사치가 들려준 일화는 진실이었던 것이다. 사태를 정확하게 파악하기 위해서 조르주는 거울에 비친 자신의 영상에 똑바로 눈을 맞추고 다음과 같은 소원을 읊었다. 「일을 전혀 하지 않아도 될 정도로 부유해지고 싶다.」

그리고 그는 잠들었다.

그가 잠에서 깨어났을 때 침대 시트는 온통 갈기갈기 찢겨 있었고 눈물과 땀으로 흥건히 젖어 있었다. 조르주는 마치 온밤을 서서 새운 사람처럼 고단하고 기진맥진했고 전날의 일을 기억하려 했지만 그게 꿈이었는지 진짜 기억인지조차 분간할 수 없었다. 견고한 그의 정신에 불확실성이라는 미세한 균열이 새겨지면서 그는 엄청난 혼란에 사로잡혔다. 정말 너무 바보 같은 짓이었어! 꿈을 꾸고 있다는 느낌은 조금도 들지 않았다. 모든 게 너무나 생생했다. 그는 저녁에 안나와 황홀한 사랑을 나눈 후 거울의 마법적 속성을 확인하려고 서둘러 자기 집으로 돌아왔다. 그런데 밤새도록 울었다는 느낌이 집요하게 그를 괴롭히는 건 어째서일까? 게다가 그 거울은 어디 있는 거지? 사태를 통제하려는 노력에도 불구하고 조르주의 의식의 균열은 점차 간극을 넓혀 갔다. 끔찍한 의혹에 사로잡힌 그는 안나에게 전화를 걸었다. 그러나 수화기 건너편에서 젊은 여인은 냉정하다 못해 무례할 정도였다. 이렇게 이른 시간에 사람을 깨워도 되는 거예요? 조르주가 전날 밤에 했던 약속을 지키기 위해서 전화했다는 어설픈 변명을 늘어놓는 동안, 안나의 목소리 말고 안나에게 달콤한 말을 속살대는 남자의 음성이 들려왔다. 수화기 저편에서 그들의 대화는 숨죽여 지속되었고, 갑자기 톤이 바뀌더니 안나가 비명을 질러 댔다. 그만, 제발 그만해! 간지럽단 말이야! 거두절미하고 전화가 끊어지기 직전, 조르주는 수화기 저쪽에서 들려오는 의기양양한 길다의 목소리를 알아들을 수 있었다. 벅차오르던 희망에서 일순간 절망의 나락으로 내동댕이쳐진 조르주는 하루 종일 꼼짝 않고 더러운 침대 시트에 누워 있었다. 자리에서 일어날 수도 없었고 다시 잠들 수도 없었다. 해가 저물자 안나와 길다가 전화를 걸어 조르주를 약올리며 비웃었고, 그들이 그날 하루를 어떻게 보냈는지 세세하게 이야기해 주었다. 고통과 번민으로 상심한 조르주는 어떻게 이 모든 일이 가능할 수 있는지 납득하려 하면서 그들이 들려준 그 모든 이야기에 주의 깊게 귀를 기울였다. 들을수록 두렵고 소름 끼치는 이야기가 아닐 수 없었다. 평소에 안나의 성격은 선함 그 자체 아니던가! 이건 악몽이야. 곧 꿈에서 깰 거야. 그러나 오히려 그와는 정반대로 그런 생각을 떠올리자마자 그는 이내 잠들고 말았다.

힘들게 잠에서 깼을 때 조르주는 무수한 의혹과 두려움에 사로잡혀 호사스러운 자신의 침실을 망연자실한 눈길로 훑어보았다. 이른 시간에 전화해서 미안하다며 족히 15분 동안 사과를 늘어놓았던, 애정이 담뿍 담긴 안나의 전화를 받은 뒤였다. 그는 화려한 침구 위에 앉아 이 상황을 이해하고자 했다. 의심의 여지 없이 그것은 마법의 거울이었을 뿐 아니라, 장사치가 예언했던 대로 거울 속의 꿈과 현실은 완전히 전도된 대칭 상태로 작동했다. 하지만 간과할 수 없는 중요한 문제 하나가 남아 있었다. 조르주는 꿈들이 그 정도로 생생한 리얼리즘의 효과를 내리라고는 상상하지 못했던 것이다. 게다가 그렇게 생각하는 와중에도 그는 자신이 꿈꾸고 있는 것은 아닌지 확신할 수조차 없었다. 결국 유일한 해결책은 그 무엇이 되었든 소원을 빌어서는 안 된다는 결론이었다. 근거가 있든 없든 길다에 대해 미칠 듯한 분노에 사로잡힌 조르주로서는 당장이라도 거울의 마법을 길다에게 쓰고 싶었지만 각고의 노력을 기울여 그 욕구를 가까스로 통제할 수 있었다. 어떤 식으로든 후회할 결과를 초래할 수 있기 때문이었다. 그의 꿈속에서 최선의 경우, 거울은 길다에게 유리한 방향으로 조르주 자신에게는 불운이 되어 되돌아올 것이고, 최악의 경우 길다의 불행을 염원한 이에게 똑같은 불행이 떨어질 수도 있었다. 앞으로는 거울을 사용할 때 신중에 신중을 기해야 할 것이다. 거울의 마법적인 상호 대칭성 원리에 따라 경제적 풍요함을 빌었던 조르주로서는 다음에 눈을 뜰 때 가장 끔찍한 물질적 결핍을 맛보리라는 것을 예상할 수 있었다. 한 번 더 그는 더욱 신중해지기로 다짐했다.

그렇게 신중해지자 했건만 조르주는 절제력을 잃어버렸다. 매일같이 새롭게 이루고 싶은 초조한 욕망들이 뇌리를 사로잡아서 거울의 마법에 의지하지 않을 수 없었던 것이다. 그러나 정작 중요한 문제는 그게 아니었다. 정말 심각한 문제는 얼마 지나지 않아 꿈을 꾸고 있는 상태와 깨어 있는 상태를 구별하지 못하게 되었다는 점이었다. 언뜻 생각하면 꿈과 현실을 혼동한다는 것은 불가능해 보이겠지만 조르주의 현실이 정말 비약적으로 승승장구했던 만큼, 꿈과 현실 사이에 어떻게 명쾌한 경계를 적용할 수 있었겠는가? 논리적으로 따지면 꿈속에서는 불행해야 했고 현실 속에서는 행복해야 했지만 그가 심사숙고 끝에 소원했던 대다수의 일들은 일정 기간이 지나고 나면 불쾌한 고민거리로 변했다. 예를 들면 조르주에 대한 안나의 열정적인 사랑은 곧 병적인 질투심으로 변질되어 매일같이 그를 괴롭히고 숨 막히게 만들었다. 재정적 풍요로움은 주변에 파렴치한 모리배들만 가득 끌어들였고, 국세청이 거의 종교 재판 수준으로 징세에 열을 올리게 만들었던 것이다. 유명해지고 싶다는 소원은 평화로웠던 그의 일상에 종말을 고했다. 처음의 막연한 이상에 한껏 취해서 시작했던 정치 활동은 종국에 이르러 무수한 사람들로 하여금 그를 침묵에 찬 증오심으로 대하게 만들었다. 거울을 소유하고 있다는 것 자체가 현실과 꿈을 구별하는 하나의 충분한 지표가 될 수도 있었을 것이다. 자신의 기억을 믿을 수 있는 한, 그는 먼저 거울을 샀고, 첫 번째 소원을 빌었고, 길다가 거울의 주인이 되는 꿈을 꾸었다는 것을. 그러나 만약 거울의 마법이 만사를 역전시키는 것이라면, 애초부터 원인과 결과를 뒤바꿔 놓았던 것은 아니었을까? 게다가 거울의 마법에는 단순히 꿈과 현실을 바꾸는 역전의 마법 그 이상으로 무엇인가 정신적인 사악함이 깃들어 있었다. 곧 조르주는 용어상의 문제에 봉착하게 되었다. 기하학이나 대수학의 용어들이 대상을 정확하게 지칭하는 것과는 정반대로, 대립되거나 모순된 개념들의 쌍들이 그의 일상 화법에 출현하기 시작했다. 모호해 보이지 않기 위해서 극도로 엄밀한 언어를 구사했지만, 그가 이런 결론에 도달했을 때 조르주는 이미 너무 많은 소원과 반대의 소원들을 남발했던 탓에 어떻게 그 상황을 헤쳐 나와야 할지 분간조차 할 수 없었다.

때로는 거울이 독자적인 의도로 작용하는 것 같기도 했다. 그는 모든 남자들이 여자들이 되고, 또 그 반대의 현상도 벌어지는 세상에서 깨어난 적도 있었다. 비록 짧은 기간이긴 했지만, 그와 동시대 사람들이 모조리 사라지고 모든 사자(死者)들, 인류라는 종족이 등장한 이후 그 수를 헤아릴 수도 없는 사자들이 득실대는 세상에서 살아 본 적도 있었다. 어떤 때는 완전히 빛이 차단되고 무거운 침묵이 내려앉은 공간 속에서 잠이 깨기도 했는데, 의식은 있되 오로지 촉각과 미각, 후각만 느낄 수 있었다. 시간이 거꾸로 흐르는 세상이었다. 소리의 파동과 빛의 파동이 그것들의 기원을 향해 무한히 역류하는 까닭에 무엇이 되었든 들을 수도 볼 수도 없는 세상. 꿈들이 시각적인 연속성을 띠는 일은 드물었고, 조르주는 그 명백한 불연속성을 통해 자신이 꿈꾸고 있음을 확인할 수도 있었을 테지만, 그러나 다시 한 번 더, 현실 자체가 엄청나게 변화한 탓에 이러한 인과론적 추론도 아무런 쓸모가 없었다. 그는 자신의 어휘들 중에서 〈낮〉과 〈밤〉, 〈꿈〉과 〈현실〉이란 단어를 마침내 추방해 버렸다. 확실한 사실은 단 한 가지, 그가 거울의 주인인 세상에 존재하거나 적어도 거울의 주인이 아닌 또 다른 세상에 존재한다는 거였다.

조르주는 치밀하게 해결책을 마련했다. 한번은 절대 잠들지 않겠다는 소원을 빌기도 했지만 그것은 지킬 수 없는 허망한 기원에 불과했다. 그는 격렬한 환각과 광기에 들뜨게 되었고 그의 일상 자체가 이미 놀라울 정도로 환상적인 것이 된 이상, 여전히 꿈과 현실을 구별하기란 불가능했다. 또 한번은, 진짜로 꿈을 꾸었던 꿈에 대한 고통스럽고 강렬한 향수에 시달려, 꿈꾸는 노예들의 하렘을 만들어 내기도 했다. 수십 명의 남자와 여자 노예들이 그를 대신해서 꿈을 꾸고 그들의 꿈을 그에게 이야기해 주는 임무를 맡게 된 것이다. 그 꿈들은 셀 수 없이 무수했다. 그리하여 조르주는 그 모든 꿈들을 글로 기록하고 정리하고 분류하는 일을 맡은 서기들의 집단을 만들었다. 어떤 꿈들은 그가 예전에 꾸었던 꿈들과 흡사했고, 또 어떤 꿈들은 완전히 새로운 것들이기도 했다. 점차 그의 뇌리에 새로운 아이디어 하나가 자리 잡았다. 세상에 존재하는 모든 꿈들의 목록을 작성하겠다는 것. 그 리스트가 완성된다면 그는 그가 처한 상황이 꿈인지 아닌지를 알게 될 것이며, 그가 깨어 있는 상태인지 잠든 상태인지 마침내 구별할 수 있지 않겠는가. 이 거대한 기획을 완수하기 위해서 전 세계의 인구가 꿈꾸는 자들과 서기들로 나눠졌고, 그들은 일하면서 꿈을 꾸고 꿈을 꾸면서 일하게 되었다. 때때로 조르주 자신이 커다란 책 받침대에 서서 몽상가들의 이야기를 꼼꼼하고 세심하게 베끼는 일을 하기도 했지만, 그렇게 하면서도 그 일이 현실이 아닌 환영 속에서 자기 몫이 아닌 소박한 즐거움을 누리고 있는 것인지, 아니면 조르주의 역전된 동료, 길다가 되었든 다른 누군가가 되었든, 모든 꿈을 목록화하라고 명령한 불쌍하고 넋 나간 어떤 폭군의 지시를 자신이 따르고 있는 것인지 구분할 수는 없었다. 분명한 것은, 그것은 무한한 노력을 요하는 작업이었지만 거울의 마법 덕분에 조르주는 그것을 완성할 수 있는 무한한 시간을 누리는 것이 가능했다는 점이다. 그렇게 그는 모든 꿈들의 총람을 요구했고, 그 무한한 총체를 빨아들일 수 있는 무한한 에스프리를 갖게 해달라고 소원했다.

바로 그 순간이었다. 순식간에 조르주와 거울을 제외한 모든 것이 자취를 감췄다. 아롱거리는 희미한 미광 속에서 두 번째 거울 하나가 마치 자기(磁氣) 부상하듯 허공을 우아하게 떠돌다가, 첫 번째 거울의 맞은편에 서서히 윤곽을 드러냈다. 첫 번째 거울은 과거의 영상을, 두 번째 거울은 미래의 영상을 비추고 있었다. 마주 본 형상의 두 개의 거울은 가능한 세상의 모든 이미지들을 무한히 서로 되비치고 있었다. 조르주는 그 두 개의 표면 사이에 재빠르게 끼어들어 자신의 미래와 과거가 담긴 무수한 이미지들을 바라보았다. 영상들이 무한히 증식하면서 서로 뒤엉켰고, 두 개의 거울이 점차 가까이 좁혀 들더니 조르주를 짓누르기 시작했다. 빛 그 자체가 불타오르듯 강렬한 광채를 발했고, 이글거리는 광휘를 발하는 두 거울의 입맞춤 사이에서 완전히 짓이겨진 조르주는 견디다 못해 손으로 눈을 가렸다. 그가 거울을 통과한 것이 아니었다. 거울들이 그를 가로질렀던 것이다. 온몸의 세포 조직을 통해 조르주는 자신이 어마어마한 변신에 들어섰음을 느낄 수 있었다. 아니 좌우 대칭 상태에 이르렀다고 할까. 그는 앞을 보지 못한 채 더듬거리며 탈출구를 찾으려고 했다. 빛의 광채는 점차 수그러들었고 그는 마침내 눈을 뜰 수 있었다.

이윽고 지금까지 한 번도 보지 못했던 풍경이 눈이 들어왔다. 그것은 현실일까? 그는 그가 보유한 무한한 기억의 저장소를 떠올리면서 현실과 흡사한 세상을 발견했지만, 한 가지 작은 세부 사항이 그에게 현실이 아닌 다른 세계를, 완전히 또 다른 세계를 연상시켰다. 한참 동안 그 세상을 관찰하면서 그는 그 세계가 자신이 꿈속에서 목록화했던 그 어떤 세상과도 일치하지 않는다는 결론을 내렸다. 그것은 이 세상도 저 세상도 아니었고, 지옥도 아니고 천국도 아닌, 그 어떤 것과도 닮지 않은 곳이었다. 그것은 꿈속의 현실도, 현실 속의 꿈도 아닌, 〈꿈 현실〉이었다. 꿈들의 무한한 총체가, 알 수 없는 또 다른 무한한 총체에 의해 초월되었음을 그는 마침내 깨달을 수 있었다. 그리고 꿈이 갖는 마법적인 반대 효과로 인해 현실들도 무한히 증폭될 것이라는 것도. 조르주가 애초에 저질렀던 실수는 하나의 연속적인 현실이 존재한다고 믿었던 거였다. 그러나 무한한 시간이 흐른다 해도 그는 자신이 원했던 것을 결코 얻을 수 없을 터였다.

그는 사태를 바로잡으려고 했다. 한 번 더 그가 보유한 거대한 꿈들의 기억 저장소를 떠올리면서, 그가 결코 꾸지 않았던 꿈, 거의 살아 보지 않았던 꿈을 기억하려 했건만, 자신의 존재를 망각하고자 하는 냉혹하고 헛된 시도를 벗어나지 못한 채 꿈들의 기억만이 쉬지 않고 떠오를 뿐이었다.

안나는 아름답고 우아했으며 미소 짓기 좋아하는 여인이었다. 모든 사람들이 그녀를 사랑했다. 그녀는 대부분의 시간을 노숙자들의 숙소에 머물면서 옷들을 분류하고 상처를 치료하고 음식을 준비하거나 노숙자들의 말에 귀 기울이는 데 보냈다. 안나는 사람들을 좋아했지만 정작 자신을 사랑하지는 않았다. 바로 그런 이유로 그녀는 자신의 시간을 남들을 위해 희생하고 있었다. 적어도 그렇게 하면 자기 자신에 대해 생각하지 않아도 되었으니까. 조르주와 길다는 실존 인물이 아니었다. 안나가 그들을 상상했을 뿐이다. 그러나 어느 날 안나는 그녀 방문 앞에서 직사각형 형태의 커다란 소포를 발견했다. 간단한 G자 서명이 있는 메모 한 장이 마법 거울의 다양한 용도를 설명하고 있었고, 거두절미하고 그 거울을 안나에게 선물한다는 내용이었다. 안나는 그녀의 텅 빈 침대 맞은편에 체경(體鏡)을 세운 후 자신의 영상을 바라보았다. 해독하기 힘든 문양들로 장식된 체경의 테두리 속에서 아름답지만 서글퍼 보이는 안나의 얼굴 위로 침묵에 찬 질문 하나가 떠올랐다. 너, 너는 무엇을 원하니? 그러나 안나는 벽을 향해 거울을 돌려놓고 침대에 몸을 던진 후 그 대답을 내뱉었다. 아무것도. 울먹이는 목소리로 그녀는 자신에게 고백했다. 전혀, 아무것도.

발명
관찰

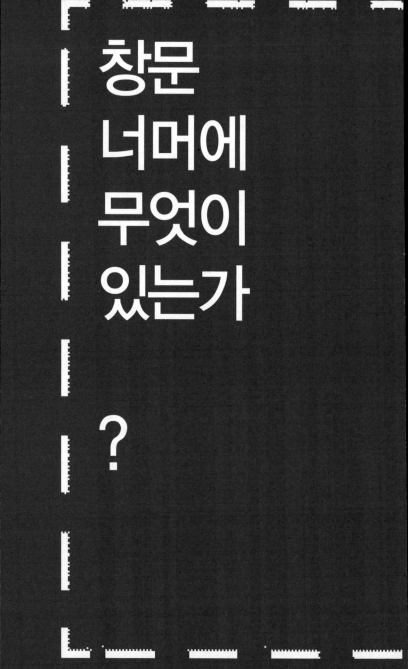

암초들

로베르토 볼라뇨를 추모하며

카를로스 엔데르손

Carlos Henderson

1940년 리마에서 출생한 시인. 페루, 프랑스, 멕시
코 등에서 살았으며, 1970년대 멕시코에서 로베르
토 볼라뇨를 만났다. 세사르 바예호 동호회 회장을
지냈다.

오늘 나는 세상을 찬양하고, 오늘 나는 어둠 속으로
도주하지 않는다
쫓아다니는 사냥개 무리를 나는 기꺼이 즐겁게 맞이하고
오늘 나는 먼지와 혼돈과 공감한다

쪽빛 실과 미풍 위에 균형을 잡고
재들의 천공 아래
발톱들이 테러의 아들, 짐승을 붙들어 움켜쥔다
아니, 그것은 전혀 정신의 훈련이 아니다
원초적 질문들은 피의 답변
공포의 얼굴을 씻는 답변

홀로 정체가 드러나는 어떤 것, 우리를 짓누르는 폭발 하나
그렇다, 비명 소리를 더욱 선명하게 만드는 또 다른 비명 소리
절대적 충만의 맥박 소리
왕실의 장미, 식욕
극단이 시초가 되는 무한

그 붉은 태양에 적응한다는 것은
밤부터 여명에 이를 때까지 깨우쳐지는 게 아니다
버림받은 늦은 시간들의 가장 깊은 곳으로부터
그것을 배울 뿐

무엇을 깨닫는 것일까?
산 자들은 심연의 아가리 속에서 생을 살게끔 던져졌다는 것

헤르만을 위한
부스러기들

델핀 메를랭짐머
Delphine Merlin-Zimmer

이론들을 고분고분하게 받아들이지는 않지만 온
갖 종류의 예술에는 진지하게 집착하는 정신과
의사.

46번

사물 몸체의
내부는
곰팡내를 압축하고 있다

진실이 뒤흔드는

사물 몸체의
내부는
액체가 배어 나오고, 사물을 방울방울 떨어뜨린다
그것을 건드린다면

나는 짓누르고 쥐어짜고 뒤섞고 분출한다:
아름다움이란 없다
아니, 아니, 아니, 아니
돌이키기에는 돌이킬 길 없는

몸체의 사물의
외부는
네가 힘들게 위장해야 하고
내가 숨 가쁘게 봉합해야 하는
먹어 치워야 할 식량의 이면일 뿐이다.

2번

시간이 파 들어간
공허함으로
공포가 가중된다.

4번

너무, 너무 적다.

사랑과 부재로,
   사고는
미래의 희망을 분리한다
희망 없음의 기도가
분리한다.

577번

후려칠 야수에게
경박하게 흐르는 샘에게
침묵하는 후렴에게
나는 여자 악귀를 반쯤 빨아 댄다

나 자신의 이면에
선망하는 암짐승에게

나는 여자 악귀를 반쯤 빨아 댄다
지배당한 악의 근원에
거대하고 격렬한 경멸 속에서
나는 여자 악귀를 반쯤 빨아 댄다.

53번

까칠한 식물의 줄기 위로
퇴짜 맞은 가늘고 섬세함
(거칠게 콧숨을 내뿜는 틀과 순응하는 노력)
우아한 질책
(모성적인 모성애, 광적인 윤내기)
애매모호한 사랑
상호성.

269번

흉악하게 흘기는
애꾸눈
시선을 좇아
어느 날 풍요로움이
자신의 공감을 발전시킨다

내부에서 우글거리는
광범위한 우글거림

즉각적으로 타오르기
나팔처럼 벌어지기
하나의 풍경이 웅크려 들고
내장들이 도처로 흩어진다.

121번

정지된 잔디들의
갑작스러운 비상(飛上)은
성가신 것이고 과거를 연상시키는 것이다:
이곳에서 저곳으로
세로로 쪼개지는 드라마.

8번

거의 동의하지 않았지만
동물은 입을 다문다
나는 그것의 옆구리에
내 옆구리가 부딪히기를 기대하며
그것의 열기를 찾는다.

17번

그것에는 얼굴 아닌 낯짝이 있어서,
그 낯짝을 잃는다면 다시는 회복하지 못할 것이다.

13번

한 방향의 찡그림은
할 수 있는 만큼
명성을 단칼에 베어 버린다.

35번

문 발치에
어제 갖다 놓고
내일도 그 자리에 있을
불신 하나가 쓰러져 있다.

3번

허브들 아래 놓인 오솔길에서
작은 운명들이
서로에게 속내를 털어놓지만
대낮의 태양이 애착을 느끼는 미묘한 뉘앙스에는 무지하다

우유부단함이 밀어붙이고
방향을 잡아 주고, 노발대발 격노하는
무한한 물결로
존재들이 퍼져 나간다

그늘진 곳 옆구리 위로
느린 서사시들이
노련한 필사생이 되어
상실의 구경(口徑) 틈새를 넓히고 있다

우아한 옷차림 없이
사랑은
사랑을 간직하고자, 간직하고자 하는
커다란 노란색 그물망 속에서 헛되이 힘을 소진해 간다

아스팔트 위로
말[馬]들의 희미한 오류에서 나온 도끼가
포행(匍行)성의 미광을 발하는 흩어진 단어들에게
격렬하게 반항하며 솟구친다.

67번

불안이 조율의 기준음을 낸다
권태가 불안을 내버린 그곳에서.

21번

죽음이 서서히 자극한다
산 자의 가슴속에서
투쟁이 고갈되어 가는

느린
경사면.

481번

묵직하게 덮인
우유 크림 균열
내부의 거대한 사막으로부터 고립된,
사랑으로 묵직해진 밤

얼굴을 내밀고 반쯤 구부린
끔찍한 기도상

우유
거품이 느리게 내려앉으며 먼저 그것을 살짝 스친다
사정없이
긁어내고 잘라 내야 할 불규칙적인 침전물들

끝장난 중복적 배[腹] 위로
거품, 쓴맛, 주름
그 바닥없는 이중성이 하품을 한다
충족되지 않은 욕망의 까마귀들에게
벨벳 같은 과육에 메말라 버린
치욕스러운 나이의 귀환에

내 가슴 한가운데에서
건조한 감정의 유출은

더 이상 방울져 배어 나오지 않는다.

68번

가장자리의 가장자리는
지도의 절단면이 아니다.

35번

경박함을 통해 자기 사람들을 알아본다
나 같은 종족들이 다가오기만 하면
나는 그들 면전에 침을 뱉는다.

11번

고약한 냄새를 풍기는 거대하고 부패한 더러운 육신

나는 소유하고 있다

이미지들이 드러누워 있는
움푹 파인 곳 내부에서

톡 쏘는 맛/증발하는 액체들을 들이마신다.

위를 향한 진전
치명적인 것에서 그 안으로

뒤죽박죽으로 만드는 타자의 돌풍으로

타자는 악착같이 따라다니는 암컷
타자는 어리석은 암컷
물결을 위장한 표면

타자의 타자

타자는 나 자신으로부터 슬그머니 기어 나와
비틀거리는 소스라침으로부터
염색체의 상승을 악화시키고

내가 증오하는 거대하고 부패한 더러운 육신

줄 그어 지워 버리겠다는 생각
생각으로부터 줄 그어 지워 버리는 것

99번

나는 또 다른 기적에 귀를 기울인다.

cf. Droit de mutation:

a/

6.

Armes du fisc.

1

2

X

Raison de 60.

Portée de l'art 60

볼라뇨에 관한
두 가지 기억

오라시오 카스테야노스 모야

Horacio Castellanos Moya

1957년 살바도르에서 출생한 작가. 세계의 다양한
지역에서 살았으며 『혐오*El asco*』(2003), 『정신착
란*Insensatez*』(2006) 등의 많은 작품을 발표했다.

「II. 자살 공병 가이드」 부분은
2003년 7월 23일 멕시코의 일간지
「레포르마」에 처음 실린 것이다.

I. 한 산문이 갖는 힘

내가 『야만스러운 탐정들』을 읽은 것은 한가롭게 독서에 매진하기에는 참으로 부적절한 상황이었다. 2000년 5월경이었는데, 반세기 넘게 멕시코를 지배해 왔던 제도혁명당PRI과 마침내 끝장을 내는 〈세기의 선거〉가 열리기 몇 주 전이었던 것이다. 당시 나는 다섯 개의 정기 간행물을 보유하고 있는 동업 조합 회사에서 선거전을 진두지휘하는 언론 취재 팀 총괄 책임자 중의 한 사람으로 일하고 있었다. 매일같이 수십 명의 기자들이 내 지시를 기다리고 있었고, 일주일 내내 아침 11시부터 자정이 훌쩍 넘은 시간까지 엄청나게 고된 일을 해야만 했다. 내가 로베르토 볼라뇨의 소설을 손에 든 것은 그런 악조건하에서였다. 집에 돌아오면 완전히 파김치가 되어 있었지만, 기자라면 누구나 갖고 있는 일종의 아드레날린이라고 할까, 아슬아슬하게 마감을 마치고 신문을 최종적으로 편집한 후의 후유증이라고 할까, 텔레비전 채널을 돌리다가 잠에 곯아떨어지는 대신 나는 볼라뇨의 책을 펼쳐 들었고, 놀랍게도 매일 밤, 매일 아침 그의 책을 손에서 놓을 수 없었다. 나는 볼라뇨의 산문이 지닌 강력한 힘과 마력에 매료되었고, 마치 목덜미를 잡아채듯 일체의 정치적 혼란으로부터 잠시 벗어나 그의 거대한 소설 속으로 정신없이 빠져들었다. 그 두꺼운 책을 다 읽으려면 며칠이 걸릴지 알 수도 없었다. 아마도 일주일 정도? 그러나 그건 전혀 중요하지 않았다. 정말 중요했던 것은 그 책을 다 읽기 위해서, 얼마 되지 않은 자투리 시간 동안 그것을 손에서 놓을 수 없었다는 사실이다. 새뮤얼 존슨Samuel Johnson이 셰익스피어에 대해 말했듯 〈모든 작가의 본질적 목적은 독자들의 지칠 줄 모르는 불안한 호기심을 일깨우는 일이고, 독자로 하여금 작품을 끝까지 읽게 만드는 일이다〉. 참으로 나는 독자로서는 부적절한 사람이었지만, 그럼에도 불구하고 볼라뇨의 『야만스러운 탐정들』은 위의 목적을 전적으로 충족시킨 작품이라고 감히 단언할 수 있다. 진심으로 감사해야 할 일이었고, 나는 기회가 있을 때 그런 마음을 저자에게 전했지만, 그럴 때면 로베르토는 대화의 주제를 바꾸고 싶어 했다. 그는 다른 사람들의 책에 대해 말하기를 더 좋아했던 것이다.

II. 자살 공병 가이드

로베르토 볼라뇨의 유해는 2003년 7월 15일 화요일 아들인 라우타로의 손에 의해 블라네스 해변의 바다에 뿌려졌다. 블라네스는 바르셀로나에서 약 한 시간가량 기차를 타고 가면 도착하는 작은 해변 마을로, 독일과 프랑스의 수많은 노인 여행객들이 그들의 추레한 몸뚱이를 따뜻한 햇살로 일광욕하러 몰려드는 관광촌이다. 바로 그곳에서 로베르토는 오직 집필에만 열중하며 말년을 보냈다. 그가 블라네스로 가게 된 것은 순전히 우연한 선택이었다. 수년에 걸친 방랑 생활을 정리하고 어머니와 함께 장신구 가게를 하기 위해서였던 것이다.

로베르토에게는 편집광적인 면모가 있었다. 친구가 그를 찾아 블라네스를 처음 방문하게 되면, 로베르토는 그 친구에게 대중교통 시간표들과 도로 이정표들을 아주 구체적이고 세세하게 설명했고, 시내 외곽에 있는 마지막 기차역에서 내린 후 그가 미리 알려 준 버스에 올라타면 그가 일러 준 정거장에 내리지 않을 수가 없었다. 마치 망이라도 보고 있던 것처럼 로베르토가 바로 그 시간, 그 자리에 모습을 드러내고 있었으니까.

망보기, 그렇다. 로베르토가 문학과 관련된 모든 것에 대해 취했던 자세가 망보기였다. 그는 세상에 존재하는 모든 책을 다 읽은 고삐 풀린 광인 같았고, 쉬지 않고 줄담배를 피우면서 하루에 짧게 몇 시간만

잠을 잤다. 블라네스 시내에 있는 아파트에 모든 책을 보관할 수 없어서, 그는 원룸 하나를 빌려 꽁꽁 틀어 잠그고, 아침 전화벨 소리에도 아랑곳 않고 일체의 오락에는 전혀 눈 돌리지 않은 채 거기에서 아침부터 점심때까지 오직 책을 읽고 책을 쓰는 일에만 골몰했다.

사람들은 로베르토가 이단아이자 선동가라고 말하곤 한다. 그러나 선동 그 자체를 위한 선동이나, 앙팡테리블 같은 제스처는 볼라뇨와는 전혀 상관없는 것이다. 자신의 의견을 개진하는 데 있어서 로베르토는 진지한, 극도로 진지한 인물이었다. 그가 심사를 맡았던 한 문학상에 대해 이야기하면서 그는 〈우리 지식인들의 수준은 우리 정치 지도자들의 수준과 동일하다〉라고 내게 써 보낸 적이 있다. 그는 진지하고 비타협적인 사람이었다. 마음에 들지 않는 것은 마음에 들지 않는다고 대놓고 말했고, 정치적 대의 같은 문제는 똥 덩어리처럼 취급했다. 한번은 그가 중남미 문학의 거장들을 언급하면서 내게 이렇게 썼다. 〈이 거물급들과 어울리기 위해서 유일하게 필요한 것은 거창한 타이틀이에요. (……) 당신이 생각하는 남미 문학의 메이저리그란 바르가스 요사Vargas Llosa, 가르시아 마르케스García Márquez, 푸엔테스Fuentes나 또 다른 익룡들이 지배하는, 거미줄이 잔뜩 낀 낡아 빠진 회원제 클럽일 뿐입니다.〉

그는 과장 화법을 즐겨 썼고, 성격상 타협이란 게 애초부터 불가능한 인물이기도 해서 그가 로물로 가예고스상을 수상하게 되자 이의를 제기했던 앙헬레스 마스트레타Ángeles Mastretta를 매우 신랄하게 공격하기도 했다. 어느 날 나는 로베르토에게 엘살바도르의 국민 요리인 푸푸사의 문제점을 지적한 내 작은 책 한 권을 보낸 적이 있었다. 그의 답변은 단호했다. 〈그 어떤 핑계를 대도 내가 동의할 수 없는 한

가지는 푸푸사에 대한 당신의 평가예요. 1973년 엘살바도르에 머물렀을 때 나는 푸푸사 요리를 높게 평가했고 다양한 장소에서 많이 먹었어요. (……) 그 후 푸푸사 요리가 변했을 수는 있겠지만 난 그렇다고 생각하지 않습니다.〉

로베르토 볼라뇨의 기를 꺾을 만한 일은 거의 없었지만, 예외라면 아마 멕시코로 귀환하는 일일 것이다(〈내 유령들이 그 끔찍한 도시로 나를 인도할 즈음에는 우리가 멕시코에서 만나겠지만, 나로서는 스페인에서 만나는 것이 더 좋을 겁니다〉라고 그는 내게 말했다). 몇몇 사람들은 『야만스러운 탐정들』이 볼라뇨의 가장 위대한 작품이라고, 아니 적어도 우리 세대 최고의 소설이라고 믿었을지 모르지만, 그는 곧 더욱 야심적인 문학적 기획, 『2666』이라는 거대한 미완성 소설에 뛰어들었다. 『2666』은 시우다드 후아레스에서 일어난 여인들의 살육을 다룬, 〈시우다드 후아레스의 범죄가 검은 광채로 번득이는 수천 페이지〉짜리 작품이다.

볼라뇨의 사망 소식이 신문지 상에 오르내리고 있는 요즈음 그는 외로운 은자였고 접근 불가능한 인물이었다고 쓴 것을 어디선가 읽은 적이 있다. 한곳에 정착해서 글을 쓰는 작가들은 모두 외로운 은둔자지만, 적어도 내가 볼 때 로베르토는 접근하기 힘든 사람은 아니었다. 언젠가 한번 블라네스 시내에 있는 그의 집 건물 현관 앞에 도착했는데, 어느 스페인 신문에서 나온 기자 두 명이 그의 사진을 찍기 위해 말 그대로 사냥감을 몰듯 그에게 카메라를 들이대고 있었다. 쉽게 찍을 수 있는 사진이 아니었다. 강렬한 봄 햇살을 받으며 우리는 바닷가를 샅샅이 훑고 다녔고, 마침내 암초투성이 해변에 이르러서야 로베르토는 홍보용 사진을 위해 포즈를 취했다. 그러는 동안 그는 한 번도

정중한 태도를 잊지 않았고 대화도 화기애애했다. 그게 그의 천성이
었다.

나는 본질적으로 그를 반항적인 방랑가로, 종국에는 그가 항상 원
했던 항구에 마침내 닻을 내린 방랑가로 본다. 오랜 방랑 후, 그는 차
분하게 작품을 집필할 수 있고, 평온한 가정생활을 영유할 수 있었던
블라네스에 안착한 것이다. 자신의 직업과 삶에 만족하는 사람으로.
〈그래요. 내 딸 알렉산드라가 이제 우리와 함께해요. 조용하고 사랑스
러운 아이죠. 당연한 일이지만 출산 당시, 나는 거의 기절하다시피 했
어요. 악화된 건강 때문인지, 나이가 든 탓인지 모르겠습니다. 어쩌면
내가 심약한 사람이어서 그랬을 거예요. 그러나 내 안사람은 총탄의
소나기라도 너끈하게 견딜 수 있는 용기를 주었고, 내게 부족한 시적
인 결핍을 보상해 주었지요.〉 그가 2001년 3월 내게 쓴 글이다.

로베르토가 잘못 판단했다. 그를 심약하게 만들었던 것은 그의 민
감한 감수성이 아니라, 그의 간을 파고 들어가면서 그의 몸을 양성 종
양으로 뒤덮었던 악마적 질환이었다. 내가 그를 만났을 때 그는 술은
한 모금도 마시지 않았고 커피도 입에 대지 않았으며 엄격한 식이 요
법을 따르고 있었다. 앞서 말했듯, 그는 옛날 프랑스 영화배우처럼 줄
담배를 피웠다. 그가 존경했던 작가들이나 등장인물들이 그랬듯 그
역시 이른 나이에 생을 마감했다. 내가 로베르토 볼라뇨의 짧은 인물
평을 쓰기 위해, 무례하게 그의 서신 일부분을 인용한 것을 그가 알았
다 해도 그는 아랑곳하지 않았을 것이다. 그는 시대에 앞선 인물이었
고, 자살 공병 대대의 가이드처럼 앞으로 전진할 뿐이었으니까.

VIII

Intérie...

Distinction

Moment a considérer

Doute entre n°|s
Trans m. à ti. oux.

Applications: 1

× 2.

로베르토
볼라뇨 선(禪)

세르히오 곤살레스 로드리게스
Sergio González Rodríguez

1950년 멕시코에서 출생한 작가이자 기자, 극작가. 『사막에 흩어진 유골들』(2007)과 『머리 없는 사내』 (2009)를 비롯한 여러 편의 소설과 수필을 발표했 다. 1993년부터 시우다드 후아레스에서 자행된 여 성 학살을 조사한 『사막에 흩어진 유골들』은 『2666』의 「범죄에 관하여」 부에 필적할 만한 사실 주의적 저작이다.

그는 작가들에게 빙 둘러싸인 채 바의 카운터에 팔꿈치를 괴고 있다. 그는 말한다: 만약 당신이 소설가가 되고자 한다면 다음 수수께끼를 풀 수 있어야 한다. 두 사람이 권총을 휘두르며 은행을 털었고 장물을 들고 도망친 후 산속에 있는 오두막집에 피신했다. 결국 경찰이 오두막집을 찾아냈다. 훔친 돈은 탁자 위에 온전히 남아 있었다. 오두막집 밖에는 세 개의 무덤이 파여 있었다. 두 명의 도둑과 세 개의 무덤. 무슨 일이 일어났던 것일까?

로베르토 볼라뇨는 구체적인 질문을 해보라고 했다. (권총 강도들이 죽은 것일까? 여자가 한 사람 있었던 것일까? 등등) 그는 미소 지으며 이렇게 말했다. 〈이 수수께끼를 풀 수 없다면 자네는 결코 뛰어난 소설가는 될 수 없을 거야. 하지만 적어도 이것을 이야기로 말해 줄 수는 있겠지.〉 달리 말해 보자. 이 수수께끼 속에는 다른 사람이 말해 준 이야기를 당신 스스로가 이야기할 수 없다는 불가능성이 내재되어 있다. 그러나 적어도 당신은 전해 들은 것만은 못하지만, 그것을 가지고 하나의 이야기를 만들어 낼 수 있다. 이것이 소설가의 작업인 것이다.

스승이 제자에게 던지는 기묘한 이야기, 선의 전통에서 유명한 선문답에 이런 것이 있다. 〈누군가 병 속에 거위 한 마리를 넣고 거위가 클 때까지 먹이를 준다. 거위를 죽이지도 않고 병을 부수지도 않고 어떻게 거위를 병에서 빼낼 것인가?〉 독일 철학자 페터 슬로터다이크 Peter Sloterdijk의 스승이었던 인도 사상가 오쇼 라즈니쉬는 이 선문답에, 보원이라는 〈기이한 선의 대가〉가 내렸던 해석을 인용했다. 〈누군가 병 속에 거위 한 마리를 넣고 거위가 클 때까지 먹이를 준다. 거위를 죽이지도 않고 병을 부수지도 않고 어떻게 거위를 병에서 빼낼 것인가?〉라는 질문을 한 후, 대가는 손뼉을 치면서 이렇게 말했다.

〈여기 봐라. 거위는 밖에 있다.〉이 선의 대가가 말하고자 했던 것은 배움이란 곧 각성에 있다는 사실이다. 〈거위가 병 속에 있다는 것은 네가 꿈을 꾸고 있기 때문이다. 네가 깨우침을 얻는다면 거위는 결코 병 속에 들어간 적이 없음을 알게 될 것이다.〉진정한 각성은 존재의 또 다른 차원으로의 이동을 통해 가능해진다.

나로서는 로베르토 볼라뇨에 대해 객관적으로 말하기가 힘들다. 볼라뇨라는 인물과 그의 작품은 이미 하나의 거대한 묘비, 혹은 거창한 아카데미적 명칭이 되었지만, 내게 있어서는 생생하게 살아 있는 기억에 속한다. 그를 단순한 연구 대상으로 본다거나 그의 탁월한 언어적 능력에 관해 논하는 일은 내가 그에게 느끼는 우정과 존경과는 아무 상관 없는, 차갑고 냉정한 접근일 뿐이다.

그와 나의 관계는 상호텍스트성이라고 부를 수 있는 하나의 단순한 정황(그의 사후 발간된 『2666』에 내 이름을 딴 등장인물이 나온다[1])에서 출발했지만, 그것을 직업적으로만 해명하는 것은 그와 내가 나눴던 정서적 친밀감을 독자들에게 충분히 이해시키지 못할 것이다. 그럼에도 어느 모로 보나 간과할 수 없는 볼라뇨 작품의 몇몇 세부 사항들, 그리고 그의 걸작 속에 자격 없는 내가 출연하게 된 경위를 설명할 필요는 있는 것 같다.

1996년 내가 멕시코와 미국의 국경 지역에서 벌어진 수많은 여성들의 연쇄 살인 사건에 대한 조사를 시작했을 당시 나는 문학 비평과 소설들, 서평들을 출간했었고, 우리 시대의 문화 속에서 개인적 삶과 문학의 관계를 논하는 『풍경 속의 켄타우로스 El centauro en el paisaje』 같은 책을 쓰고 있었다. 또한 나는 문화적 사건들과 일상생활에 관련

---

1 『2666』에서 세르히오 곤살레스라는 이름으로 등장한다.

된 기사들도 쓰고 있었고, 문학을 연구했고, 교육과 출판업, 저널리즘으로 생계를 유지하고 있었다.

멕시코와 미국의 국경 지대에서 일어난 여인들의 조직적인 학살을 다룬 기사들은 일반적으로 국경 지대에서 나타나는 혼란스러운 상황을 가장 극단적으로 보여 준 것 같았고, 나에게는 그 전모를 밝히는 일이 시급해 보였다. 그리고 시우다드 후아레스에 도착하자 그 사건이 얼마나 심각한 의미의 비극적 드라마인지 금세 느낄 수 있었다.

바로 그 무렵 로베르토 볼라뇨가 이 사건에 대해 알게 되었다. 언제, 또 어떤 경위로 알게 되었는지 그는 내게 절대 털어놓지 않았지만, 그는 나름대로 언론을 통해 사건을 조사하고, 인터넷에서 얻을 수 있는 정보들과 신문 기사들, 그 주제에 관련된 증언들을 수집하고 있었고 곧 그 사건의 전문가가 되었다. 내 생각에 그는 단순히 한 사람의 탐정 역할 재현이 아니라, 현실적이면서도 형이상학적인 수사를 담당하는 독특한 탐정의 역할을 스스로 구현하고자 했던 것 같다. 어쩌면 알프레드 자리 식으로 파타피지크[2]적인 수사라고 말할 수도 있을 것이다. 다양한 서술적 실험에 의해 진행되는 『야만스러운 탐정들』은 가혹하고 고통스러우며 복잡하고 미묘한 정서의 절정판이라고. 거기에는 볼라뇨의 자전적 삶에 근거한, 작가의 또 다른 분신 아르투로 벨라노의 픽션이 번득이는 문체로 빛나고 있다.

이 시절, 그러니까 약 10여 년 전의 일인데, 나는 로베르토 볼라뇨가 몇몇 공동의 친구들에게 비슷한 유형의 소설 한 권을 소개했던 것을 기억한다. 그것은 후안 호세 사에르의 『수사 La pesquisa』였는데, 리카르도 피글리아에게 헌정한 것으로, 스페인어권 아메리카 문단에서 문

2 *pataphysique*. 프랑스 작가 알프레드 자리의 신조어로, 예외적이고 부차적인, 엉뚱하고 잔혹한 것에 대한 학문.

학 탐정의 역할을 두드러지게 다뤘던 작품이다.[3]

내가 이 문학적 동지 관계를 언급하는 것은 단순히 하나의 일화를 소개하기 위해서가 아니라 이것이 시대정신을 이해하는 데 적합하기 때문이며, 현실이 상상적 지리학과 통합되어, 심오한 문학적 변형을 통해 결국에는 현실에 영향을 끼치기에 이르는 과정을 설명하기 위해서이다. 내가 강조하고 싶은 것은 볼라뇨의 탐정 역할이 지닌 이러한 함의들이다. 볼라뇨의 소설 『아이스링크』에는 작가로 하여금 문학 탐정에 집착하게 만든 동기를 보여 주는 일화가 등장한다.

『아이스링크』에 나오는 구절이다. 〈저는 바르셀로나 보케리아 시장에서 정육점을 하시는 노인을 만난 적이 있습니다. 본인이 티토 원수와 채 2미터도 떨어지지 않은 참호에 있었다고 장담을 하시더군요. 거짓말을 할 분은 아니었지만 제가 알기로 티토 원수는 스페인에 발을 디딘 적도 없습니다. 그런데 도대체 어쩌다가 그 사람이 어르신의 기억에 등장했을까요? 불가사의한 일입니다.〉

이런 유형의 미스터리, 불가능성을 탐색하고 검증하고자 했던 것이 로베르토 볼라뇨를 문학 탐정의 역할에 관심을 갖게 만들었다. 2000년경에 나는 멕시코 북부 국경 지대에서 벌어진 여인들의 살육에 관해 내가 썼던 여러 기사들을 묶어서 한 권의 책으로 엮으려고 했다. 그렇게 해서 처음에 썼던 약 60여 장의 기사들은 편집 작업을 마칠 무렵에는 4백 페이지 이상이 되었고, 그것이 나의 『사막에 흩어진 유골들Huesos en el desierto』이다.

바로 이 무렵, 『야만스러운 탐정들』의 저자는 호르헤 에랄데와 후안 비요로Juan Villoro의 논평을 듣고 나의 기획을 알게 되었다. 그는

---

3 Juan José Saer(1937~2005). 아르헨티나 출신으로 파리에 정착해서 활동했으며 현대 아르헨티나 문학의 대표적인 인물. Ricardo Piglia(1941~) 역시 아르헨티나 작가이다.

곧 나에게 연락을 취했고, 우리는 이메일을 통해 우리의 공통 관심사에 대해 많은 이야기를 주고받기 시작했다. 시우다드 후아레스에서 암살된 여인들의 이야기는 볼라뇨를 완전히 사로잡았다.

로베르토 볼라뇨는 〈야만적〉이든 아니든 탐정이라는 캐릭터에 완전히 매료되어 있어서 그 사건의 세부 사항에 대해 내게 물어볼 때면 고도로 정밀한 여러 자료들을 요구했다. 예를 들어 마약 밀매상들이 사용한 무기가 어떤 종류였는지, 어디 제품이었는지, 총의 구경은 어땠는지 등등. 또 그는 사망자들에게 남아 있던 각종 상흔에 관한 보고서를 담은 법정 문서를 손에 넣고자 했다. 때때로 나는 그에게 여러 문단 전체를 법의학 전문 용어로 옮겨 주기도 했는데, 볼라뇨는 내가 건넨 정보들을 소중하게 취급했다.

볼라뇨는 범죄 증거물의 관찰자나 기록 보관자 같은 정밀한 작업뿐 아니라, 상상과 추측에 의한 작업에도 심혈을 기울였다. 그는 내게 말하기를, 전직 FBI 요원이자 〈시리얼 킬러(serial killer, 연쇄 살인범)〉라는 용어의 창안자이기도 했던 로버트 K. 레슬러[4]가 수집한 증언들을 담은 『살인자들과의 인터뷰』란 작품에 매료되었다고 했다. 레슬러는 그 책에서 FBI 요원으로 활동하며 다뤘던 가장 인상적인 사건들을 묘사하고 있었다. 그러나 내가 그 전직 FBI 요원이 멕시코 국경에서 진행한 수사는 잘못되었으며, 그가 7만 5천 달러에 매수되어 부패한 멕시코의 권력층을 호의적으로 다루었다는 사실을 볼라뇨에게 알려 주자 그는 몹시 실망했다.

볼라뇨는 이렇게 물었다. 〈그럼 시우다드 후아레스에는 연쇄 살인범

---

4 Robert K. Ressler. 여인들의 대량 학살을 조사하기 위해 시우다드 후아레스를 방문했고, 볼라뇨의 소설 『2666』에서 사건을 조사하기 위해 특별 초빙된 앨버트 케슬러라는 인물로 등장한다.

이란 게 없다는 건가요?) 거기에는 더 끔찍한 게 있다고 나는 대답했다. 로버트 K. 레슬러가 최근에 단언하기를, 그 학살 과정에는 적어도 두 명의 연쇄 살인범과 그들 각각이 속한 갱단들이 있으며, 이런 유형의 범죄를 정의하기 위해 레슬러는 〈프랜차이즈 킬러*franchise killer*〉란 새로운 범죄 카테고리를 창안했다는 것을. 또 이들은 정재계 고위 인사들의 보호를 받으며, 음산한 파티에서 향연이 한창일 때 그런 범죄들을 자행한다고도 알려 주었다. 현대 사회에 만연한 극단적 잔혹함을 다룬 『2666』의 기본 관념은 바로 이런 유형의 끔찍한 범죄다.

로베르토 볼라뇨가 멕시코시티에서 살았던 것은 수십 년 전의 일이었지만, 멕시코시티에 대한 그의 생각은 『살인 창녀들』이나 『야만스러운 탐정들』의 탁월한 서술 속에 잘 표현되어 있다. 그의 사후 출간작인 『미지의 대학*La Universidad Desconocida*』에서는 그 지역에 관한 애잔한 글귀들을 읽을 수 있다. 〈나는 어두침침한 도시에서 길을 잃은 탐정들을 꿈꾼다. 나는 그들의 신음 소리, 그들의 구역질, 그들의 은밀한 도주를 들을 수 있다…….〉

나와 볼라뇨는 젊었을 때는 서로 알지 못하던 사이였다. 그는 멕시코라는 세계를 해독하고자 했고, 공격적이고 날카로운 시 활동을 전개했지만, 멕시코 문단에서는 뚜렷한 활동을 남기지 못한 한낱 주변인에 불과했었다. 오늘날에 들어서서 초현대적인 색채로 재조명을 받게 된 그 시 운동은 볼라뇨와 몇몇 젊은이들이 참여했는데, 그는 그것을 인프라레알리스모라고 이름 붙였다. 나로 말하자면 당시 하드 록 그룹에서 연주하면서 대학 준비 과정 공부에 전념하고 있었다. 지금와서 생각하는 바지만, 나는 우리 두 사람이 부지불식간에 유사한 여정들, 현실이거나 환상적인 인물들, 도시의 여러 지역들을 공유했음을 깨닫고 있다. 그러나 우리의 진정한 만남은 미래에 예약되어 있었다고 생각하고 싶다. 나는 로베르토 볼라뇨의 멕시코 체류에 커다란 의미가 있다고 보는데, 그것은 볼라뇨가 멕시코에서 서사 전략으로서의 하나의 시간과 공간, 궁극의 종착지, 결정적인 디에게시스[5]를 찾아냈고, 새로운 소식이나 여행하는 친구들과의 대화를 통해 이를 견고하게 다듬었기 때문이다.

볼라뇨와 이메일을 주고받는 일은 점차 문학적 양상을 띠어 갔는데, 동일한 사건을 현실적으로 재구성하는 데 몰두했던 나로서는 이질적이기만 했다. 시우다드 후아레스에서 일어난 사건들을 직접 조사하기 시작했던 그는 상상력을 통해 현실에서 문학으로 이행하고 있었기 때문이다.

2002년 11월 바르셀로나에서 『사막에 흩어진 유골들』이 출간되었을 때, 나는 책 소개를 위해 그곳에 초청받았고 그 기회를 틈타 로베르토 볼라뇨가 머물고 있던 바르셀로나 근교의 도시 블라네스로 그를 찾아갔다. 따뜻한 환대의 인사가 끝나자 그가 내게 말했다. 〈자네는 내 새 소설의 등장인물이야. 그래. 자네 이름을 그대로 넣었어. 이미 자네를 『시간의 검은 등』에 출연시킨 하비에르 마리아스[6]의 아이디어를 훔쳤지.〉 나는 아무 말도 할 수 없었다. 로베르토는 미소 짓고 있었다. 행복해하는 눈빛이었고 눈꺼풀이 반쯤 열려 있었다. 그가 피우던 담배 연기가 그를 뿌옇게 감싸고 있었다.

소설 작품의 등장인물로 출현한다는 것은 약간 애매한 특권이 아닐 수 없다. 하비에르 마리아스의 소설을 읽은 후, 내가 마리아스에게 다음과 같이 조소적으로 반응한 기억이 난다. 〈하비에르, 나는 이제부터

---

5 *mimesis*가 현실의 재형이나 모방을 의미하는 것이라면, *diegesis*는 서술적 작업을 통해 현실을 간접적으로 제시하는 것을 의미하는 문학 용어이다.
6 Javier Marías(1951~). 스페인 작가.

현실에서 나만의 고유한 인생을 더 이상 누릴 수 없고, 미래에는 자네 작품의 아래쪽 각주에 등장하는 일종의 유령 같은 존재에 익숙해져야 할 것 같네.〉마리아스답게 그는 이렇게 대답했다. 〈과장하지 말게. 그리 심각하게 받아들일 필요는 없어.〉

로베르토와 나는 그날 오후 블라네스에 있는 그의 아파트에서 한바탕 크게 웃었다. 하루인가 이틀 후 바르셀로나에서 저녁을 먹으려 우리는 한 번 더 만났다. 식사가 끝날 무렵 그가 두 개의 문짝이 덜컹거리는 폭스바겐을 탄 여자 곁으로 다가가는 것을 보았고, 나는 거기가 바르셀로나의 카탈루냐 광장이 아니라, 그의 꿈들과 악몽들이 혼재하는 멕시코시티의 근교에 그가 나를 버리고 떠난 것 같은 느낌을 받았다. 그의 관대한 성품, 미소, 놀라운 지능이 내 뇌리에 뚜렷이 박혀 있다.

마침내 『2666』을 읽었을 때 나는 초조하고 안절부절못했다. 특히, 여인들의 학살을 다룬 긴 묘사 부분에서 내 이름이 나오면 더욱 그럴 수밖에 없었다. 이야기의 매개자가 허구 문학의 대가일 때, 실제 사건에 바탕을 둔 이야기는 경험 그 자체보다 더 큰 효과를 갖게 된다. 마찬가지로, 볼라뇨같이 예외적인 제삼자가 난폭하고 비극적인 방식으로 이야기할 때, 비극은 그 진정성을 획득한다.

어떤 의미에서 『사막에 흩어진 유골들』은 『2666』이라는 방대한 소설의 한 부분의 참고 색인 정도가 될 운명이었는지도 모른다. 아니 어쩌면 내가 그렇게 되기를 원했는지도 모르겠다. 내 일생 동안 가장 듣기 좋았던 찬사는 로베르토 볼라뇨가 나에 대해 했던 말들이다. 〈세르히오 곤살레스 로드리게스와 함께라면 나는 전쟁에라도 기꺼이 나갈 것이다.〉나와 볼라뇨 사이의 우정은 치열한 전투에서 살아남은 자들끼리 느끼는 뜨거운 동지애 같은 것이었다.

시우다드 후아레스에서 수백 명의 희생자를 낸 살인범들은 아직도 처벌을 받지 않은 상태이다. 처단받지 않은 죄악, 위대한 문학적 영감은 여기서 촉매제를 얻는 것일까? 아무런 처벌 없이 자행되는 끔찍하고 집단적인 범죄 행위가 남긴 거대한 상처는 야만에 맞서 싸우고자 하는 작가라면 문학적 상상력이 번득일 수밖에 없는 치명적인 지점이다.

로베르토 볼라뇨가 문학 탐정 역할에 골몰한 것은 물론 현실 세계에서 정의가 실현되는 데 일조하기 위한 것이었다. 그러나 다른 한편, 볼라뇨의 진정한 의도는 문학을 통해 그려진 하나의 상상적 지도 위에 경도와 위도를 설정함으로써, 그것을 통해 현실 그 자체를 점령하고자 했던 것이라고 나는 생각한다. 이 점에 있어서만큼은 내가 잘못 판단한 것이 아니라고 확신한다. 볼라뇨의 시도는, 과거에 아방가르드 그룹들이 번득이는 시적 영감으로 일상성을 혁명하겠다고 했던 것과 흡사하다. 그것은 비합리성과 허무함을 넘어서서 단번에 승리를 거둘 수 있는 일종의 보상적인 문학적 역동성이라고 말할 수 있을 것이다.

이런 관념을 가장 대표적으로 보여 주는 것이 『2666』일 것이다. 볼라뇨는 온갖 문서들과 자료들을 모조리 뒤진 후, 작가적 상상력을 동원해 이 거대한 작품을 만들어 냈다. 이 소설에서는 수많은 세부 사항들이 서로 뒤엉킨 비밀들로 독자들을 유혹하는데, 간접적이고 우회적인 지표들을 따라가다 보면 엄청나게 놀랍고 어마어마한 하나의 계시에 도달하게 된다.

『2666』의 마지막에서 볼라뇨의 편집자 이그나시오 에체바리아 Ignacio Echevarría는 독자들에게 볼라뇨의 원고를 편집하다가 여백에서 발견한 메모를 언급했다. 거기에는 이렇게 적혀 있었다. 〈『2666』

의 작가는 아르투로 벨라노이다. 친구들이여, 이것이 전부다. 할 수 있는 만큼 해보았고, 살 수 있는 만큼 살았다. 기운이 있다면 울음을 터뜨릴 것이다. 이제 당신들에게 작별 인사를 한다. 아르투로 벨라노.〉도처에 편재(遍在)하는 화자 아르투로 벨라노 그리고 완전히 또 다른 세상에서의 그의 소멸이 이렇게 해명되고 있다.

『2666』은 진실의 가치가 갖는 한계와 시적 의미에 도전하고, 그와 동시에 양자를 결합하고자 하는 하나의 소설적 역동성을 보여 준다. 『2666』은 스페인어 소설에 대한 이해를 재정립했을 뿐 아니라, 현대인이 느끼는 문학적 불안감을 우리 시대가 오직 수상 경력으로만 과대평가하는 단순한 여흥거리와는 무관한 또 다른 차원으로 인도하는 작품이다. 현실에 대한 급진적 재발명, 이야기를 전개하는 데 있어서 새로운 도전적 실험 정신을 보여 준 것이 『2666』이다.

볼라뇨의 마지막 픽션 작품에서 드러나는 특징적 묘사들, 사진들, 문학 세계, 상류 사교계에 대한 묘사들, 그리고 이야기 속에 다른 이야기를 삽입해 거대한 똬리를 이루는 그의 창작적 특성들은 하나의 이야기를 서술해 내는 행위 자체의 무한한 가능성을 잘 드러낸다고 할 수 있다. 『악의 비밀』에 수록된 작품 「대령의 아들」은 이런 실례를 잘 구현하고 있는데, 작가는 좀비들을 다룬 B급 영화를 본 한 관객의 목소리에서 시작해서 한 번도 듣거나 본 적 없는 것들을 재구성한다. 영적 공간의 초자연적 소리와 소음들을 해석하는 EVP, 즉 전자 음성 현상[7]을 연상시키는, 시각적 청각적 파레이돌리아[8] 효과가 아이러니하

---

7 *electronic voice phenomena*. 전자적으로 음성과 유사한 소리를 생성하지만, 의도적인 음성 녹음이나 랜더링의 결과로 얻어지는 불가능한 것. 귀신이나 유령의 목소리 같은 초자연적 현상을 전자 기계로 녹음하는 방식.
8 *pareidolia*. 한 개인에 의해 희미하고 애매한 자극이 명쾌하고 변별적으로 인지되는, 일종의 환영(幻影) 현상.

게 표현되고 있다.

　매일같이 작품 집필에 골몰했던 그의 작업은, 너무나 극단적이어서 문학적 경계 저편에 속한다고 할 수 있는 지점에 침투하기 위해 메시지를 보내는 것과 같은 일이었고, 또 그것은 그와 내가 현실 세계를 심문하기 위해 했던 일이기도 했다. 그가 죽은 후 내 꿈속에 나타난 적이 있다. 우리는 한참 대화를 나누고 있었다. 그는 복잡한 문학적 기획에 푹 빠져 있었고 기발한 아이디어로 번득였다. 행복해 보였다. 내 의사와 무관하게, 결말을 예상조차 할 수 없는 장면에 나를 등장시키는 책을 쓸 거라는 생각이 들었다.

　우리가 블라네스에서 만났을 때 나는 그에게 방문 선물 겸, 멕시코의 아바나 카페에서 사 온 작은 커피 봉지 하나를 그에게 가져다주었다. 아바나 카페는 『야만스러운 탐정들』에 여러 차례 언급된 바 있고, 또 주인공-작가가 자주 드나들었던 장소였다. 이 작은 선물이 갖는 의미는 커피가 아니라 그것을 담은 봉투에 있었다. 거기에는 아바나 카페 내부에 걸려 있는 사진 한 장이 그려져 있었는데, 볼라뇨는 한참 동안 넋을 놓고 그것을 바라보았다. 어린애들의 유치한 마술 장난처럼, 나는 볼라뇨를 자기 존재의 눈속임에 빠져들게 만들었다. 커피 봉지에 인쇄된 스냅 사진으로부터 얻어진 미장아빔.[9] 우리 둘 다 거기에 빠져들었고, 그리고 거기서 벗어나지 못했다.

　마르셀 뒤샹이 말하기를, 〈외면적으로 볼 때, 예술가들은 영매처럼 작업한다. 그들은 시공간 너머의 미로로부터 환한 숲 속의 공터로 인도하는 길을 찾아내는 이들이다〉. 나 역시 이런 영매가 되고 싶고, 이제 출

---

9 mise en abyme. 직역하면 〈심연으로 밀어 넣기〉라고 할 수 있겠지만, 미장아빔은 소설 속의 소설, 영화 속의 영화처럼, 작품 내에 또 다른 구성물(예화, 그림, 이미지)을 넣어, 작품의 총체적 메시지와 상호 연계를 형성하는 문학·예술상의 기법을 의미한다.

발점으로 다시 돌아가야 한다. 〈만약 병 속에 두 사람의 작가를 넣고 그들이 커질 때까지 그들에게 음식을 준다고 하자. 병을 부수지도 않고, 그들을 죽이지도 않고 어떻게 그들을 병 밖으로 꺼낼 것인가?〉

언제나 도망갈 플랜을 갖고 있어야 한다. 그건 독자들의 몫이다.

"........"

에릭 슈발트
Eric Schwald

촘촘한 갈색 창살을 높게 쳐놓은 동물원 우리를 지나게 되면, 작은 덤불숲 사이에 사람들의 발길로 다져진 수많은 오솔길들이 구불구불 펼쳐져 있다. 사방으로 뛰어다니는 조깅 인파들은 그 영역이 실제보다 훨씬 더 넓고 복잡하다고 생각한다. 세 개의 오솔길이 만나는 지점, 대개는 시야를 완전히 가리는 울창한 나무들 사이로 드러난 삼각형 형태의 지면 위에 한 여인의 시신이 놓여 있다. 시체는 엎드려 있었고, 바람 때문인지 치마가 살짝 치켜 올라가 있었다. 검고 기름기 낀 머리카락에는 황토색 먼지가 잔뜩 묻었고 잔가지들이 그녀 등의 일부분을 어지럽게 뒤덮고 있었다. 그녀의 얼굴은 반쯤 지면으로 돌려져 있었고 휘둥그렇게 뜬 커다란 눈동자는 지표면을 응시하고 있었다. 그러나 다른 무엇보다도 끔찍한 부패의 흔적을 간직한 것은 그녀의 입이었다. 어마어마하게 벌어진 그녀의 입안은 흙으로 가득 채워져 있었는데, 그 불그스레한 물질이 양쪽으로 완전히 찢긴 그녀의 입속에 넣어져 있었다. 그녀의 손톱 사이에도, 심한 찰과상을 입은 무릎과 팔꿈치의 움푹 팬 살점들 사이에도 마른 흙덩이가 파고들어 있었다.

•

노동자 계층 혹은 여가를 즐기는 새로운 문명인들에게 집단행동의 변화를 원한다면 도시 경관의 대대적인 변신이 필요하다. 바로 이런 점에 있어서 식물원은 여러 사회 계층이 몰려드는 접합점으로, 도시의 핵심적인 결절 지역이라 할 수 있을 것이다. 주요 통행로이기도 한 여정지로서, 식물원은 도시의 거울이라 할 만하다. 따라서 식물원 이미지를 잘 관리하는 일은 최근 여론 조사에서 나타났던 도시 이미지 실추에 있어서 시민들의 신뢰를 회복하는 데 크게 기여할 것이다.

II. 4. 사교계적, 사회학적 접근: 도시 공간의 재구축을 위하여

식물원은 수십 년 전부터 도시의 중요한 장소로서의 역할을 해왔다. 다음과 같은 여러 사실들이 이것을 증명한다. 밀집된 도시 환경 내에 식물원을 배치함으로써 신선한 공기를 제공한다는 중요한 환경적 가치, 각종 스포츠 활동에 할애된 공간이 있다는 것, 여가 활동을 증대시키는 시장의 형성, 아이들의 무료입장을 통해 다양한 파생 상품(잼, 놀이공원, 다양한 후원을 받는 계절별 행사 등) 시장이 활성화된다는 것이다. 이처럼 식물원은 시민들에게 호감을 줄 뿐 아니라, 여러 기업들의 소득에도 커다란 일조를 하는 공간이다.

그러나 이러한 사실들이 식물원 구조와 관련된 수없는 문제점들을 은폐할 수는 없다. 몇몇 문제점들은 공원을 찾는 사람들 사이에 갈등을 유발하기도 하고, 더 나아가 식물원을 끔찍한 범죄의 온상지로 만들기도 한다. 이런 문제점들은 두 가지 중요한 요인 때문인데, 하나는 개장 시간이고 다른 하나는 식물원이 공간적으로 여러 칸막이로 둘러싸여 있다는 사실이다.

II. 4. A. 개장 시간

식물원은 만인에게 24시간 내내 입장이 가능한 민주적 모델이고자 한다. 식물원 정비 계획이 이것에 이의를 제기하는 것은 아니지만, 식물원 위치가 갖는 질적 문제, 여러 사회 계층이 혼재함으로써 빚어지는 다양한 분규와 갈등을 초래하는 결과를 낳는 것도 인정하지 않을 수 없으며, 마땅히 시급히 해결해야 할 문제가 아닐 수 없다. 처음에 도시 위원회는 야간에 식물원을 폐장할 것을 제안했고, 그것은 결국 언제나 입장이 가능하다는 식물원 고유의 이점을 잘 유지할 수 있는,

주변의 경관과 조화를 이루는 울타리를 구축하는 것을 의미했다.

II. 4. B. 공간적 폐쇄

최근 경찰의 심층 연구 보고서에 따르면, 식물원은 도시 범죄의 심각한 온상지라는 사실이 입증되었다. 범죄율이 높은 것은 식물원의 구조 자체를 형성하는, 지리적으로 고립된 여러 그룹들이 혼재한 데서 기인한 것이며, 1920년대에 여러 다양한 구역들이 혼합되면서 시작된 것이다(「국토 발전: 역사와 전망」 참조). 식물원의 음성적인 지역들, 특히 과거 법원 지하실이었던 폐쇄된 지하도는 불법적인 상거래를 벌이는 여러 조직들의 소굴로 사용되고 있다. 따라서 도시 위원회는 오랫동안 방치했던 이 문제를 정면으로 해결해야 한다. 이런 집단들은 도시의 건전한 공동생활에 얼마나 해로운 존재인지 표면적으로 잘 노출되지 않기 때문이다.

단적인 예로, 식물원에서 불법 노숙하는 무리들에 관해 한 사회 복지 위원회 위원이 작성한 보고서를 인용해 보자. 라엔스 박사는 2003년 여름 수많은 희생자를 냈던 여러 집단들 간의 충돌에 대해 조사를 진행했다. 그는 자신이 〈민족들*ethnies*〉이라 명명한 이들의 역할과, 그들이 점유하고 있는 지역들의 지리적 분포도를 작성했다. 라엔스 박사가 여러 차례 만났던 한 토착 주민의 증언을 토대로, 그는 공원에 터를 잡고 있는 음성적 무리들의 엄청난 수에 대한 평가치를 제시했다. 그에 따르면, 이런 집단들은 대동소이한 범죄적 경제 활동으로 생활을 영유하며, 조직 자체의 권력관계에 의해 매춘, 마약 밀매, 집단 폭력 등에 관여하고 있어서, 정당한 공권력 행사에 심각한 문제를 야기하고 있다. 라엔스 박사의 증인은 수많은 이야기를 통해 이런 범죄 집단들이 식물원으로 모여드는 이유를 알려 주었고, 여기서 우리가 세세히 나열할 필요는 없지만, 그 증언을 토대로 라엔스 박사는 연관 사무처, 특히 범죄 예방국에 있어서는 중요한 참조 자료가 될 만한, 이런 인물들의 사회적 행로에 대해 놀랄 만큼 체계적인 프로파일링을 작성했다. 라엔스 박사는 그 증인의 선의에는 추호의 의심도 없음을 분명히 밝히고 있으며, 그가 구체적으로 지적한 여러 개인들은 실제로 조사 대상에 포함되었을 뿐 아니라 체포되기도 했다고 보고하고 있다.

전문가들의 판단은 단호했다. 〈다수의 대중에게 공개된 장소라는 점과 그 지리적 인구 분포적 복잡성이 결합됨으로 인해, 식물원은 사회의 암적 요인들의 행태가 아무런 통제 없이 발현될 수 있는 이상적 장소이다.〉

두 명의 아이들이 지난 3월에 (신원 미상의) 시신을 발견함으로써, 경찰은 공권력이 식물원에서 횡행하는 범죄에 대해 진지하게 다루지 않았음을 심각하게 인식하기 시작했다. 공원의 지하 구조에 대한 전면적인 개선이야말로 더 이상 이런 참사를 막을 수 있을 것이다.

II. 4. C. 결론 및 제안

최근에 제안된 식물원 재정비 문제는 CCTV와 비디오카메라를 식물원 구석구석에 배치하는 것, 폐장 시간에는 식물원 접근을 완전히 차단하는 전적인 안전장치 등과 같은, 식물원의 안전에 관한 방향으로 진행되었다. 식물원 노숙자들은 즉각 연행되어, 각자에게 적절한 사회 복귀 센터로 이송될 것이다. 음성적 활동이 벌어지는 지하도 문제의 경우 위원회는 도심을 돌아갈 필요 없이 곧바로 관통하는 중심축으로 기능할 대형 횡단로를 건설함으로써 해결하고자 한다. 대형 횡단로는 매우 중요한 사항으로, 식물원은 이제까지 자동차 통행에

만만찮은 장애물로 작용했기 때문이다. 식물원의 음성적 지하 공간을 대형 횡단로로 재정비한다면, 도심 교통의 쾌적한 허브 기능을 하게 될 것이다. 도심 고속화 도로를 놓거나, 보행자가 이용 가능한 난간을 설치하고, 여러 층의 주차장을 겸비한 지하철을 건설할 수도 있을 것이다. 이런 조치들은 시민들의 안전한 이동을 보장해 줄 것이고, 불법 활동이 횡행하는 지역들을 완전히 뿌리 뽑음으로써, 현재까지도 법망의 외부에 있는 암적 공간들을 건전한 치안의 통제하에 둘 수 있게 될 것이다.

•

막스, 내가 너한테 엿 같은 전쟁 얘기를 해줄게. 사람들은 모두 자기가 어느 편에 있는지 잘 알지. 네가 한 번도 말 한 마디 못 붙여 본 놈들, 너랑 같은 언어로 말하지 않는 놈들 있잖아. 머리통에 검은 천을 쓰고 어슬렁거리는 놈들, 내 말 믿으라니까, 우비를 둘러쓴 놈들, 그런 놈들이 수없이 많아. 편리하긴 해. 촉을 세우고 있으면 넌 언제든 너를 지켜 낼 수 있지. 그런 그림자 같은 놈들, 그래도 그놈들이 우리 편인지 아닌지는 알 수 있어. 들어갈 수도 없고, 또 적들이 들어가게끔 내버려 둘 수도 없는 지역들이 있다는 건, 너도 알지. 빌어먹을, 아가리가 날아간 꼴이라니! 부두는 대갈통이 갈라졌어. 난 깨진 병 조각 때문이라고 생각해. 그 녀석이 낯짝에 피를 질질 흘리면서 고래고래 소리를 지르며 여기저기에 가래 뱉듯 마구 입에서 피를 뱉어 내는데, 너 한번 들어 봤어야 해, 그런데 다른 놈들이 겁이 난 거야. 병이 옮을까 두려웠는지, 나도 잘 모르겠는데, 죄다 토꼈지, 그래서 결국 우리 가오가 설 수 있었던 거야. 다 끝났을 때는 웃고 말았지. 그날 싸움판에 대해 여러 번 이야기하고, 그 장면을 수차례 되새겨 봤지. 샤를리 그 개새끼는 어쨌든 우리가 더 셌다고 소리소리 질렀지만, 나는, 아이구 하느님, 억수로 운이 좋았던 거라고 봐. 네가 그 자리에 함께 있었다 해도 넌 잘 이해 못 했을 거야. 도살장 갈고리를 손에 쥔 놈이 있었어. 뭐라더라, 땅에서 물건들을 파헤친다던가? 아무튼 녀석이 세 번째 지하도에서 노파 얼굴에 칼자국을 낸 거야, 지랄 같으니라구, 그 할마시가 뭘 할 수 있었겠냐? 여름이었는데 노파한테서는 쉬지도 않고 고름이 나오는 거야. 지표면의 뜨거운 열기와 축축한 지하도 사이에서. 할망구한테서 어찌나 냄새가 났는지 몰라. 시체 썩는 냄새 같았어. 막스, 내가 허풍 떠는 게 아냐, 썩은 냄새가 얼마나 진동했는지 노파한테 토악질할 수밖에 없었어. 넌 노파가 꼼지락거리기라도 했을 거라 생각하지? 천만에, 지상으로 올라가는 건 꿈도 꿀 수 없었을걸. 우리가 있는 자리에서 뒈지기를 원했던 거지. 게다가 실제로 그렇게 되고 말았지. 하지만 그건 나중의 일이야, 아마도 다른 이유 때문이었겠지만. 자세한 건 나도 잘 몰라. 숨을 쉬지도 않았고, 찍소리도 내지 못하더라. 그런데 그 지방 덩어리하며, 아무튼 자세한 내용은 생략할게. 어쨌든 엿같게도, 그게 바로 그룹인 거야. 우리가 뒈져 가는 노파 옆에서 서로 교대하며 지켰다고는 할 수 없어. 너한테 그 장면을 이쁘게 포장해서 얘기해 줄 맘은 없어. 냄새가 지독했지. 하지만 그래도 조금 걱정은 되더라. 속내를 털어놓지 않고 아무한테나 몸을 굴리는 젊은 마약쟁이 년한테는 우리가 끼어들 수밖에 없지. 젠장, 막스, 난 몸뚱이들, 완전히 뻗어 버린 몸뚱이들을 많이 봤어. 이건 헛소리가 아냐, 사낸지 여잔지는 모르지만. 지하 공동 침소 바닥에 있으면, 그들의 입이라는 구멍에서 공기 소리 같은 게 새어 나오고, 그러면 그것들을 끝장내야 하는 건지 내버려 둬야 하는 건지 결정해야 해. 지하 숙소에 널브러져 있는 인간 표류물들, 뻣뻣하게 뒈져 버린 마약쟁이들. 그러다 보면 다른 놈들이 그네들과 함께 뒈지기도 하고, 아직도 그네들에게 누더기처럼 남아 있는 너덜너덜한 살덩어리들을 찢어발기기도 하지. 그 소리에 깨서 위로 올라가는 놈들도 있기는 해.

노에가 지하에서 기어오르면서 계획을 짰다고 그러던데, 자세한 건 난 잘 몰라. 그게 뭔지 너도 알잖아, 그저 들으라고 지껄이는 소리들. 뒈져 버린 몸뚱이 하나가 있었는데, 바닥 깊은 사각 우물 속에 처박아 버렸고 아무 문제도 없었어. 그런 식으로 일처리하는 것은 모든 무리들이 아주 드물게 동의하는 조치이기도 하지. 시체들의 운명인 게지. 한참을 기다렸다가 물 튀기는 소리가 들리면 그제야 안심이 되지. 고약한 썩는 냄새로 시달릴 일은 없잖아. 그것들을 다시 끌어올리는 건 말도 안 되는 얘기야. 그렇게 되면 썩은 고기만 끌어들이는 게 아니라는 걸, 너도 잘 알잖아. 노에는 모든 사람들을 다 알고 있어. 사람들도 노에한테는 모든 걸 다 털어놓지. 여기서는 일이 언제나 그렇게 돌아가. 잘 생각해 보면 진짜 골 때리는 일이야. 처음에는 노에가 네 주변 사람들에 대해 네게 이야기하는 걸 듣는 것으로 시작되지. 완전히 무해한 이야기 말이야. 단둘이 있을 때, 조금씩 조금씩, 마니는 결혼한 여자고 위층에 두 아이를 데리고 산다는 말 같은, 특별히 경계할 것도 없는 그런 얘기들. 그러나 네가 관심을 보이고 질문을 하다 보면 너한테 무슨 일이 일어났는지 알아차리기도 전에, 노에한테 네 어두운 과거를 털어놓게 되어 있어. 너와 나 사이에만 하는 얘기지만, 내가 얼마나 멍청했는지 모든 사람들한테 똑같이 그런 일이 일어난다는 걸 난 알지도 못했어. 네가 돌아가는 판국을 꿰뚫었다는 걸 노에한테 이해시켜도 그건 노에한테 아무 문젯거리도 안 돼. 우린 입이 무거운 놈들이야, 우린 지상에서는 존재하지도 않는 놈들이야, 그러니 우리끼린 모든 걸 다 이야기해도 돼. 다 알고 있다고, 내가 모든 걸 다 이야기해 주잖아. 노에는 이렇게 말해. 사실이기도 해. 만약 누군가에 대해 알고 싶다면 반드시 노에를 통해야 해. 솔직하게 말하자면, 난 그 녀석한테 나에 관해 중요한 몇몇 사실을 털어놓기도 했어. 막스, 너한테라면 맹세코 절대 이야기하지 못할 일들을. 다른 녀석들이 물어보면 그냥 대충 얼버무리면 돼. 다 그런 거야. 어떤 놈이 나에 대해 뭘 알고 있는지는 나도 몰라. 그리고 다른 사람들에 대해 내가 알고 있는 여러 가지 일들을 내가 먼저 털어놓을 일도 없을 거야. 이자Isa는 제 새끼를 죽이고 소년원에서 도망쳤지만, 그런 걸 가지고 그년을 엿 먹이는 짓도 하지 않을 거야. 하지만 그런 걸 알아내는 건 누워서 떡 먹기야. 아마 모든 사람들이 다 알고 있을걸. 나도 잘 모르겠다. 어쨌든 입 밖으로 내면 안 돼. 노에는 심지어 자기 적들에 대해서도 여러 흥미로운 사실들을 잘 알고 있지. 여기서 일이 어떻게 돌아가는지 짐작하겠지? 갈고리를 든 놈은 도축장에서 일하는데 알코올 중독자야. 너라면 대형 특종감이라고 말하겠지. 절름발이 산토는 지상에 붙어 있는 광고 전단지를 수집하는 놈인데, 자기 쌍둥이 여동생을 강간하려던 녀석의 팔을 발로 차서 부러뜨렸어. 여동생은 무사했지. 산토가 친오빠인지, 배다른 오빠인지, 거기까지는 나도 잘 몰라.

내가 하는 말이 진실이냐고 묻고 싶지. 그렇게 말하고 싶은 네 의중이 환히 들여다보인다. 헛소리를 지껄여 대는 무리들이 있기는 하지. 노에라고 왜 아니겠어? 하루 종일 남들 이야기만 늘어놓는 노에라고 왜 아니겠냐고? 빌어먹을, 그건 간단한 얘기야. 왜냐하면 내가 진실에 침을 뱉고 싶기 때문이야, 그게 전부야. 그런 식으로 다른 사람들에게 힘을 행사하는 거지. 내가 진실을 쥐어틀고 있는 한 어떤 놈도 거기서 벗어날 수는 없지. 단언해.

그 여자가 죽었을 때 엿 같은 상황이 벌어졌어. 자주 그렇듯 그건 지상에서였어. 거기서는 정확하게 시간을 맞출 수 없었고 시신을 처리할 수 없었다고. 도처에 일반인들이 깔려 있잖아. 나한테서 무슨 말을 듣고 싶은 거야? 이봐, 그 여자는 죽었다니까. 물론 약을 처먹었겠지, 모든 사람이 그렇잖아. 우리 세계에서는 그걸로 양식을 삼으니까. 난 아무것도 몰라, 하지만 그래도 우리는 그 소식에 놀랐어. 다른 패거리들하고 비교적 평화 무드였거든. 그 녀석들이 우리 쪽 계집애를 죽일 이유가 없었으니까. 그녀가 죽기 전에도 상황이 좀 이상하긴 했지. 그건 인정해야 해. 어느 날 프레도가 갑자기 붙들렸어. 짭새들이 아무 예고도 없이 들이닥쳐서는, 5년 전부터 그를 수배하고 있었다고 하는 거야. 프레도 부모님이며 여동생이며 그런 종류의 일을 정면에서 당하게 되면 정통으로 따귀를 맞은 것처럼 욕지기가 나오기 마련이지. 우리 지역 도처에서 문제들이 터지고 있어. 어떻게 되는 건지 너도 알지. 새로운 경쟁자가 등장하면, 네 병신 같은 이웃 놈하고 평화 협정을 맺을 수밖에 없다는 걸. 한 시절이 종 쳤다는 걸 느끼지만 내가 뭘 할 수 있겠어? 그래도 그때가 좋은 시절이었다고 너한테 말할 수는 없을 것 같아.

점점 사람들이 줄어들었어. 어느 날 아침에는 비닐 포대를 둘러멘 턱수염 난 늙은이가 더 이상 공원의 좁은 길 입구에 나타나질 않는 거야. 지하 숙소를 한 바퀴 돌아보았지만, 옷 무더기며 구덩이에서도 사람 그림자조차 안 보이더라고. 더 나쁜 건 마치 우리가 글을 읽을 줄 안다는 듯 벽보들이 붙어 있다는 점이었고, 어쨌든 그건 절대 좋은 징조라고 볼 수 없었지. 지상으로 기어 나가면 사방팔방에 똑같은 벽보들이 덕지덕지 붙어 있어서, 그것들을 마주치지 않고 올라갈 수 없을 정도라니까. 어느 날 아침에 보니까 노란색 비닐 띠가 온통 둘러쳐져 있지 않나, 그다음 날에는 화물차 적재기가 들이닥쳐서는 우리를 덮칠 것 같더라니까.

그건 일종의 전쟁이었어. 싸워 보기도 전에 이미 진 거나 다름없는 전쟁.

우리가 손수 그년을 끝장내 버렸으면 차라리 나았을 거야. 하지만 어떡하겠어, 할 수 있는 게 아무것도 없는걸. 빌어먹을, 지금 곰곰이 생각해 봐도 난 그 여자에 대해서라면 전혀 아는 바가 없어.

우린 특별 버스에 실려 갔어. 버스 좌석은 분홍색 비닐 커버로 씌워져 있었지. 페스트 걸린 창녀 취급을 받는 기분이었어. 그다음에는 이런저런 시설들로 옮겨졌고, 너도 알다시피, 구금을 통한 재활이라나! 나는 일찌감치 튀었어. 갇혀 지내는 게 힘든 일은 아니야. 하지만 그래도 걸레 같은 곳에서 생고생하는 거잖아. 게다가 우린 모두 뿔뿔이 흩어진 상태야. 우리끼리 서로 치고 박고 싸우는 일은 더 이상 없어. 그게 조금 그립기도 해. 어쨌든 그것도 일종의 교제 아니겠어? 하지만 다 익숙해지기 마련이야. 언젠가 우린 들끓어 오르는 또 다른 분노를 느낄 거고, 그러면 도처에서 쉬지 않고 솟아나는 그 엿 같은 담벼락들 위에 우리의 분노를 그려 넣을 거야. 담장을 얼마나 쳐대는지, 빌어먹을, 공터란 게 남아나지 않을 정도라니까. 너 그거 눈치챘어?

●

1차 순환 도로에서 대형 횡단로에 이르는 교차로는 거의 완성 단계에 이르렀다. 기계들이 장소를 완전히 비워 낸 후 독특한 이중의 지층을 발견했는데, 그것은 차후에 새 식물원으로 단장할 예정이다. 지상에는 초목들이 흠잡을 데 없이 반듯하게 가장자리를 두르고 있고, 다양한 식물들이 만개하고 있어서 그 신선하고 맑은 공기를 맛보기 위해 그 위에 뛰어들고 싶을 지경이다. 둥그렇게 감싼 담장에서 보면 거대하게 탁 트인 전망이 펼쳐져서 감탄사가 절로 나온다. 식물원 구조물은 깔끔하고 조화로운 여러 통로들로 연결되어 있어서 그 끝이 보이지 않을 정도였고, 지대를 높이 쌓아 올림으로써 주위의 희끄무레한 여러 건물들로 이뤄진 음울한 지평선을 떡하고 버티듯 내려다볼 수 있을 정도였다.

아래쪽으로는 신선한 칡덩굴 아래로 견고한 콘크리트들이 불쑥불쑥 모습을 드러냈다. 여섯 갈래로 뻗은 진회색의 아스팔트 도로는 미래의 새로운 지하 식물군을 설명하고 있는 무수한 표지판들로 둘러싸여 있고, 새롭게 단장한 아스팔트 도로의 선들은 눈이 시린 백색으로 빛나고 있었다. 그 도로는 아래쪽으로 깊은 경사를 그리며 뻗어 있었는데, 마지막에는 시멘트로 된, 거대한 턱 모양의 수직으로 솟은 두 개의 조형물에서 끝이 났다. 거기서, 커다랗게 입을 벌리고 있는 어둠이 아스팔트 도로의 백색 선들을 모두 삼키고 있었고, 더 아래로 내려오라고 초대하는 듯했다. 그 위로 가로 모양의 신호등이 서 있었는데, 음울한 세 개의 신호등 불빛이 방화를 기다리듯 번득이고 있었다.

Rôle du Dr civil

Dérogation!

Meubles et immeubles

Re

로베르토 볼라뇨 출판의 역사

호르헤 에랄데

Jorge Herralde

1936년 바르셀로나 출생. 아나그라마 출판사를 창립하고 경영했다. 1969년부터 출간을 시작한 아나그라마는 스페인 문학계에 명망 높은 출판사로 자리 잡았고, 로베르토 볼라뇨의 주요 저작물을 출간하기도 했다. 『로베르토 볼라뇨를 기리며*Para Roberto Bolaño*』를 비롯해 직접 쓴 저서가 다섯 권 있다.

이 글은 2004년 10월 21일 바르셀로나의 폼페우 파브라 대학교와 『라테랄』지가 공동 개최한 로베르토 볼라뇨의 추모일에 낭송되었고, 2005년 바르셀로나의 아칸틸라도 출판사가 출간한 『로베르토 볼라뇨를 기리며』에 실렸다.

2004년 6월 출간된, 칠레 안토파가스타의 델마르 대학 문학부 잡지인 『보르티세』 22호에 펠리페 오산돈Felipe Ossandón이 쓴 〈볼라뇨를 재발명하기. 멕시코시티와 그의 데뷔작 출간〉이란 제목의 탁월한 심층 기사가 실린 적 있다. 거기서는 볼라뇨가 15세까지 칠레 남부의 로스앙헬레스에서 살다가 1968년 부모님과 함께 멕시코로 가게 된 이야기가 상세히 그려져 있다. 당시 사춘기였던 볼라뇨는 멕시코시티에서 벌어진 사건에 커다란 충격을 받고 〈아주 독한 결심을 내렸다. 다시는 학교 교실에 발을 들이지 않기로 한 것이다〉. 볼라뇨는 고등학교를 마치지 못했고 대학교에 입학한 적도 없었지만, 죽기 전에 그가 했던 인터뷰에서 자신의 입장을 이렇게 정리했다. 〈나는 독학자가 아니다. 내가 배운 모든 것, 난 그것을 독서를 통해 배웠다. 나는 엄청난 독서광이었다.〉 우리 모두가 익히 알고 있는 사실이다. 볼라뇨의 칼럼과 문학 비평들을 모은 『괄호 치고』만 읽어 봐도 된다. 얼마 전 칠레의 저명한 소설가 곤살로 콘트레라스Gonzalo Contreras는 이렇게 단언하기도 했다. 〈로베르토 볼라뇨는 문학과 사상이 강렬하게 격돌하는 과정을 가장 본질적으로 표현하는 작가이다. 속도감 있는 필치, 밀물처럼 솟아 나오는 풍부한 상상력, 타의 추종을 불허하는 어마어마한 독서량을 통해 볼라뇨는 현대 문학에 관한 한 가장 박식하고 가장 탁월한 비평가이기도 하다.〉

　열렬한 독서광이자 또 그에 못지않게 열정적인 시인이었던 볼라뇨는 주변에 여러 젊은 이단아들을 끌어 모아 그들과 함께 온갖 소란을 피우고 다니면서, 일시적이고 덧없이 끝났던 아방가르드 문학 운동, 인프라레알리스모 그룹을 결성했다. 볼라뇨는 『야만스러운 탐정들』에서 이 반항적 문인들의 모험담과 좌절을 다룬 바 있으며(작품에서 이들은 〈내장 사실주의자〉로 소개된다), 오산돈의 탐방 기사에서도 덥수룩한 머리를 흩날리는 이들의 사진을 여러 장 찾아볼 수 있다. 1976년 볼라뇨는 일곱 명의 다른 인프라레알리스모 시인들과 함께 산체스 산치스 출판사에서 시집 『뜨거운 새』를 출간하는 한편, 같은 해 단독 시집인 『사랑을 다시 만들어 내기』라는 얇은 시집을 발표하기도 했다. 이 시집은 아홉 개의 장으로 나뉜 한 편의 장시로 되어 있는데, 후안 파스코에Juan Pascoe가 발행인으로 있는 타예르 마르틴 페스카도르에서 출간되었다. 르포 기사에서 펠리페 오산돈은 그 시집을, 파브리아노 잉그레스 지(紙)로 제작된 20페이지짜리 작은 청색 노트 같았고, 총 225부를 인쇄했는데, 칼라 리피Carla Rippey의 판화가 표지를 장식하고 있다고 묘사했다.

칼라 리피는 북아메리카의 시각 예술가로 『야만스러운 탐정들』의 등장인물 카탈리나 오하라의 실제 모델이다. 그녀는 볼라뇨와 매우 가까웠으며 그가 사망하기 얼마 전까지도 서신을 주고받던 사이였다. 그녀는 로베르토를 이렇게 묘사한다. 〈어떤 상황이든 로베르토는 그 것을 드라마틱하게 만드는, 그래서 결국에는 그 상황을 매혹적으로 만드는 재주를 갖고 있었다. 로베르토와 함께 있으면 어느 누구도 지루하지 않았다. 그가 하는 모든 말은 좌중에게 즉각적인 반응을 불러일으켰다. 그의 삶은 엉뚱하고 기괴한 강렬함으로 가득했고, 그것이 주변 사람들에게 전염성을 띠기도 했지만, 과잉될 때는 조금은 피곤한 것이기도 했다.〉 로베르토를 아는 사람들이라면 다들 인정하다시피, 〈피곤함〉이란 단어를 포함한 오하라의 표현은 로베르토에 대한 거의 완벽한 묘사가 아닐 수 없다.

얼마 후 볼라뇨는 석연찮은 경찰의 추적을 피해 스페인으로 떠나온다. 칼라 리피에 의하면, 〈그가 멕시코를 떠난 것은 가족에 대한 경찰들의 부당한 괴롭힘을 견디다 못해서였다. 경찰들은 그의 가족들을 찾아다녔는데, 그의 누이의 전 애인이 간이식당 강도 혐의를 받고 있었기 때문이다〉. 볼라뇨 단편소설감으로 좋은 주제가 아닐 수 없다.

바르셀로나에 정착한 후에도 볼라뇨는 자신의 두 번째 시집을 멕시코에서 출간하기를 원해서, 후안 파스코에게 이렇게 편지를 썼다. 〈감상적인 이유로, 그리고 일말의 페티시즘 때문에 내가 세상에 발표하는 최초의 두 책이 같은 선집으로 출간되었으면 합니다. 누추하고 오래된 지하 저장소에 보관된 감미로운 포도주병들처럼, 나는 타예르 마르틴 페스카도르 같은 우아한 지하의 제왕이 군림하는 지하실 속의 책들을 꿈꿉니다.〉 출판에 관한 로베르토의 페티시즘이라면, 나 자신이 익히 알고 있는 바이다. 그런 기벽 중의 하나는 1년에 한 권씩 아나그라마 출판사에서 책을 출간한다는 것이었고 또 실제로 그렇게 실현되었다. 그는 우리 출판사의 카탈로그와 보도 자료를 꼼꼼히 읽고 논평했으며, 특히 우리 출판사가 1999년에 창립 30주년을 기념해 발간한 『아나그라마 해체*Deconstructing Anagrama*』를 눈여겨보았다. 이 책자의 앞부분에는 아나그라마에서 열 권 이상을 출간한 작가들, 우리끼리는 〈텐 클럽〉이라고 부르는 이들의 명단이 실려 있었다. 1999년 당시 텐 클럽에 이름을 올린 작가는 모두 열여덟 명이었는데, 볼라뇨는 그가 작가로서 경의를 아끼지 않는 폼보Pombo, 빌라마타스Vila-Matas와 동등한 반열에 오르기 위해 서둘러 그 클럽에 입성하고 싶어 했다. 이제 35주년 『아나그라마 해체』에는 열한 권의 작품을 출간한 볼라뇨의 이름이 마침내 텐 클럽에 포함되어 있다(현재 총 스물일곱 명의 작가가 텐 클럽을 구성하고 있다).

멕시코에서 시인으로 활동하던 볼라뇨에게로 다시 돌아가 보자. 그의 두 번째 시집은 출간되지 못한 것으로 알려졌는데, 볼라뇨 미망인 카롤리나 로페스가 내게 건네준 공동 시집 한 권이 1979년에 출간된 것으로 드러났다. 볼라뇨가 손수 편찬한 『불의 무지개 아래 벌거벗은 소년들』(11인의 라틴 아메리카 시인들의 선집)에는 마리오 산티아고 Mario Santiago나 브루노 몬타네Bruno Montané 같은 여러 인프라레 알리스트들의 시뿐 아니라, 당연한 일이지만 볼라뇨의 시들이 수록되어 있었다. 서두에서 〈이 책은 정면으로도 측면으로도 읽어야 하니 독자에겐 비행접시처럼 보일 것이다〉라고 경고하는, 시적 광채로 번득이는 작품이었다.

인프라레알리스모 운동은 창시자였던 로베르토 볼라뇨의 말을 빌리자면 일종의 〈멕시코판 다다〉였다. 권위에 저항하는 분노의 작가, 세상과 타협할 줄 몰랐던 시인 로베르토 볼라뇨는 1990년 스페인에서 부인 카롤리나와의 사이에서 아들 하나를 얻게 된다. 그가 사랑해 마지않았던 라우타로였다. 그 이후, 그는 시 창작을 포기하지 않은 채 소설가로 변신해서 가정의 생계를 책임지고자 했다(괴상한 아이디어이기는 해도 결국에는 실현되었다). 그때부터 볼라뇨는 스페인 여러 지방에서 주관하는 각종 문학상에 응모하기 시작했고 몇 개의 상을 거머쥐기도 했다. 그는 그것들을 〈버펄로〉라고 불렀는데, 아메리카 인디언들의 생존에 있어서 가장 중요한 역할을 했던 것이 버펄로였기 때문이다. 스페인으로 망명한 아르헨티나 작가 안토니오 디 베네데토 Antonio Di Benedetto에게 헌정한 단편소설 「센시니」에서 볼라뇨는 작가들의 버펄로 사냥 과정을 생생하게 묘사하기도 했다.

그의 수상작들을 훑어보자면 일일이 다 언급할 수 없을 정도이다. 1993년 콜레히오 델 레이 재단이 초판 발행한 『아이스링크』는 알칼라데 에나레스 시(市)로부터 문학상을 받았고, 이어서 세익스 바랄 출판사를 통해 칠레에서도 출간되었다. 1993년 톨레도 시청에서 발간한 『코끼리들의 오솔길』은 펠릭스 우라바옌 단편소설상을 받았고, 훗날 아나그라마 출판사에서 『팽 선생』이란 제목으로 개정 출간되었다. 기 푸스코아나 협회가 출간한 『낭만적인 개들』은 이룬 시(市) 문학상 시 부문을 수상했다. 안토니 가르시아 포르타Antoni García Porta와 공 동 집필한 『모리슨의 제자가 조이스의 광신자에게 하는 충고』가 안트 로포스상을 받았다는 사실도 빠뜨릴 수 없다.

  볼라뇨의 초창기 출판물이 스페인에서 거의 알려지지 않았다면, 세 익스 바랄에서 출간된 『아메리카의 나치 문학』부터는 볼라뇨 출판의 역사에서 새로운 장이 펼쳐진다. 이 소설은 「라 반과르디아La Vanguardia」지의 마솔리베르 로데나스Masoliver Ródenas나 「엘 파이 스El País」지의 하비에르 고니Javier Goñi 같은 비평가들로부터 호평 을 받지만, 판매 부수는 초라하기 짝이 없어서 얼마 후 인쇄된 전량이 모두 폐기 처분되는 신세를 겪었다. 당연한 일이지만 그 일은 로베르토 에게 하나의 트라우마로 남았고, 그는 결코 그것을 잊지 못했다.
  볼라뇨는 같은 원고를 알파과라, 데스티노, 플라사&하네스 출판사 에 동시에 보냈지만 모두 거절당했다. 1995년 7월 그는 소설상을 노 리고 원고를 아나그라마 출판사로 발송했다. 그 상은 11월 첫째 월요 일에야 수상이 결정되는 상이었다. 소설은 예비 심사를 통과했고 나 도 그것을 읽어 보았다. 마음에 꼭 드는 작품이었지만, 우리가 볼라뇨 로부터 받은 서신은 절망적이었다. 당시 로로 가(街) 17번지 3층에 살 던 볼라뇨는 전화도 없었고, 전화로 통화할 만한 형편도 못 되었다(당 시 그에게는 전화가 없었을 것이다. 그는 그런 종류의 사치를 자신에 게 용납할 처지가 아니었다). 수상작이 결정되는 11월 6일 바로 전에 문학상 응모에서 빠지겠다는 소식이었다. 이미 다른 출판사와 계약을 했다는 거였다. 나는 놀라지 않을 수 없었다. 나는 수상 결과와 상관없이 그 작품을 반드시 출판하리라 마음먹고 있었고, 그의 생존 방식에 대해 전혀 모르던 상황에서 그가 오직 우리 출판사에만 원고를 보냈을 것이라고 단순히 믿었기 때문이다. 나는 그가 바르셀로나에 온다면 기꺼이 그와 이 문제를 의논하고 싶다는 답신을 보냈고, 짧게 덧붙이기를(튕기는 연인들처럼 살짝 신경질이 나기도 했다), 『아메리카의 나치 문학』은 〈나로서는 소설로 평가하기 어렵지만 그래도 좋은 인상을 주었다〉라고 말했다. 며칠 후 그는 나에게 연락을 했고, 아나그라마 출판사로 찾아와 우리는 한참 동안 이야기를 나누었다. 그는 자신이 경제적인 곤궁에 빠져 있으며 여러 출판사로부터 원고를 거절당해서 매우 낙담했다고 말하고, 소박한 액수를 제시한 마리오 라크루스Mario Lacruz에게서 『아메리카의 나치 문학』을 출간하겠다는 편지를 받았을 때 단 1초도 주저하지 않았다고 털어놓았다. 출판 거절 이야기가 나오자 나는 그가 안토니 가르시아 포르타와 함께 썼던 소설을 출간할 무렵 그 작품으로 우리 출판사 문학상에 응모했으며 최종 10인의 명단에 포함되었지만, 결국 수상하지는 못했던 일이 떠올랐다. 나는 그에게 제안하기를, 만약 그가 다른 출판사와 가계약한 것이 아니라면 그의 다른 작품들을 기꺼이 읽고 싶다고 했고, 얼마 후 그가 내게 가져온 것이 바로 『먼 별』이다. 놀라운 작품이었다(그 원고 역시 세익스 바랄을 비롯한 여러 출판사에서 거절당했다는 사실을 내가 안 것은 나중의 일이다). 편집자와 작가, 우리의 진정한 우정은 그렇게 시작되었다. 우리는 『아메리카의 나치 문학』이 출간되고 몇 달 후인 1996년 가을에 『먼 별』을 발표했고, 그해 11월 25일에 볼라뇨는 최초로 기자 회견을 하게 된다.

『먼 별』은 수많은 문학 비평가들로부터 매우 호의적인 반응을 얻었고, 작품에 관련된 칼럼도 무수히 쏟아져 나왔다.

〈전위 예술가이자 암살자이고 또 비밀경찰이었던 인물이 자행했던 범죄와 문학적 열망을 추적하는 과정을 흥미롭고 냉소적으로 다룬 작품.〉(호세 안토니오 우갈데, 「엘 문도」)

〈로베르토 볼라뇨는 독창적이고 강력한 상상력을 보여 줄 뿐 아니라 탁월한 필력과 설득력 있는 문학적 형식으로 문단을 매료시켰다.〉(루이스 알론소 히라르도, 「디아리오 코르도바」)

〈볼라뇨가 증명하거나 경고한 것은 나치즘은 여전히 잠복하고 있다는 사실이다.〉(카를로스 메네세스, 「디아리오 말라가」)

〈시인이자 비행사, 잔혹함의 대가가 독자들을 끌고 들어가는 끔찍한 지옥의 현장을 놀라울 정도의 냉정함과 차가운 거리 두기로 표현한, 대담한 글쓰기가 일품이다.〉(마리아 베르무데스, 「클라린」)

〈향후의 행보가 주목되는 탁월한 서술적 재능.〉(티노 페르티에라, 「라 누에바 에스파냐」)

〈『먼 별』은 작가가 작품에 부여한 각별한 어조가 없었다면 그저 잔인한 내용을 다룬 시시한 책에 불과할 것이다. 그러나 볼라뇨의 작품에는 소리 소문 없이 사라져 버린 이들에 대한 부드러운 애정이, 차마 글로 묘사할 수 없는 것을 묘사해 내는 유머 감각이, 그리고 결국 복수의 열매를 거둬들인 이에 대한 씁쓸한 연민이 뒤섞여 있다.〉(펠리페 후아리스티, 「엘 디아리오 바스코」)

〈짧고 독창적이고 지독하게 신랄한 소설……. 비범한 미학적 감각이 있고 독보적으로 대담한 서술. 문학적 미래가 보장된 작가로서의 전조가 보이는 작품.〉(「엘 시에르보」)

라틴 아메리카 문학에 각별한 관심을 쏟았던 비평가 호아킨 마르코 Joaquín Marco는 그 작품을 이렇게 평했다. 〈볼라뇨는 문학과 인생이 극적으로 뒤섞이는 하나의 스토리를 창안했다. 이 작품 속에서는 악의 미학이 군사 독재하의 칠레라는 한 나라의 한계를 완전히 벗어나, 현실의 참혹성을 상징적으로 구현하는 인물들이 생생하게 재현되어 있으며, 그것을 하나의 비극으로 승화시키고 있다.〉 그리고 이렇게 강조했다. 〈자신의 인격 내에 하나의 항구성을 유지했다 하더라도, 신분을 위장해서 종적을 감췄던 시간을 갖고 노는 인물의 정체가 마침내 밝혀진다. 이 작품은 창작과 폭력 사이의, 시와 범죄 사이의, 모럴과 냉소 사이의 퓨전이다.〉

그때 쏟아져 나왔던 수많은 비평 중에서 가장 먼저 발표된 것이 「엘 파이스」에 발표된 이그나시오 에체바리아의 서평이다. 이때부터 에체바리아와 볼라뇨는 절친한 친구가 되었고, 볼라뇨의 사후 출간작인 『괄호 치고』와 『2666』의 편집을 담당한 이도 바로 에체바리아이다. 에체바리아는 『먼 별』을 다룬 서평에서, 이 작품과 『아메리카의 나치 문학』 사이의 프랙털[1]적 성격을 날카롭게 지적했다(『야만스러운 탐정들』 속 한 등장인물의 이야기를 다룬 『부적』의 경우도 프랙털적 성격이 강하다). 사악하고 음산한 시인이자 비행사였던 비더가 썼던 글들과 유사하게, 〈피로 얼룩진 유혈극을 우스꽝스럽고 유머러스하게 다뤘다는 것이 더욱 잔혹하게 느껴진다. 볼라뇨는 사적, 공적 공간에서 벌어지는 그로테스크함, 부조리함, 극단적인 무용함을 탁월하게 처리하는 천부적 감각을 타고났다〉.

부에노스아이레스에서 나온 최초의 서평들 가운데 하나는, 볼라뇨처럼 여러 해 동안 스페인에서 망명 생활을 했던 소설가 마르셀로 코엔Marcelo Cohen이 「클라린Clarín」지에 기고한 글이었다. 〈단숨에

---

1 일부 작은 조작이 전체와 비슷한 형태로 끝없이 되풀이 되는 구조. 볼라뇨의 경우, 한 작품의 작은 일화가 다른 작품의 메인 테마가 되거나, 한 작품에 작은 역할로 나왔던 인물이 다른 작품에서 주인공으로 출현하는 것을 의미한다.

독자의 마음을 사로잡는 스토리텔링을 구사할 줄 아는 문학적 재능의 보유자〉의 출현에 환호를 보내면서 마르셀은 다음과 같은 점을 강조했다. 〈이 소설에서 정말로 신선한 요소는 하늘의 별이 되고자 했던 한 라틴 아메리카인의 싸구려 운명, 그 비열함과 추악함의 잔재들의 상세한 명세서를 제공했다는 점이 아니다. 여기에는 그보다 더 독창적인 어떤 것, 하늘에 시를 그렸던 비행기 퍼포먼스가 어색한 파티로 마무리된 후, 뒤이어 열린 사진 전시회에서 드러난 카를로스 비더의 초라한 열정(시끌벅적했던 거실, 희귀한 상징주의 서적들, 별도의 조명 없이 맨 벽에 전시된 카를로스 비더의 사진들)에 대한 애수 어린 찬사…… 여기에는《라틴 아메리카 대륙의 내장들을 시적으로 뒤흔드는 어떤 것》이 있다.〉

칠레에서는 파트리시아 에스피노사Patricia Espinosa라는 한 젊은 대학생이 1997년 5월 11일「라 에포카」지에「하나의 별이 태어났다」라는 긴 평론을 발표했다. 그녀는 볼라뇨가 〈허구와 현실을 오가며 오만하고 예리하고 군더더기 없이 깔끔하게 이야기를 풀어낼 줄 아는〉 작가이며, 〈무엇보다도 잔혹한 스토리텔링을 유머 감각으로 이끌어나갈 줄 아는 그만의 독특한 어조〉를 높이 평가했다. 이어서 파트리시아는 당돌하게도 당시 거의 알려지지 않았던 로베르토 볼라뇨라는 작가가 〈단번에 현대 칠레 문학에서 가장 중요한 작가로 자리 잡았다〉라고 딱 잘라 단언했다. 독자적 견해와 날카로운 통찰력을 갖춘 그녀는 곧 칠레 문학 연구 및 비평계에서 영향력 있는 인물이 되었고, 볼라뇨에 관한 탁월한 연구 논문[2]의 편집에도 직접 참여했다.

이렇듯 비평가들로부터는 광범위한 호평을 얻었음에도 불구하고

---

2 「탈영토성. 로베르토 볼라뇨에 관한 문학 비평 연구」, 프라시스 출판사, 2003

로베르토 볼라뇨의 책의 실제 판매 부수는 변변치 못했다. 카프카나 보르헤스 같은 비범한 천재들에게도 종종 일어났던 일이었다. 라틴 아메리카를 포함한 전 세계에서 『먼 별』이 출간된 첫해 팔린 양은 951부였고, 다음 해에는 826부, 그 이듬해에는 818부에 불과했다.

뒤이어 발표된 『전화』(1997)에 대한 평론가들의 반응 역시 전작 못지않아서, 도처에서 열정적인 반응이 터져 나왔다. 에체바리아(〈독보적인 작가〉), 마솔리베르(〈모험, 언어, 감정, 이 모든 것이 여기서는 본질적이다〉), 문학지인 『라테랄』과 『키메라』의 편집장이었던 미알리데스Mihály Dés와 페르난도 발스Fernando Valls 모두 『전화』에 열렬한 환호를 보냈다. 「엘 파이스」에 발표된 서평에서 빌라마타스는 다음과 같이 이 작품에 경의를 표했다. 그는 페렉의 『나는 기억한다』[3]를 흉내 내어, 〈나는 그것을 보았다는 느낌이 든다〉라는 글귀로 평론의 서두를 뗐다. 그리고 글 전체를 〈나는 …라는 느낌이 든다〉는 동일한 문장으로 연이어 반복했다. 그것들 중의 하나를 예로 들면, 〈내가 볼라뇨에게 그야말로 현존하는 칠레 최고의 작가라고 했을 때, 그의 얼굴에 살짝 당황한 기색이 비쳤던 것을 본 듯한 느낌이 든다〉와 같다.

『전화』는 1998년 명성 높은 칠레 산티아고 시(市) 문학상(단편 부문)을 수상했다. 로베르토 볼라뇨의 열렬한 팬이었던 비평가 로드리고 핀토Rodrigo Pinto는 작가의 문학적 재능에 침이 마르게 칭찬을 아끼지 않았고, 파트리시아 에스피노사 역시 〈전화가 자신이 하는 말을 알고 있을 때〉라는 제목의 호평을 발표하며 볼라뇨에게 힘을 실어 주었

---

3 프랑스 작가 Georges Perec(1936~1982)이 1978년에 발표한 『나는 기억한다』는 과거 여러 해 동안의 기억의 파편들을 짧은 일화들로 엮은 것으로, 모든 일화들의 초두는 〈나는 기억한다〉라는 말로 시작한다.

다. 첫해의 판매 부수는 2,651부였고(전 작품과 비교하면 괄목할 만한 결과였다) 이듬해에는 849부였다.

이런 예들로 미뤄 볼 때, 로베르토 볼라뇨의 탁월한 문학성은 문단 소식에 밝은 명민한 비평가들이나 (적어도 다수일 수는 없는)〈행복한 소수〉⁴에게 있어서는 반론의 여지가 없는 것이다. 그러나 볼라뇨의 작품 세계에 대한 양적 평가와 질적 평가가 폭발적으로 증가한 것은 그의 출판 역사에서 세 번째 단계를 여는 『야만스러운 탐정들』이 세상에 선보인 1998년에 이르러서였다. 이 작품은 만장일치로 우리 출판사의 에랄데상을 수상한 후, 역시 만장일치로 라틴 아메리카에서 가장 유명한 문학상인 로물로 가예고스상을 받았다(이때 최종심에 진출한 작가들 중에는 사에르나 무뇨스 몰리나Muñoz Molina 같은 저명인사들도 포함되어 있었다). 그뿐 아니다. 칠레의 국립도서위원회에서도, 예술비평협회에서도 『야만스러운 탐정들』은 상을 휩쓸었다. 그리고 바로 그 순간부터 볼라뇨라는 인물이 커다랗게 부각되기 시작한다. 사람들은 『야만스러운 탐정들』을 20세기에 라틴 아메리카에서 출간된 『팔방 놀이』나 『아단 부에노스아이레스』⁵ 같은 가장 뛰어난 작품들과 견주기 시작했고, 새롭게 문단에 입문한 젊은 작가 세대들에게 로베르토 볼라뇨는 왕년에 문학적 유행을 주도했던 여러 인물들을 압도적으로 평가절하시키고 신세대들의 문학적 신성으로, 영웅으로 추앙받을

---

4 프랑스 작가 스탕달Stendhal(1783~1842)의 『파르마의 승원』의 제사(題詞). 영어로 〈To the Happy Few〉에게 헌정한다는 것인데, 고도의 미적 감식안이 있는 소수의 교양인들을 자신의 독자로 간주한다는 의미이다.

5 『팔방 놀이Rayuela』(1963)는 아르헨티나 작가 훌리오 코르타사르Julio Cortázar(1914~1984)의 작품. 『아단 부에노스아이레스Adán Buenosayres』(1948)는 아르헨티나 소설가 레오폴도 마레찰 Leopoldo Marechal(1900~1970)의 작품.

정도였다.

　방대한 분량의『2666』을 써 내려가는 동안에도 볼라뇨는 아나그라마 출판사에서 1년에 한 권씩 꾸준히 책을 출간했다. 1999년에는『야만스러운 탐정들』의 프랙털적 성격을 띤『부적』이 출간되었고, 2000년에는 1993년에 발표됐던『팽 선생』이 재출간되었으며, 2001년에는 단편집『살인 창녀들』이, 2002년에는 22년 전에 쓴 소설의 개정판인『안트베르펜』이, 2003년에는 단편집『참을 수 없는 가우초』가 발표되었다.

　2004년 볼라뇨의 칼럼과 에세이, 인터뷰 등을 수록한 두툼한『괄호 치고』가 사후 출간되었다. 이 책은 첫 장이 〈자화상〉으로 시작되는데, 볼라뇨 자신의 파편적인 자전적 기록 혹은 문학적 유언이라고 규정할 수 있다. 로드리고 프레산Rodrigo Fresán의 말을 빌리자면 〈볼라뇨의 소설이나 우화집, 혹은 한 편의 시처럼 읽을 수 있는〉 이 책은 〈반규범적이며 독창적이었던 한 작가를 이해하고 평가하는 데 필수적인 책〉이다. 마지막으로, 볼라뇨의 충직한 팬이었던 호아킨 마르코의 말을 인용해 보자. 〈에체바리아가 말했듯, 볼라뇨의 이 책은『짧은 이야기 형식들Formas breves』의 피글리아,『푸가의 예술El arte de la fuga』에서의 피톨[6]이 그랬던 것처럼, 비평을 통해 하나의 자전적 형식을 만들어 냈다. 볼라뇨에게는 모든 것이 조금도 축약됨 없이 문학으로 환원된다. 그에게는 문학이라는 광대한 영역 이외에는 아무것도 존재하지 않는 것이었다.〉

　이 글의 주제가 〈로베르토 볼라뇨 출판의 역사〉인 만큼, 나는 그가

---

6 Sergio Pitol(1933~). 2005년 세르반테스 문학상을 수상한 멕시코 작가.

여러 편집자들과 나눴던 우호적인 관계에 대해서 이야기하고자 한다. 딱 하나의 예외가 있기는 하다. 나로서는 매우 유감스러운 일이지만 그것 역시 이 자리에서 언급하지 않을 수 없다. 우선 바로 그 예외적인 경우부터 먼저 이야기하기로 하자. 강압적으로 책들을 폐기 처분해서 볼라뇨로부터 커다란 분노를 샀던 세익스 바랄 출판사와의 관계였다. 세익스 바랄과는 그것 말고도 다른 사건들이 있기도 했다. 그러나 이 자리에서 그 사건들에 지나치게 의미를 부여하지는 말자. 그런 정황 때문에 볼라뇨가 사망한 다음 날 세익스 바랄의 사장(마리오 라크루스가 아니라 아돌포 가르시아 오르테가Adolfo García Ortega였다)이 「엘 파이스」에 기고한 글을 읽고 그의 친구들이 커다란 충격과 분노를 느꼈던 것이다.

볼라뇨가 스페인에서 최초로 출간한 시집 『낭만적인 개들』은 최고의 조력자였던 페레 짐페레르Pere Gimferrer가 쓴 서문을 달고 루멘 출판사의 훌륭한 시인 총서로 출간되었고, 두 번째 시집인 『셋』은 우리의 공동 편집자인 하우메 발코르바Jaume Vallcorba에 의해 아칸틸라도 출판사에서 출간되었다. 아칸틸라도 출판사는 볼라뇨의 절친한 벗인 안토니오 가르시아 포르타의 훌륭한 소설들을 출간하기도 했다.

볼라뇨의 또 다른 스페인 편집자는 몬다도리 출판사의 편집장인 클라우디오 로페스 데 라마드리드Claudio López de Lamadrid였다. 볼라뇨와 클라우디오는 로드리고 프레산, 이그나시오 에체바리아, 그리고 나와 자주 어울리던 사이였다. 볼라뇨로 하여금 한 도시를 배경으로 혹은 계기로 삼아, 사전에 주문 제작되는 선집에 책을 발표하라고 했던 사람도 클라우디오다. 그렇게 쓰인 것이 호세 도노소José Donoso의 『세 편의 부르주아 소설』에 대한 명백한 암시를 내포한, 로마를 배경으로 한 『짧은 룸펜 소설』이다.

작가로서, 친구로서 로베르토는 여러 가지 기괴한 강박 관념을 갖고 있는 인물로 널리 알려져 있다. 그는 문학광이었고 영화광이었으며 심지어 열렬한 텔레비전 애청자이기도 했다(그는 온갖 유형의 프로그램을 지치지도 않고 시청했다). 그의 또 다른 기벽으로는, 잘 썼건 못 썼건 간에 다른 작가들의 책에 대해 평하기를 좋아했다는 사실이다. 작가들이란 주로 자신의 작품에만 골몰해 있는 자들인 까닭에, 그의 이런 성향은 그의 동료들과 언제나 호의적인 관계로 끝나지는 못하게 했다.

로베르토는 외국 편집자들과도 짧지만 강렬하고 우호적인 관계를 유지했다. 파리에서는 크리스티앙 부르구아와, 토리노에서는 안토니오 셀레리오와, 책의 홍보를 위해 떠난 몹시 고단했던 독일 여행길에 만난 『야만스러운 탐정들』의 독일어 번역자이자 페어라크 안티어 쿤스트만사의 편집 위원이었던 하인리히 폰 베렌베르크와, 혹은 볼라뇨가 런던에 갔을 때는 하빌의 편집자인 크리스토퍼 매클리호즈와, 바르셀로나에서는 우리 에랄데 출판사와 돈독한 사이를 유지했다. 해외 출판사와의 관계는 볼라뇨 출판의 역사를 다룬 이 글의 마지막 부분과 결부되어 있다. 현재 그의 작품들은 번역을 통해 세계적으로 널리 알려지고 있는 중이다. 그의 작품들은 해외 비평가들로부터 극찬을 받았으며 여러 외국 출판사들도 그의 번역에 열을 올리고 있어서, 빌라마타스의 경우가 그랬듯 볼라뇨의 다양한 작품들이 동시에 여러 나라에서 번역되거나 다뤄지는 경우도 허다해졌다. 어제만 해도 파리에서 크리스티앙 부르구아와 저녁을 먹을 때 『2666』 몇 권을 들고 갔었는데, 그 자리에 『누벨 르뷔 프랑세즈』지[7] 편집장인 미셸 브로도가 와

---

7 『Nouvelle Revue Française』. 흔히 NRF라고 쓴다. 1908년 앙드레 지드를 필두로 한 젊은 문인들에 의해 창간되어 20세기 프랑스 최대 출판사인 갈리마르 출판사에서 발행된다.

있었고, 그는 2005년 1월 호에 볼라뇨 특집을 구상하고 있다고 내게 말했다.

아나그라마 출판사에서 출간한 아홉 편의 소설은 각각 적어도 2개 국어로 번역되었으며, 가장 많이 번역된 작품은 12개 국어로 번역된 『칠레의 밤』이고, 『먼 별』은 9개 국어로, 그리고 서둘러 판권을 사려는 해외 출판사들의 열기에도 불구하고 만만찮은 번역 비용 때문에 『야만스러운 탐정들』은 8개 국어로 번역된 상태이다. 현재까지의 번역 현황은 총 12개국에서 총 49권이 번역된 것으로 집계된다. 전 세계 모든 나라의 출판업이, 출판업자들이라면 오랜 고통을 겪어 익히 잘 알고 있는 난공불락의 〈베스트셀러〉란 기준에 의해 움직이는 만큼, 볼라뇨처럼 오직 문학적 예술성으로만 승부하는 작가의 작품이 외국으로부터 이토록 열렬하고 우호적인 반응을 얻은 데 대해, 그리고 그의 작품을 국제적 차원으로 효율적으로 보급할 수 있었던 것에 대해 우리 출판사는 조금 자랑스럽기도 하다.

게다가 번역 작업에서 가장 힘든 과제가 이미 성공적으로 실현되었다. 앵글로색슨 언어권의 출판사들, 그것도 명망 높은 출판사들과 계약한 것이다. 수전 손태그나 콜럼 토빈[8] 같은 작가들의 열광적인 추천사와 함께 영국과 미국에서 『칠레의 밤』 번역본이 나오게 되었으며, 이 작품은 가장 상금이 큰 문학상인 임팩 문학상[9]의 최종 후보 열권에 들기도 했다. 며칠 전에는 『먼 별』의 영어판이 출간되었고, 『전화』와 『살인 창녀들』의 단편 모음집이 현재 번역 중에 있다. 마지막으

8 Colm Tóibín(1955~). 아일랜드 작가.
9 1994년 이래 더블린 시와 임팩 사(社)가 공동으로 수여하는 문학상으로 상금이 10만 유로에 달하는, 문학상 가운데 최고 수준의 상금을 주는 상이다. 수상작은 픽션 작품에 한정되어 있으며, 작가의 국적이나 언어권에 관계없이 영어로 출판된 작품에 한한다. 번역본의 경우 영어 번역판이 출간된 지 2년이 지나야 심사 자격이 주어진다.

로, 『야만스러운 탐정들』의 번역 판권을 사려는 여러 제안들도 현재 고려 중이다.

『안트베르펜』, 『전화』, 『참을 수 없는 가우초』가 크리스티앙 부르구아에서 출간되자마자, 지난주에 발간된 『레쟁로큅티블』지[10]에서 파브리스 가브리엘은 2005년에 출간될 『야만스러운 탐정들』의 번역을 고대하면서 이렇게 썼다. 〈우리에겐 다행스러운 일이지만, 볼라뇨의 책은 이게 끝이 아니다. 향년 50세로 타계한 천재적인 칠레 작가는 이제 막 국제적인 인정(문학상들, 수많은 번역들)을 맛보기 시작했지만, 그것을 누릴 시간은 너무 짧기만 했다.〉

이번 주에 막 출간된 『2666』을 언급하면서 나의 발표를 마무리하고자 한다. 이그나시오 에체바리아가 편집을 담당한 원고를 내가 열에 들떠 읽은 것이 벌써 1년 전이다. 그 책을 읽은 극소수의 독자들이나 세계의 여러 저명한 편집자들은 조금도 과장하지 않고, 이 소설이야말로 21세기 문학의 위대한 고전의 반열에 오를 것을 단호히 예언했다.

---

10 『Les Inrockuptibles』. 1986년 창간된 음악 잡지. 제목은 〈부패하지 않는incorruptible〉과 〈록rock〉을 합성해 만든 말이다. 음악뿐 아니라 문학과 영화에도 지면을 할애하고 있다.

49, 7° et 47, 5° 569.   NB. nature des biens transmis

Quid si le partage avec S est pour objet
des meubles et [...]

Quid si le lot du copartageant surtout
est composé de biens de div. espèce.

투명한 공간 너머로

볼라뇨 문집에 대한 전망

안토니오 베를리
Antonio Werli

아르투로 벨라노의 자취

아르투로 벨라노는 그 이름이 암시하는 것처럼 랭보적 여정을 따라 아프리카로 떠난다. 그가 도착한 곳은 자유*liberté*와 서적*livre*을 암시하는 라이베리아Liberia였지만,[1] 1996년의 라이베리아는 〈심연 혹은 붕괴 직전에 있는 한 아프리카 국가〉에 불과했다. 그리고 곧 벨라노는 사라진다.

『야만스러운 탐정들』(1998)의 2부 마지막 부분인 25장, 이 소설의 가장 감동적인 몇 페이지에 나오는 내용이다. 작가 볼라뇨는 등장인물 벨라노를 실종 처리함으로써, 혹은 독자에게 벨라노를 〈떠날 것〉을, 이제는 벨라노로 하여금 자신의 길을 가라고 제안함으로써, 등장인물 벨라노를 알려져 있기는 하되 꼭 짚어 지목할 수는 없는 장소에 위치시킨다. 〈바로 그 자리에서 우리는 안녕을 고했다.〉그리고 〈나는 두말할 나위 없이 벨라노를 찾았고, 브라운스빌-블랙 크리크-토머스 크리크 일대에 무슨 일이 있었는지 알아보려고 했다. 그러나 분명 거의 아무것도 알아내지 못했다〉.

등장인물 벨라노로 하여금 이제 자신의 길을 가라고 하는 것, 그것은 이제 그에게 등을 돌리고 그 인물이 밟아 온 행로를 되짚어가라는 의미이다. 라이베리아에서 벨라노가 실종된 이후, 소설 『야만스러운 탐정들』에서 시간적으로 그 이후에 이어지는 일화는 단 하나뿐이다. 〈아마도 이 주제에 관심을 가진 유일한 사람〉이기 때문에 〈내장 사실주의자들에 관한 유일한 전문가〉인 사람의 이야기. 내장 사실주의 전문가는 아르투로 벨라노가 칠레 사람이라는 사실 외에는 그에 관해 아무것도 모르며, 자신은 벨라노를 알지 못한다고 고백한다. 이렇게

---

1 라틴어 *liber*는 명사로는 〈책〉, 형용사로는 〈자유로운〉이란 뜻이다.

해서 벨라노의 자취가 완전히 사라진다. 따라서 독자로서는 벨라노의 행적을 거꾸로 추적해서 소노라 사막(『야만스러운 탐정들』의 4부)으로 향할 수밖에 없다. 그곳은 『2666』이 다루는 배경이기도 하다.

독자들의 행보는 『야만스러운 탐정들』의 초두에서 울리세스 리마가 내장 사실주의자들(울리세스 리마와 벨라노가 이끄는 그룹)의 움직임을 다음과 같은 신비로운 말로 정의할 때 이미 제시되어 있는 것 같다. 〈한 점을 바라보지만 똑바로 뒷걸음질 치면서 멀어져 가고 있어. 어딘지도 모르는 곳을 향해.〉

볼라뇨의 작품 세계를 탐색하다 보면, 모든 것이 동시에 쓰였고, 지금 읽는 것은 이미 예전에 읽었으며, 여기 쓰인 것은 새로운 글쓰기라는 인상을 지울 수가 없다. 그의 작품 세계에서는 모든 것이 어떤 결말, 최종 귀착점으로 귀결되지만, 그 도착점은 여러 방향으로 찬란히 빛을 내뿜고 있다. 독자들은 알아볼 수는 있지만 막연하게 짐작해야 하는 여러 방향들로 되짚어 돌아가야 하는 것이다. 거창한 여정이 끝났지만 다시 행로를 거슬러 되돌아가야 하는 여행처럼. 볼라뇨의 작품을 읽을 때, 독자들은 그의 문학적 우주 한가운데로 바로 떨어진다.

『살인 창녀들』(2001)에 수록된 단편 「사진들」에서 등장인물 벨라노는 혼자서 거대한 책 한 권을 들고, 『야만스러운 탐정들』에서 자취를 감추었던 바로 그 장소에 다시 등장한다. 세바스티안 우루티아 라크루아, 아욱실리오 라쿠투레, 한스 라이터 같은 볼라뇨 소설의 다른 등장인물들이 그렇듯, 벨라노는 외부 세상의 소음이 무섭게 울부짖고 포효할 때 독서에 한창 몰입하고 있다. 총기가 조준하고 있는 〈아프리카의 지평선〉에서, 〈날개를 흔들거나 펼칠 때마다 움직이는 심전도〉가 그의 죽음을 기다리고 있는 마당에, 아르투로 벨라노는 〈무릎 사이에〉 펼쳐 놓은 책을 한 장씩 읽어 넘긴다. 〈보르다스 출판사가 펴낸 세르주 브랭도Serge Brindeau의 『1945년 이후의 프랑스어권 현대시』 였다.)

그러나 마치 더 이상 흐르지 않고 영원히 유예된 시간 속에 있는 듯한 아르투로 벨라노의 운명은 라이베리아의 이 사진으로 완전히 끝나지 않는다. 〈마을에서 벗어나 저 멀리 사라져 가는 벨라노의 뒷모습〉을 담은 영상(「사진들」의 마지막 대목)이 끝나는 바로 그 순간, 지옥 같던 아프리카는 상징적으로 그가 사춘기 때 꿈꿨던 이상적 공간으로 변모한다. 임박한 죽음과 시집으로 표현되는 자유와 책의 공간으로. 그렇게 벨라노는 소설의 인물이라는 한계를 초월한다. 볼라뇨가 벨라노라는 인물을 처음 출현시킨 것은 『먼 별』(1996)에서부터였다. 거기서부터 벨라노는 작가 볼라뇨를 동반하는 하나의 목소리처럼 기능했다. 작가는 이렇게 밝힌다. 〈이 이야기는 아프리카에서 치열한 전쟁에 용병으로 참가했던 나의 동포 아르투로 B.가 들려준 것으로 (······) 아르투로는 (『아메리카의 나치 문학』의) 마지막 장을 (······) 긴 이야기로 만들고자 했다. (······) 아르투로의 꿈과 악몽들을 받아 적으며, 독자가 지금 앞에 들고 있는 이 소설을 쓰게 되었다.〉

벨라노의 음성이 다시 등장한 것이며, 로드리고 프레산이 〈야만스러운 탐정들의 마지막 사건〉이라고 명명한 기사에서 나타나듯 볼라뇨는 자신이 그토록 완성하고자 했던 『2666』을 아마도 완결 못 할 것을 인식하면서 등장인물 벨라노를 이렇게 표현한다. 〈벨라노는 미래에서 날아와 시간을 가로질러 여행하는 「에테르나우타」[2]처럼 끝날 것이

2 「El Eternauta」. 남미에서 제작된 SF 만화. 외계인의 침공으로 부에노스아이레스가 치명적인 눈에 덮여 대부분의 생명체가 죽고 주인공을 비롯한 몇몇만이 살아남는다는 내용이다. 마지막에 주인공은 아내와 딸을 찾기 위해 끝없는 여행을 떠나며, 마침내 〈영원의 항해자〉란 뜻의 〈에테르나우타〉라 불리게 된다.

다.〉 벨라노는 단순한 소설의 등장인물 이상이며, 그의 목소리와 꿈들을 작가가 받아 적는 차원으로 부상하는 존재이다. 『2666』 초판에 부치는 말에서 이그나시오 에체바리아는 〈『2666』의 화자는 아르투로 벨라노〉라고 딱 잘라 말한다.

꿈들과 악몽들이 혼재하는, 현실과 허구가 기이하게 뒤섞이는, 그리하여 실종자들을 불러들여 그들로 하여금 이야기하게 만드는(〈벨라노, 우리들의 다정한 벨라노는 멕시코로 돌아온다. 20년 만이었다〉, 『악의 비밀』, 2007), 산발적으로 혹은 주기적으로 작품에 등장함으로써 작가 볼라뇨의 작품 세계에 독창적 위상을 부여했으며, 이러한 문학적 차원이야말로 등장인물 벨라노가 로베르토 볼라뇨에게 작가가 최후의 문학적 성취로 간주했던 『2666』을 선물했다고 감히 말할 수 있을 것이다. 이 미완의 사후작은 작가 볼라뇨의 모든 픽션과 모든 서술 기법들이 최종적으로 집결되는, 그의 모든 작품들을 총체화하는 총체적 작품인 것이다.

볼라뇨 문집의 중심을 향해

로베르토 볼라뇨는 문학에 대한 말라르메적 기도(企圖)나, 발자크의 〈인간 희극〉이 갖는 야심을 모르지 않았다.[3] 인생의 여러 상황들이 이 대립된 열망을 심화하거나 증폭시켰을 수도 있다. 바로 그런 대립

3 Stéphane Mallarmé(1842~1898)와 Honoré de Balzac(1799~1850)는 19세기 프랑스 문인. 시인 말라르메는 〈예술을 위한 예술〉의 절대적 지지자로, 언어의 의미 전달성보다는 오로지 색채, 리듬, 그리고 희귀한 단어의 사용 같은 오직 언어 그 자체의 힘만으로 구성되는 문학을 꿈꾸었다. 말라르메가 외적 세계와 단절한 문학을 꿈꾸고 메시지보다는 예술적 형식성에 더 큰 의미를 두었다면, 프랑스 소설가 발자크는 자신이 사는 한 시대의 사회상을 묘사하는 것에 중점을 두었다. 그에게 문학이란 다양한 인간 군상, 즉 외적 세계를 묘사하기 위한 것이었다. 〈인간 희극〉은 약 137편을 아우르는 발자크의 전 작품을 총칭하는 이름이다. 결국 말라르메는 예술의 미학성을, 발자크는 리얼리즘을 대변하는 상반된 레퍼런스이다.

적 열망을 통해 볼라뇨는 위대한 작품에 내재한 가장 참을 수 없는, 그러나 동시에 가장 매혹적인 성격, 즉 대작이 갖는 허망한 허영심과 실현 불가능성이란 특징을 문학적 테마로 포착해 냈다.

삶과 문학은 밀접하게 관련되어 있다. 볼라뇨 자신의 텍스트가 그렇듯(등장인물 벨라노의 고통), 세사레아 티나헤로의 텍스트(시로 된 완전한 미니멀리즘 작품), 혹은 카를로스 비더의 텍스트(허공에서 허망하게 흩어지는 시들), 혹은 도저히 찾아낼 수 없는 아르킴볼디의 소설들 같은 완전한 텍스트, 그러나 애초부터 분실된 텍스트를 찾아다니는 과정이 보여 주듯, 타인의 텍스트에서 피를 빨아먹는 과정을 통해서(에프렌 레보예도의 『흡혈귀』를 베껴 적는 데서부터 가르시아 마데로는 시인이 되었고, 베노 폰 아르킴볼디의 『다르송발D'Arsonval』을 번역하면서 펠티에는 비평가로 우뚝 선다), 즉 독서와 글쓰기를 통해 정체성이 확립된다. 일체가 문학으로 환원되고 문학은 삶에 양분을 공급한다. 볼라뇨의 작품들은 풍요로운 상상력을 자유롭게 전개하며, 자전적 요소를, 역사적인 것과 문학적인 것을, 상호 텍스트성과 연대기를, 정치와 사회상을, 시와 상징과 유희를 작가가 교차시키고 중첩시키는, 글쓰기와 독서로 형성된 촘촘하고 섬세한 망 구조로 증식시킨다…….

작가 볼라뇨가 무수한 또 다른 모티프들, 등장인물들, 장면들, 이름들을 사용한다 하더라도, 등장인물 벨라노의 경우는 가장 전형적인 예라고 할 수 있다. 단지 벨라노가 작가의 분신과 다름없는 존재(〈대작〉의 모든 특질을 담보하는 벨라노골렘)[4]이기 때문만이 아니라, 볼라뇨가 〈대작〉과 맺고 있는 것 같은 관계에 참여하여 그것을 구체화하고

---

4 유대교에서 흙으로 빚은 인형을 일컫는 말.

매개하기 때문이다. 볼라뇨는 벨라노라는 인물을 통해 수많은 실험과 시도를 거듭하여 〈대작〉에 접근하는 것이다. 이 중 가장 본질적인 것은 두 개의 작품이다. 하나는 『2666』으로, 모든 각도에서 포착한 모든 신호들이 넘쳐 나고 포화 상태에 이르지만 그것들은 언제나 무수한 가능성을 향해 열려 있는, 해결되지 않는 수많은 단서들만 남길 뿐이다. 다른 하나는 볼라뇨의 시적 총합이자, 마지막 소설과 마찬가지로 사후에 출간된 『미지의 대학』으로, 수정 같은 순수함과 섬세하고 성숙한 완벽성에 도달하면서 〈종지부를 찍는다〉. 이 두 개의 작품 사이에, 『야만스러운 탐정들』의 한 등장인물인 아마데오 살바티에라가 자문하는 〈외부를 바라볼 것이냐? 내부를 바라볼 것이냐?〉는 양자택일 사이에 볼라뇨 문학의 핵심이 깃들어 있다. 『아메리카의 나치 문학』이 보여 주듯, 그것은 모든 기호들을 낚아 올린 하나의 그물망이자 무수한 기호들 각각이 모든 방향으로 뻗어 가는 그물망이기도 하다.

볼라뇨는 선집(選集)의 형태를 통해 대작이라는 불가능한 기도의 완벽한 축소판을 실현할 수 있었다(그는 죽음에 이를 때까지 쉬지 않고 그 기도를 몰아붙였다). 『아메리카의 나치 문학』은 작가가 최초의 문학 활동, 그가 주도적으로 참여했던 시 선집 『불의 무지개 아래 벌거벗은 소년들』(1979)에 어떤 향수를 느껴서 집필했던 것 같다. 그러나 『아메리카의 나치 문학』에서부터 볼라뇨 작품 속에 축적된 여러 파편들(다성적 이야기들, 터져 나오는 증언들, 철저한 완벽성에 도달하겠다는 부조리한 시도로 작성된 리스트들, 열거들, 회상들)은, 그것들이 이미 앞서서 실현된 것이라 하더라도(『팽 선생』의 「목소리들의 에필로그」가 1980년대 초반에 이미 집필되었듯) 단순히 작가의 글쓰기 습성이나 테크닉으로 읽히는 것이 아니라, 그 총체적 비전을 본다는 것이 불가능한, 하나의 기도를 재생산하고 무한 반복하는 프랙털적인 어떤 것이다. 독자로서는 오로지 그 움직임과 속도, 제스처만 느낄 따름이다.

등장인물로서의 벨라노는 『야만스러운 탐정들』에서는 라이베리아에서, 그리고 이 소설의 프랙털적 작품인 「사진들」에서는 양손에 두툼한 책을 든 채 마지막 인사를 고한다. 깊이조차 가늠할 길 없는 어두운 심연 가장자리에 선 벨라노는 고약한 책을 썼다는 것이 유일한 죄과인 〈나치〉 작가들의 선집과, 어마어마한 시체 더미들로 은폐된 실제 살인자들의 목록을 연결시키는, 일종의 그림자 같은 역할을 수행한다. 시우다드 후아레스에서 일어난 끔찍한 대량 학살의 연대기는 아르투로 벨라노의 입을 통해 구술된 하나의 광적 제스처라고 볼 수 있다. 그가 랄로 쿠라의 꿈속에 가상의 생부처럼 등장할 때, 그는 마치 촘촘한 서술 조직의 미세한 틈 사이로 소노라 사막에서 유일하게 알아볼 수 있는 한 알의 모래알처럼 등장한다. 끔찍하고 경악스럽고 완벽하고 결코 지치지 않고 반복해서 출현하는 괴물 같은 형상을 한 광기의 아버지, 그가 벨라노다. 그리고 『살인 창녀들』(2001)에서 랄로 쿠라는 이렇게 경고한다. 〈이젠 지루할 시간이 없다. 행복은 지구 위의 어딘가로 사라졌고 남은 것은 경악밖에 없다.〉

『제3제국』의 투명한 공간

〈콘라트는 지루해하지 않는다는 것은 아주 건강하다는 의미라고 했다. 그 말에 따르면 내 건강은 최상인 셈이다.〉 코스타 브라바 해변에 여자 친구와 놀러 온 독일의 젊은 전쟁 게임 챔피언인 우도 베르거가 일기장 첫머리에 쓴 글이다. 우도는 자신을 세상으로부터 배제시키는 하나의 행위, 즉 게임을 통해 고독과 대중, 양자에 모두 맞서고 있다(결국 그 행위를 통해, 우도는 그의 주변 사람들이 생각하는 것과는 달리 의미심장한 여러 질문들에 직면하게 된다).

『제3제국』은 게임 판에서 벌어지는 세상을 보여 주는 소설이다. 게임의 이름이기도 한 그것은 복잡하고 섬세한 전쟁 게임으로, 우도는 전략적으로나 미학적으로 완전한, 그러나 (벨라노의 탐색이 그러하듯) 거기에 도달한다는 것은 불가능한 게임 한 판을 위해 역사적으로 존재했던 모든 시나리오들을 무한히 복기한다. 세상을 지속적으로 미니어처로 축소시킴으로써 우도는 시간의 흐름을 파괴하고자 한다. 게다가 앞서 발표된 『팽 선생』의 「목소리들의 에필로그」처럼, 그의 일기는 다양한 해결이 가능한 하나의 열린 결말로 끝남으로써 서술적 가능성을 열어 두고 있다(스페인에 체류하는 동안 그는 매일 꼬박꼬박 일기를 쓰지만, 독일로 돌아온 뒤부터는 활기를 되찾는다). 케마도(우도에 의하면, 이 소설의 미스터리한 여러 인물들 중의 한 사람)와 우도 사이에 벌어지는 게임 한 판, 추호의 타협도 없는 결투 같은 게임이 진행되면서, 여러 등장인물들이 겪는 비극적인 돌발 사건들은 즉각적이고 드라마틱한 의미를 상실한다. 그리고 여름 햇살이 시들어 감에 따라 우도는 자신의 심리 상태가 점차 황폐해지고 있음을 느낀다. 서서히 긴장감이 이야기를 지배하기 시작하고, 독자들은 다음 날 써 내려간 꿈의 기록, 초현실주의적 풍경 묘사를 읽으며 치명적인 열병이 결국에는 우도의 목숨을 앗아 갈 것임을 알게 된다.

『제3제국』(2010)이 집필된 것은 1989년이다. 이 작품은 『아이스링크』(1993)와 중요한 관계를 맺고 있으며, 같은 시기에 쓰인 것 같다. 『아이스링크』가 『야만스러운 탐정들』의 중간 부분을 예고하듯, 『제3제국』은 가르시아 마데로의 일기를 예고하며, 게다가 볼라뇨가 다른 곳에서도 언급하는 그의 은밀한 열정의 대상, 전략 게임을 환기시킨다. 이 작품은 간극과 불완전성, 모순들이 여러 해석과 감동으로 파급되는 일종의 엔트로피를 양산하는 실험적 악몽으로, 작가 볼라뇨의 작품 목록 속에 중요한 자리를 잡고 있다. 볼라뇨의 문학 작품들은 시간을 뒤섞고 있으며, 두 개의 시간대 사이의 〈투명한 공간(엘제 부인의 죽어 가는 남편을 데려올 때 우도가 그녀와 교환했던 시선을 우도가 다시 베껴 쓰는 페이지의 하얀 여백)〉에 맹렬히 달려들어 이승 저편에나 존재할 〈위대한 작품〉이 내포한 공허한 포지션을 노출시킨다. 우도는 말한다. 〈나는 그들에게서 완벽함을 찾는 게 아니다. 게임 판에서 완벽함이란 죽음, 공허함이 아니고 뭐겠는가?〉

볼라뇨 작품에 대한 중요한 성찰의 단서를 주고 또 몇 가지 구체적인 사항들을 지적해 준 로베르트 아무티오와, 『제3제국』 교정쇄를 읽게 해준 크리스티앙 부르구아 출판사에 감사를 표한다.

même

2r exceptions de M... ...daire

seu... ... nous not...

Répétition por le notaire

안티묵시록의
옹호

쥘리앵 프란츠
Julien Frantz

사악함, 불행들, 질병, 저주 등으로 지명되는, 도덕적이고 형이상학적인 악, 대문자 M으로 시작하는 악*Mal*은 오늘날 우리가 문학이라 명명한 것의 주요 관심사였음을 기꺼이 인정하자.『오디세이아』의 여덟째 송가에서는, 신들이 불행으로 인류를 괴롭혔던 것은 그 후손들이 훗날 그 고통 속에서 예술 작품의 주제를 찾아내게 하기 위해서였다는 전설이 나온다. 로베르토 볼라뇨의 거대한 서사적 야심이 뚜렷하게 드러나는 엄청난 분량의『야만스러운 탐정들』과『2666』은『오디세이아』의 예언에 독특하게 반향하는 작품이다. 이전의 많은 작가들이 그랬듯 볼라뇨 역시 자신이 살았던 시대의 증인이었고, 글쓰기라는 프리즘을 통해 포착한 시대적 관찰을 가로질러 고유한 세계관을 확립한 작가였다. 볼라뇨의 비전은 결코 멈추는 일 없이 계속 파멸하는 세상이라는 음울한 비전이지만,『2666』의 제사(題詞)[1]에 이름이 등장하는 보들레르의 미학과는 정반대로, 그것은 아무리 절망적이고 허망하다 할지라도 시의 힘에 의해 이 세상을 구원하겠다는 시도와는 완전히 상이한 비전이다. 볼라뇨가 다루는 시인들, 비평가들, 소설가들, 주인공들은 모두 열렬한 문학 애호가들이지만, 그들 가운데 문학이 비참한 인간 조건을 변모시킬 수 있다고 믿을 만큼 천진한 인물은 아무도 없다.

　　다음과 같은 보르헤스의 말은 잘 알려져 있다. 미학적 감정이란 결코 도래하지 않을 하나의 계시를 기다리다 얻게 되는 열매라고. 그러면 이런 계시를 얻을 희망을, 혹은 단순한 하나의 설명을 얻을 희망을 포기하고 독자가 단번에 접근할 수 있는 이야기란 도대체 무엇일까?

1 『2666』의 제사는 보들레르의〈권태의 사막 한가운데 있는 공포의 오아시스!〉이다.

『2666』을 읽는다는 것, 그것은 단테가 묘사했던 저주받은 자들의 위치로 자진해서 들어가는 일이다. 그리고 아마도 독자의 의식 속으로 점차 쇄도하는 무엇인가가 있을 것이다. 비록 그 계시란 것이 누구나 다 알고 있는 공공연한 비밀, 지옥은 언제나 죽 이곳에 있어 왔다는 뿌리 깊은 신념에 불과하다 해도. 『2666』에서 볼라뇨는 그 지옥의 중심부만을 짚어 줄 뿐이다. 미국 국경에 인접한 멕시코의 소도시 산타테레사. 소설을 형성하는 다섯 개의 굵직한 서술 단위들이 궁극적으로 흘러드는 장소이자, 이루 헤아릴 수 없는 무수한 고문과 살육의 공간, 여인들과 소녀들을 상대로 자행된 범죄의 장소.

그 범죄들은 결코 명쾌하게 규명되지 않을 것이다. 게다가 무수한 살인 행위들이 단 한 사람의 연쇄 살인범에 의해 저질러졌다는 생각은 천진하기까지 하다. 그러나 산타테레사는 비극적인 역사로 유명한 시우다드 후아레스를 소설적으로 치환했을 뿐, 볼라뇨의 픽션이 다루고 있는 사건들은 실제의 현실에서 일어난 일이다. 『2666』에서 모든 살육의 책임자로 지목된 희생양은 독일인 클라우스 하스이지만, 용의자가 체포된 후에도 살육은 조용히 끈질기게 지속된다. 실제 현실에서 용의자로 지목된 인물은 이집트 출신의 압델 라티프 샤리프 샤리프였으며, 불운하게도 적절치 못한 시간에 적절치 못한 장소에 있었던 대가를 혹독하게 치러야 했다(〈여성들을 죽이고 감옥에서도 두 팀의 갱단에게 살육을 지시한 죄로 고발되어 (……) 30년 형을 선고받았고 (……) 경계가 삼엄한 치후아후아의 교도소에서 복역하다가 2006년 수상한 정황에서 사망했다〉, 세르히오 곤살레스 로드리게스의 『사막에 흩어진 유골들』).

이런 이유로 나는 볼라뇨 작품을 읽을 때 단순한 〈미학적 쾌락〉을 추구하는 것은 잘못된 것이라 생각한다. 그의 이야기들은 최소한의 해명도 제시하지 않는다. 오히려 『2666』은 악의 신비를 해결하겠다고 나서는 일체의 시도가 지니는 전체주의적 성격, 그리고 그 위선적인 거짓말을 고발할 뿐이다. 셀린이 잃어버린 〈전설〉에 이끌렸듯, 플로베르가 중세의 로망스나 요정 이야기에 막연한 취향을 갖고 있었던 것처럼,[2] 볼라뇨 또한 탐정 소설이나 기사도 소설에 각별한 애착이 있었던 것 같다. 이는 지적이거나 영적인 탐색이라는 명백한 모티프와 맞닿아 있지만 모든 탁월한 포스트모던 소설이 그렇듯 추구하는 대상은 닿을 듯하면 부스러지는 신기루 같은, 혹은 그저 애초부터 존재하지 않았던 허망한 환영일 뿐이다. 아르투로 벨라노와 울리세스 리마가 마침내 여성 시인 세사레아 티나헤로를 찾아냈을 때, 그들이 목격하게 되는 것은 죽어 가는 그녀의 모습이었다. 마찬가지로, 베노 폰 아르킴볼디의 비평가들 역시 그들이 열렬히 숭배했던 대상에 끝까지 접근하지 못한다. 산타테레사에서 자행된 범죄의 진짜 책임자들 또한 그 정체가 밝혀지지 않을 것이다. 원한다면 그 신비를 파헤쳐 보려고 시도해 볼 수 있겠지만, 그것이 불가능하다는 것은 처음부터 전제된 바였다. 그러나 일견 불가능해 보인다 해도 현실에서 벌어진 잔악한 사건들은 탐색한다는 것, 그 자체가 성배의 추구보다 훨씬 더 가치 있는 일임에는 분명하다. 그러나 『야만스러운 탐정들』에서 『2666』에 이르는 동안 한 가지 요소가 새롭게 삽입된다. 이제는 한 사람의 작가만 찾아다니는 것이 아니라, 범죄의 책임자를 찾는 일이 관건이 된 것이다. 만약 볼라뇨가 정통 추리 소설을 썼다면 문제는 아주 간단했을 것이다. 보르헤스가 한 인터뷰에서 말했듯 〈탐정 소설은 현대 세계의 야만에 맞설 수 있는 마지막 보루이다〉. 경찰이 사건을 해결하기 몇 년

---

2 Louis-Ferdinand Céline(1894~1961)과 Gustave Flaubert(1821~1880) 모두 프랑스 소설가.

전에 에드거 앨런 포가 탁월한 관찰력과 분석력을 발휘해서 실제로 벌어졌던 음산한 살인 사건을 해결한 적이 있다는 사실은 익히 다 알 것이다. 그 이야기는 슈발리에 뒤팽을 주인공으로 한 그의 세 편의 단편소설 중 한 편의 소재가 되기도 했다(『기괴하고 심각한 이야기들』에 실린 「마리 로제의 수수께끼」). 그러나 이것 또한 볼라뇨의 야심은 아니었다. 만약 『2666』에서 묘사된 잔악한 범죄들을 시우다드 후아레스에서 실제로 일어났고 지금도 계속 진행되는 죄악상 속에서 찾고자 한다면, 차라리 앙토냉 아르토[3]를, 관객들에게 실제로 범죄가 눈앞에서 벌어진 것보다 더 큰 공포심을 자극하는 방식으로 범죄들을 재현하는 아르토의 잔혹극을 보러 가는 편이 훨씬 나을 것이다. 야만스러운 탐정 볼라뇨는 입증하지 않는다. 분해하고 보여 줄 따름이다. 『2666』과, 더 사실에 근거한 『사막에 흩어진 유골들』의 범죄 장면을 비교해 보면 그 둘 중 어느 것이 더 무시무시한지 금방 깨닫게 되리라.

진실은, 악의 문제는 우리를 초월한다는 사실이다. 탐정 소설은 하나의 순수한 형태일 뿐 그것이 곧 현실로 실현되는 것은 아니다. 오히려 탐정 소설이 갖는 그 순수성이 하나의 위험으로 작용할 수 있다. 셜록 홈스가 즐겨 말하는 〈최종 결론〉은 논리적으로 그리고 숙명적으로 〈파이널 솔루션〉[4]을 환기하는 것 아니던가? 싱어 송 라이터 데이비드 토머스 역시 「데이터패닉 인 디 이어 제로」 앨범 재킷에서 그렇게 단언하지 않았던가?[5] 이런 면에서 보면 『2666』은 희생양 제의를 다룬

---

3 Antonin Artaud(1896~1948). 부르주아 고전극을 잔혹극으로 대치한 프랑스 극작가.

4 *Final Solution*. 나치가 유럽에서 유대인을 절멸시키려 한 결정.

5 「Datapanik in the Year Zero」는 1975년에 결성된 미국의 아방가르드 록그룹 페르 위뷔가 1996년에 발표한 앨범. 프랑스 작가 알프레드 자리가 창안한 잔혹하고 부조리한 인물 페르 위뷔Père Ubu에서 그룹의 이름을 가져왔다. 여러 차례 멤버가 교체되었으나 보컬을 담당한 데이비드 토머스는 처음부터 현재까지 그룹 활동에 참여하고 있다.

르네 지라르의 인류학적 고찰에 대한 충실한 예증이라고 말할 수도 있다. 지라르에 의하면, 사회가 중대한 위기에 봉착했지만 어떤 해결책도 보이지 않을 때, 집단은 하나의 속제(贖祭)의 제물을 향해 폭력성을 폭발시킨다. 오직 공동체와 다른 독특한 특징을 지니고 있었다는 것이 그를 제물로 선택한 이유다. 절름발이 이방인이었던 오이디푸스의 유배로부터 마녀사냥이나 중세의 유대인 탄압에 이르기까지 이를 입증하는 예는 무수히 많다.

『2666』에서는 앞서 말했듯이, 이 〈해명의 원칙(그러나 아무것도 해명해 줄 수 없는)〉을 수행하는 인물이 클라우스 하스이지만, 동일한 상황이 소설 1부의 한 에피소드에서 이미 예고되어 있었다. 펠티에와 에스피노사는 모두 같은 여인(노턴)에게 빠져 있었지만 세 번째 경쟁자 프리처드가 등장하자 질투심이 폭발하게 되는데, 그들이 얼큰하게 술에 취한 저녁, 그들에게 무방비 상태로 흠씬 두들겨 맞는 파키스탄 출신 택시 기사가 바로 그 희생양이다. 비록 택시 기사가 그들 세 사람에 대해 부적절한 말을 했다고 해도(그는 노턴을 갈보로, 두 남자를 포주로 취급했다), 그들 사이의 단순한 언쟁은 소설에서 첫 번째로 등장하는 진정한 폭력적 장면으로 번지게 되며, 파키스탄인은 거의 죽을 지경에 이른다. 이 에피소드는 르네 지라르가 발전시킨 모든 요소들을 포함하고 있다. 먼저 모방적 경쟁 관계(에스피노사와 펠티에는 친구 사이이고 유사한 문학적 취향을 갖고 있으며 한 여인을 동시에 사랑하고 있다), 무관심 원칙(노턴은 프리처드와의 관계가 갖는 진정한 성격을 밝히기를 거부하고, 에스피노사와 펠티에 사이에서 선택하는 것도 회피한다), 부인(에스피노사와 펠티에는 자신들이 질투심에 눈이 멀어 있다는 것을 부인한다), 그리고 해당 사건과 전적으로 무관한 제삼자에게 문제를 덮어씌우는 것 등. 이 상황을 거대한 차원으로 증폭시킨 것이 바로 산타테레사에서 자행된 범죄들이다. 경찰들은 범죄를 부인하거나 그것을 해결하기에는 무능하기만 하고, 희생자들조차 서로에게 자행된 범죄에 대해 끔찍할 정도로 무관심해서 종국에는 그들 역시 흡사한 형국에 처하게 되고, 범죄를 저질러도 아무도 처벌받지 않는다는 게 분명해지자 모방 범죄가 전염병처럼 퍼져 나가며, 그리고 최후에는 멕시코에 있다는 것 자체가 수상스러운 독일인 클라우스 하스가 희생양으로 지목된다. 반복에 반복을 거듭한 끝에 무수한 범죄 행위들은 더 이상 끔찍한 어떤 것이 아니라 거의 일상화된 평범한 성격을 띠게 되고, 인생 자체 그리고 가치가 있는 모든 것은 어두운 시궁창으로, 어느 누구도 죄악에 분노하지 않고 처벌하려 하지 않는 무관심으로 떨어져 내리고 만다. 에스피노사나 펠티에 같은 지식인들조차 냉정을 잃고 살인을 저지를 뻔한 이후에 피해자가 모욕적인 언사를 내뱉었기 때문에 폭력을 행사할 합법적인 근거가 충분했다고 굳게 믿었던 것처럼, 노턴이 쓴 작별 편지에서 드러나듯 문화계의 한 고위 인사의 별명이 돼지이고, 이런 별명이 갖는 우스꽝스러운 잔혹성에도 불구하고 당사자가 결국 그 별명을 받아들이기로 체념했다는 것은 산타테레사에서 자행되는 살육의 유행과 직접적 혹은 간접적 관계를 맺고 있다. 조지 스타이너George Steiner가 지적했듯, 세상의 통념과는 다르게 가장 최악의 야만성은 가장 세련된 문화와 죽이 잘 맞는다. 비록 양심의 가책으로 괴로워하기는 해도 에스피노사와 펠티에는 자신들이 당연한 권리를 행사했다고 믿는다. 〈진짜 극우주의자이고 여성 혐오증을 지닌 놈은 파키스탄 사람이라고, 진짜 폭력적인 놈은 파키스탄 사람이라고, 편협하고 배워 먹지 못한 놈은 파키스탄 사람이라고, 그런 일이 일어나게 만든 장본인은 절대적으로 파키스탄 사람이라고 확신했다. 사실대로 말하자면, 그럴 때 택시 기사가 그들 앞에 나

타났다면, 그들은 틀림없이 그를 죽여 버리고 말았을 것이다.〉

게다가 볼라뇨가 특별하게 다루는 중요한 지라르적 테마가 하나 더 남아 있다. 바로 성스러움의 문제이다. 르네 지라르에 따르면 공동체는 그들의 분노를 희생 제물에게 쏟아부은 후, 그들이 느끼는 죄의식을 억압하는 과정에서 희생자를 성스러운 존재로 취급하게 된다. 위기 상황에 치유책을 가져다준 성인이나 영웅으로 대접하는 것이다(물론 위기의 실제 해결책은 시간차를 두고 얻어지며 전적으로 희생 제의와는 무관하다). 살인은 곧 희생 의식이 되고(때때로 희생자 자신이 그 역할을 자청하는 것으로 묘사된다), 살육의 무대가 되었던 장소는 성스러운 곳으로 취급된다.

그러나 볼라뇨에게 있어서 이런 가능성은 〈통회자〉라고 하는 신비한 인물에 의해 처음부터 배제되어 있다. 이 반어적 명칭부터가 원죄에 대한 일체의 보속 가능성을 희화화한다. 이미 살인이 하나의 규범이 된 상태이기 때문이다. 성물(聖物) 혐오를 저지른 통회자는 살육을 자행한 범죄자들과 마찬가지로 결코 체포되지 않으며, 규칙적으로 교회에 가서 용변을 보고, 성물을 절도함으로써 종교적 사회적 윤리적 가치들을 모방적 폭력성이라는 추악한 한 덩어리로 뭉개 버리고 있다. 천년 왕국설과 묵시록을 암시하는 소설의 제목은 말세론과 분뇨담을 뒤섞고 있으며, 이는 『야만스러운 탐정들』이 시와 매춘의 결합으로 끝나는 것과 마찬가지이다(『칠레의 밤』역시 〈지랄 같은 폭풍〉이 휘몰아치는 것으로 결말지어진다는 것을 환기해야 할까?). 『2666』에서 볼라뇨가 빈번하게 사용하는 수많은 목록들의 기능이 바로 그것이다. 그것들은 어떤 것도 입증하지 않으며, 악이 다양한 형태로 현현하는 것을 철두철미한 증인의 입장에서 단지 목록화하고 보여 주고 열거할 뿐이다. 마치 『오디세이아』의 호메로스의 가정에 항변하기라도 하듯, 『2666』은 어두운 태초의 시간의 밤 이후부터 인간들을 괴롭혀 온 일체의 악을 문학적 치환을 통해 고갈시키려 하는 것 같다. 이것은 거의 무한에 가까운 허망한 작업이며, 어느 누구도 그것이 가능하다고 믿지 않을 테지만, 그러나 볼라뇨가 보여 주는 명백한 객관화 작업은 적어도 독자들의 적극적인 참여를 유도한다는 미덕을 담고 있다. 범죄 현장 한가운데서 경찰들이 늘어놓는 수많은 여성 혐오 농담들을 어떻게 받아들여야 할까? 웃어야 할까, 울어야 할까, 아니면 화내며 등을 돌려야 할까? 무관심 때문에 더욱 경악스러운 이 죄악에 대해서 볼라뇨는 두 명의 인물을 통해 두 가지 가능성을 열어 놓는다. 첫째는 랄로 쿠라(Lalo Cura. 스페인어로 la locura는 〈광기〉라는 뜻이다)로 상징되는 인물이다. 이 인물은 성적 폭력성과 시를 결합한 모호한 이미지를 표상하는 동시에 치유와 성스러움(스페인어로 cura는 〈치유〉라는 뜻이며, 프랑스어로는 사제curé를 의미한다)을 대변한다. 두 번째는 우연히 로사 아말피타노를 구해 낸 페이트Fate라는 인물이 걸어가는 맹목적인 운명의 길로서, 볼라뇨의 고백에 따르면 그는 작가 자신과 가장 많은 공통점을 지닌 인물이다. 그래도 이것만으로는 부족하다. 아르킴볼디로 말하자면, 그는 탄생(해초처럼 보이는 아이)했을 때부터 끝없는 야만상이 진행된 20세기 동안, 자신에게 내재한 모든 폭력성을 통해 인생의 변화를 복합적이고 상징적으로 그려 낸 하나의 초상화 같은 인물이다. 〈일이 《이렇게》 계속된다는 것, 이것이 진정한 재앙이다. 앞으로 어떤 일이 일어날 것인가가 아니라, 매 순간 벌어진 일들의 상태를 고려해야 한다.〉 발터 베냐민이 한 말이다.

만약 『2666』을 하나의 묵시록으로 생각한다면, 그것은 거꾸로 된 계시록, 아무것도 계시하지 않는 하나의 안티묵시록이다. 이것이 보여 주는 것은 단 하나, 영겁의 시간으로부터 익히 알려진 사실, 폭력성은 근본적으로 인간의 가슴속에 깊이 뿌리박혀 있으며, 거기에 종지부를 찍기 위한 어떤 성찰이나 고려 없이 인류의 역사는 지속적인, 결코 지칠 줄 모르는 폭력으로 점철되어 왔다는 것……. 바로 이것이 작가 볼라뇨의 서술적 분신 아르투로 벨라노가 계속 주장하는 메시지이기도 하다. 『2666』의 전지적 서술을 맡고 있는 것으로 추정되지만 소설 속에서는 전혀 등장하지 않는, 마치 무덤 저편에서 이야기하는 듯한 아르투로 벨라노의 메시지. 나는 이 점에 있어서, 작가 볼라뇨가 가장 잔혹한 범죄들을 정당화하기 위해 사람들이 만사에 손쉬운 구실로 들먹이는 순수성에의 갈망을 벗어나기 힘들었을 것이라고 추측한다. 그러나 그는 셀린과는 반대로[6] 사태의 책임자를 찾아 죄인으로 지목하기를 거부하고, 지속할 수 있는 만큼 오랫동안 단순한 순수성 논리에 저항하고 있다. 그러나 마침내 악이 복수에 나선다. 마치 억압에서 풀려난 듯 악은 작가의 몸속으로 파고들었던 것이다. 작가의 사후 소설인 『2666』은 신탁(神託)의 언어이며, 암(癌)적 텍스트, 높이 위치한 것은 절망적으로 낮은 곳에 위치한 것과 동일하다는 것을 너무나 잘 아는, 망자의 영혼을 인도하는 신 헤르메스의 열변이며, 죽음 이후에도 우리를 처벌할, 혹은 악의 신비로부터 우리를 구원할 아무런 계시도 없으리라는, 가장 단순하고 가장 진지하며 또 가장 어이없는 잔혹한 진실을 우리들의 뇌리에 두드려 대는 작품이다.

6 셀린은 악의 주범으로 유대인을 지목했던, 프랑스의 대표적인 반유대주의자이다.

Affranchis du droit de transcription:

악의 갈증

『2666』에 대해

에두아르도 라고
Eduardo Lago

1952년 마드리드에서 태어난 작가이자 번역가, 비평가, 교수. 『나를 브루클린이라 불러 다오*Llámame Brooklyn*』 등의 저서가 있다.

2005년 4월 『레비스타 데 리브로스*Revista de Libros*』(마드리드, 100호)에 게재된 글이다.

〈비평은 한동안 작품과 동행한다, 이어 비평은 사라지고 작품과 동행하는 이들은 독자이다. 그 여행은 길 수도 있고 짧을 수도 있다. 이윽고 독자들은 하나, 둘 죽고 작품만 홀로 간다. 물론 다른 비평과 다른 독자들이 점차 그 항해에 동참하게 되지만. 이윽고 비평이 다시 죽고 독자들이 다시 죽는다. 그리고 작품은 그 유해를 딛고 고독을 향해 여행을 계속한다. 작품에 다가가는 것, 작품의 항로를 따라가는 항해는 죽음의 확실한 신호이다. 하지만 다른 비평과 다른 독자들이 쉼 없이 집요하게 작품에 다가간다. 그리고 세월과 속도가 그들을 집어삼킨다. 마침내 작품은 광막한 공간을 어쩔 도리 없이 홀로 여행한다. 그리고 어느 날 작품도 죽는다. 태양과 대지가, 또 태양계와 은하계와 인간의 가장 내밀한 기억, 즉 만물이 죽듯이.〉

굵은 글씨로 문학의 역할을 강조한 이 고상한 성찰에는 작가의 역할이 배제되어 있다. 그러나 비평가, 독자, 작가와 더불어 볼라뇨의 작품에 등장하는 수많은 인물들이 빠져 있다는 게 무엇보다 유감스럽다. 볼라뇨의 책에 출현하는 등장인물들은 창녀들과 꼽추들, 포주와 암살자들, 애꾸들, 강간범, 절도범, 사설탐정들, 알코올 중독자들, 사형 집행인들, 병자들, 자살 기도자들, 몽상가들, 광인들, 마약 중독자들, 도형수들, 부패한 경찰들, 마약 밀매자들로 가히 쿠르 데 미라클[1]을 이루고 있다⋯⋯. 볼라뇨 버전의 바벨의 도서관[2]에는 갱단들의 세계가 문인들의 세계와 밀접하게 연관되어 있으며, 소수이기는 해도 그들 사이에 은밀한 거래가 이루어지고 있다.

---

1 *Cour des miracles.* 과거에 파리의 거지, 부랑배들이 모여 살던 곳. 가짜 불구자 행세를 하던 거지들과 부랑배들이 날이 어두워지기만 하면 〈기적적으로〉 멀쩡해졌다고 해서 붙은 이름이다.
2 「바벨의 도서관」은 보르헤스의 가장 대표적인 단편소설.

등장인물 각각의 성향들이 변별적인 특징을 지닌 것은 사실이지만, 전체적으로 볼 때 볼라뇨 소설의 인물들은 대개 격렬한 열정에 사로잡혀 종국에는 악, 고독, 혹은 광기의 심연으로 내동댕이쳐진다. 맨 앞에서 인용한 문단에는 한 줄이 더 추가되어 있다. 〈희극으로 시작된 모든 것은 비극으로 끝난다.〉 소설의 정황상 이 문장의 의도는 풍자적인 것이지만, 볼라뇨가 1천 5백 페이지에 이르는 소설을 미완으로 남겨 두고 그의 천재적 창작력이 활짝 개화한 50세에 타계했음을 떠올리면, 문학의 역할을 다분히 우스꽝스럽게 표현한 이 문장에는 어딘가 가증스러울 정도로 예언적인 구석이 있다. 희극으로 시작된 모든 것이 비극으로 끝난 것이다.

볼라뇨 자신이 여러 차례 밝혔듯, 그는 작가가 되기보다는 탐정이 되고 싶어 했다. 그는 덧붙이기를, 문학을 한다는 것은 매춘에 가까운 것이라고 말한다. 그의 등장인물들이 가장 자주 하는 활동이 이 세 가지(탐정으로서의 수사, 매춘, 글쓰기)이다. 1975년 12월 31일, 멕시코의 멕시코시티를 보자.

사춘기에 접어든 시인 한 사람과 창녀, 그리고 두 명의 또 다른 시인(『야만스러운 탐정들』)은 임팔라 자동차를 타고 빠른 속도로 도주하는 중이다. 카마로를 탄 두 악당, 부패 경찰과 창녀의 기둥서방이 그들을 뒤쫓는다. 젊은 시인이 이렇게 말한다.

「(……) 긴 아스클레피아데오는 16음절 시행이며, 두 개의 아에올리스 부분 사이에 불완전한 강약약격 2보구가 들어가고.」
우리는 멕시코시티를 벗어나기 시작했다. 시속 120킬로미터 이상으로 달리고 있었다.
「에파날렙시스는 뭐지?」

「전혀 모르겠어.」친구들이 말하는 소리를 들었다.

차는 어두운 길, 불빛 없는 동네 (……) 들을 나는 듯이 지났다.

4인조는 1920년대에 사막에서 사라진 신비에 싸인 여성 시인 한 명을 추적하고 있다. 문학을 업으로 삼는 사람들(비평가 또는 작가)이 세상과 존재의 수수께끼를 담보하고 있는 실종된 작가를 추적한다는 탐색이라는 테마는 『먼 별』(1996), 『칠레의 밤』(2000)에서 다양한 형태로 변주되다가, 로베르토 볼라뇨의 문학 서술에서 양대 축을 형성하는 『야만스러운 탐정들』(1998)과 『2666』(2004)에서는 놀랍고 드라마틱한 방식으로 전개된다.

보르헤스적 요소

볼라뇨는 칠레에서 태어났지만 망명 후에는 몇 차례 일시적으로만 그곳을 방문했을 뿐이었고, 성년 이후에는 대부분의 삶을 멕시코와 스페인에서 보냈다. 칠레, 멕시코, 스페인, 이 세 나라는 작가로서의 볼라뇨를 형성하는 데 지대한 역할을 했다. 비록 말년에 볼라뇨는 그가 칠레인인가 멕시코인인가 스페인인인가 물어보는 질문에 아무런 주저 없이 라틴 아메리카인이라고 대답하기는 했지만 말이다. 정치적으로, 지적으로, 볼라뇨는 〈자유와 혁명〉을 이상으로 삼았던 세대에 속한다. 그는 통일된 라틴 아메리카를 열망했던 볼리바르[3]적 이상에 충실했으며, 작품에도 자신의 고국과 남미 대륙을 비극적으로 덮쳤던 고통스러운 역사적 갈등을 깊이 의식하고 있었음이 드러난다. 볼라뇨는 스스로를 〈레사마Lezama, 비오이Bioy, 룰포Rulfo, 코르타사르, 가

---

3 Simón Bolívar(1783~1830). 베네수엘라 출신의 라틴 아메리카 독립 혁명 지도자.

르시아 마르케스, 바르가스 요사, 사바토Sábato, [베넷Benet,] 푸이그
Puig, 아레나스Arenas 등이 주역을 담당했던 위대한 문학적 무대〉의
계승자로 간주하고 있었다. 그리고 비록 위의 인물들과 같은 지면에
언급되지는 않았지만, 볼라뇨에게 있어서 보르헤스가 갖는 무게감은
압도적이었다. 〈계속 반복해서 읽어야 할〉 보르헤스였다. 비록 보르헤
스에 대한 볼라뇨의 이러한 입장이 진심에서 우러난 것이라고 하더라
도, 보르헤스의 작품은 볼라뇨의 문학과는 완전히 다른 문학적 층위
에 속한 것이며, 비록 보르헤스는 그 분야의 유일한 작가는 아니었지
만 그 영역의 위대한 개척자였다. 카탈루냐 작가 엔리케 빌라마타스
는, 볼라뇨가 『야만스러운 탐정들』로 『『팔방 놀이』가 갖는 독보적, 역
사적 위상을 압도해 버렸다〉고 정확하게 지적했다. 그러나 현실은 그
이상이다. 알란 파울스Alan Pauls, 로드리고 프레산, 페르난도 이와사
키Fernando Iwasaki, 레오나르도 발렌시아Leonardo Valencia, 호르
헤 볼피, 안드레스 네우만Andrés Neuman, 하이메 바일리Jaime
Bayly, 로드리고 레이 로사Rodrigo Rey Rosa, 후안 비요로, 이그나시
오 파디야Ignacio Padilla, 알베르토 푸겟Alberto Fuguet, 페드로 레메
벨Pedro Lemebel 같은, 대개는 그보다 젊은 소설가들 집단에게 있어
볼라뇨는 빙산의 정상을 정복한 인물로서, 라틴 아메리카 모더니즘
문학의 최고봉들을 단숨에 무너뜨려 버린 작가였다. 남미 문학인들의
바이블이었던 『팔방 놀이』의 위상이 무너진 것이다. 비록 볼라뇨가
도노소를 존경하기는 했지만, 둘 사이에는 공통점이 거의 없다. 볼라
뇨는 몸을 낮춰 룰포를 존중했지만, 볼라뇨 산문이 갖는 다소 과장적
성격은 침묵에 가까울 정도로 절제 어린 긴장을 선호하는 멕시코 작
가 룰포와는 대척점에 위치한 것이다. 볼라뇨가 보르헤스에게 커다란
문학적 부채를 지고 있는 것도 사실이지만, 칠레인 볼라뇨의 문학만

큼이나 아르헨티나 작가의 지나치게 미묘하고 기교적인 지적 픽션과 동떨어진 것도 찾기 힘들 것이다. 볼라뇨의 우주는 잔혹한 익살극과 실존적 단말마의 우주이다. 그의 책에서는 피와 고름, 토사물과 정액이 쉴 새 없이 터져 나온다. 그의 이야기에 자주 등장하는 탐정들은 오노리오 부스토스 도메크[4]의 탐정들과는 거의 닮지 않았다. 볼라뇨의 탐정들이 헤집고 다니는 난폭한 범죄의 세상은, 「죽음과 나침반」[5]에서 묘사된, 기하학적으로 완벽하게 방부 처리된 범죄의 세상이 아니다. 볼라뇨는 결국 시간의 흐름을 이기지 못하고 싫증나 버린 작가로 전락한 과거의 문학 대가들과는 다른, 하나의 새롭고 참신한 미학의 선봉장이었다.

볼라뇨라는 사람이 자신의 그림자조차 비웃고 있는 만큼 그를 너무 심각하게 취급할 것은 없다. 그러나 한참 웃다가 웃음소리의 메아리가 사라지고 나면, 소름이 돋게 만드는 얼어붙은 심장의 고동 소리가 들린다는 것을 인정하지 않을 수 없을 것이다. 『먼 별』에서 저명한 문학 비평가였던 주인공이 수많은 작가들의 실종과 고문의 책임자였다는 사실이 발각되었을 때, 한 등장인물은 이렇게 쓴다. 〈어찌 됐든 글을 못 쓴다고 해서 그것 때문에 죽는 사람은 아무도 없어.〉 볼라뇨다운 색채로 표현된 이런 유형의 블랙 유머를 읽다 보면, 작가가 자기 방어적일 정도로 문학 비평이란 관념에 집착하고 있는 건 아닌지 궁금해진다. 혹은 그 반대인 걸까? 문학 비평을 가장 잘 다루는 방법은 그것을 조롱거리로 만드는 일인지도 모른다. 볼라뇨는 사나운 성격과 잔인한 성품으로 사람들이 두려워하는 이냐키 에차바르네라

---

4 Honorio Bustos Domecq. 처음에는 보르헤스 단독으로(1933), 그리고 얼마 후부터는 아돌프 비오이 카사레스Adolfo Bioy Casares와 공동으로 쓴 탐정 소설의 필명.
5 1944년에 출간된 보르헤스의 『픽션들』에 실린 단편소설.

는 저명한 바르셀로나 비평가[6]의 입을 통해 이 글의 서두에 인용된, 문학의 역할에 관한 문단을 읊게 만들었다. 작품 속 작가의 분신이라 할 수 있는 아르투로 벨라노는 에차바르네가 자기 소설의 비평을 맡게 되었음을 알자, 통제할 수 없는 두려움에 사로잡힌다. 벨라노와 에차바르네는 지중해 연안 해변에서 서로 마주한 채 검을 사용한 결투를 통해 각자의 입장 차를 없애기로 결정한다. 이 모든 내용은 『야만스러운 탐정들』의 23장에 나오는 것으로, 그 배경으로는 마드리드 도서전이 설정되어 있다. 볼라뇨는 에차바르네에게 그랬듯, 실존 작가들의 정체를 아슬아슬하게 바꾼 후, 문단의 여러 주요 명사들의 입을 통해 다양한 문학적 견해를 개진하게 만들었다. 이렇게 여러 작가의 입을 빌린 후, 매번 끝자락에 음악의 종결부 같은 한 문장, 코믹한 폭력성이 배어 있는 귀결이 등장한다. 그 여덟 개의 종결부를 한데 모으면 하나의 압축 시 같은 것이 드러나고, 텍스트를 조작하는 작가의 전략을 읽을 수 있다.

희극으로 시작된 모든 것은 비극으로 끝난다.

희극으로 시작된 모든 것은 희비극으로 끝난다.

희극으로 시작된 모든 것은 어김없이 희극으로 끝난다.

희극으로 시작된 모든 것은 암호 작업으로 끝난다.

희극으로 시작된 모든 것은 공포 영화처럼 끝난다.

희극으로 시작된 모든 것은 개선 행진처럼 끝난다. 그렇지 않은가?

희극으로 시작된 모든 것은 어김없이 미스터리로 끝난다.

6 볼라뇨의 친구이자 그의 유작 탈고 집행인이었던 비평가 이그나시오 에체바리아를 모델로 한 인물.

희극으로 시작된 모든 것은 허공에 대고 하는 위령 기도로 끝난다.

희극으로 시작된 모든 것은 희극적인 독백으로 끝난다. 그러나 이제 우리는 웃지 않는다.

타원의 중심

글을 쓴다는 것, 그것은 심연 위로 몸을 기울인다는 것이다. 볼라뇨에게 있어서, 〈위대한 문학, 시인들이 쓰는 문학은 눈을 크게 뜨고 어둠 속으로 몸을 파묻는 일이며, 어떤 일이 일어난다 하더라도 결코 눈을 감지 않는 문학이다〉. 글을 쓴다는 것, 그것은 지옥으로 기꺼이 걸어 들어가는 일이다. 이처럼 문학은 〈하나의 위험한 직업이다〉. 지성의 수수께끼를 해독한다는 것은 종국에는 선과 악의 절대적인 대립을 내포하기 때문에 위험할 수밖에 없다. 글쓰기란 하나의 지적 행위이며, 끔찍할 정도의 명증성에 의지하여 불안정한 균형을 유지하는 일이다. 문학의 재료? 〈호기심과 유머 감각은 지성의 두 가지 본질적 요소이다.〉 이런 경우 작가의 몽타주는 어떻게 그려질까? A) 호기심: 〈각각의 운명의 장난 속에서 체스 게임의 문제, 혹은 규명해야 할 추리 소설의 음모를 밝혀낼 수 있는 지적 성향〉을 소유한 사람이다. B) 유머 감각: 여기서 우리는 그것을 대체할 수 있는 무수한 동의어들을 나열할 수 있다. 〈웃음, 익살, 해학, 농담, 희롱, 비웃음, 조롱, 허풍, 비꼬기, 비웃기, 우스꽝스러운 흉내 내기, 위트, 냉소에 대한 취향.〉

볼라뇨에게 이런 길을 앞서서 보여 준 여러 작가들 중 몇몇을 언급해 보자. 조너선 스위프트: 〈만족할 만한 블랙 유머를 보여 줄 수 있는 위대한 문학 작품만이 나에게 즐거움을 준다.〉 프란츠 카프카: 〈그의 문학은 가장 겸허하게 쓰인 20세기의 가장 계시적이고 경악스러운 작품이다.〉 포: 〈에드거 앨런 포 때문에 우리 모두는 혹독한 대가를 치렀다. 잘 생각해 보자. 이제라도 시간이 있을 때 그의 앞에 무릎을 꿇어야 한다.〉 보르헤스, 마르셀 슈보브,[7] 체호프, 알폰소 레예스.[8] 멜빌: 그는 〈협로에서 우리를 안내하는 가이드였고, 인간이 자기 자신과 몸부림치며 싸우다가 대개 패배로 종결지어지는, 악의 영역의 탁월한 지도 제작자〉였다. 그 협로 건너편에 있는 사람들 중에 허클베리 핀이 있다. 〈마크 트웨인은 언제든 죽을 준비가 되어 있던 사람이었다. 이것을 이해할 때만이 그의 유머 감각을 이해할 수 있다.〉 랭보, 보들레르, 로트레아몽과 초현실주의자들. 볼라뇨의 초기 소설 타이틀에서 짐 모리슨과 나란히 등장하는 제임스 조이스다. (조이스와 더불어 야만스러운 탐정, 울리세스 리마의 이름을 제공한) 호세 레사마 리마 José Lezama Lima. 여명이 밝아 오는 대서양 횡단 정기 여객선에서 같은 언어로 이야기하는 소르 후아나와 에르시야. 체스터 하임스, 그레이엄 그린, 그리고 다른 수상쩍은 인물들과 함께 식탁에 앉아 있는 대실 해밋. 리히텐베르크의 『잠언집』을 술에 취해 읽는, 음울하고 천재적인 맬컴 라우리. 몬드라곤의 정신병자 요양원에서 라파엘 디에스테의 『기하학적 유언을 빨랫줄에 매달고 있는 레오폴도 마리아 파네로』. 니카노르 파라와 알레한드라 피사르니크.[9] 메스머의 신봉자였던

---

7 Marcel Schwob(1867~1905). 프랑스 소설가이자 학자.
8 Alfonso Reyes(1889~1959). 멕시코 작가.
9 Sor Juana Inés de la Cruz(1648 혹은 1651~1695)는 멕시코 식민 시대의 대표적인 시인이자 학자로 활약했던 수녀, Alonso de Ercilla y Zúñiga(1533~1594)는 스페인 시인, Chester Himes(1909~1984)는 미국의 작가, Graham Greene(1904~1991)은 영국의 소설가이자 비평가, Dashiell Hammett(1894~1961)은 미국의 작가, Malcolm Lowry(1909~1957)는 영국의 소설가이자 시인, Rafael Dieste(1899~1981)는 스페인 갈리시아의 시인이자 단편소설 작가, Leopoldo María Panero(1948~)는 스페인 시인, Nicanor Parra(1914~)는 칠레 시인, Alejandra Pizarnik(1936~1972)는 아르헨티나 시인이다.

팽 선생에 의해 최면에 걸렸던 빈사 상태의 세사르 바예호.[10] 팽 선생은 시인을 죽음의 입맞춤으로부터 구원하고자 했다.

〈문학=절대적 정직성〉이라는 위대한 작가들의 교훈을 잊어서는 안 된다. 살아 있는 동안 볼라뇨는 대가라는 이들의 문학적 사기를 고발하고, 명성의 허위성과 출판 시장의 거짓말에 굴종하는 것, 권력의 노예가 되는 것(〈권력은 문학에 관심 없다. 권력은 오직 권력 그 자체에만 관심이 있을 따름이다〉), 문학상에 눈먼 출판계와 마케팅의 책략을 호되게 비판했다. 진정한 작가라면 책을 팔 가능성이 없는, 그 심연에 몸을 던질 줄 알아야 하는 것이다. 〈판다는 것은 곧 자신을 파는 일이다〉라고 막스 아우브는 주세프 토레스 캄팔란스의 입을 빌려 말하지 않았던가.[11] 볼라뇨는 이렇게 덧붙였다. 〈문학적 단절이란 책을 파는 데 있지 않다. 두 눈을 크게 뜨고 물속으로 잠수하는 문학은 팔리기 위한 예술이 아니다.〉 오트로시Otrosi는 말한다. 〈문학은 문학상과 아무런 관계가 없으며, 오히려 피와 땀, 정액과 눈물이라는 기이한 빗물이 흐르는 곳〉이라고. 이처럼 글을 쓴다는 것은 〈이성적인 동시에 예언적인 행위이며, 지성과 모험심, 관용의 행위이다. 만약 그것이 아니라면, 쾌락을 위한 문학, 그게 과연 뭐란 말인가?〉 글을 쓴다는 것은 미지의 세계로 돌진하는 일이다. 볼라뇨는 〈세르반테스와 바예인클란[12]의 유해가 잠들어 있는, 하나의 탐색할 영역 속으로〉 뛰어들었음을 의식하고 있는 일군의 스페인과 라틴 아메리카 작가 중의 한 명이다.

---

10 Friedrich Anton Mesmer(1734~1815)는 동물 자기란 것을 이용하여 모든 병을 치료할 수 있다고 주장한 독일 의사, César Vallejo(1892~1938)는 페루의 작가이자 시인, 극작가이다.
11 Max Aub(1903~1972). 파리에서 태어나 멕시코에서 활동한 스페인어권 작가. 〈주세프 토레스 캄팔란스〉는 막스 아우브가 1958년에 출간한 작품의 제목이자 주인공의 이름이다.
12 Ramón María del Valle-Inclán(1866~1936). 스페인의 시인, 소설가, 극작가.

도주의 지점들

　로베르토 볼라뇨의 산문 작품들은 한계가 명백한 하나의 산문 단위를 형성하고 있다. 여러 장르를 자유자재로 넘나들었던 이 칠레 출신 작가는 약 10여 권의 책을 남겼는데, 그중에는 중편소설이나 단편소설뿐 아니라 방대한 분량의 장편소설 두 권이 자리 잡고 있다. 실제로 이러한 작품 사이에 의미 있는 차이점은 없고, 가장 작은 규모의 서술적 단위들이 대작들을 완성하는 데 중요한 기여를 하고 있다. 로베르토 볼라뇨의 픽션이 차지하는 전반적 영역에 응집력을 제공하는 요소들은 무수히 많다. 차츰차츰 볼라뇨는 그의 허구적 분신이자, 작가가 품고 있던 강박 관념의 굴절된 거울이라 할 수 있는 아르투로 벨라노에게 서술적 기능을 떠맡긴다. 즉, 작가는 그의 작품 세계 전체를 관통하는 하나의 거대한 서술적 덩어리의 변별적 단편들이 서로 의사소통하는 길을 열기 위해 벨라노라는 인물에게 의존하고 있는 것이다.

　『먼 별』은 『아메리카의 나치 문학』의 마지막 장에서 짧게 다룬 한 테마를 주제로 삼은 작품이다. 두 작품 모두 1996년에 출간되었으며, 첫 번째 소설은 피노체트 정권과 유착한 어느 비행 조종사를 주인공으로 삼아 음산하면서도 급격한 반전을 다루는데, 볼라뇨의 얼터 에고가 작가에게 이야기를 들려준다는 형식을 띠고 있다. 3년 후 발표된 『부적』에서 등장인물 벨라노는 멕시코로 건너온 우루과이 시인 아욱실리오 라쿠투레와 함께 나온다. 이미 그 두 인물은 『야만스러운 탐정들』에서 등장한 바 있으므로, 『부적』은 그 소설 속에 편입될 수도 있었을 것이다.

　볼라뇨의 여러 텍스트들은 서로 교차적으로 통합되며, 다양한 인물들의 서술이 동시에 여러 방향으로 지류를 뻗어 가면서 과거와 현재를 무차별적으로 넘나든다. 『살인 창녀들』(2001)에 소개된 「사진들」

은 『야만스러운 탐정들』이라는 거목에서 뒤늦게 싹튼 하나의 가지라고 볼 수 있을 것이다. 반대로 『살인 창녀들』에 실린 「랄로 쿠라의 원형」의 경우, 『2666』에 등장할 여러 인물들 중의 한 사람에게 서술적 공간을 앞서 열어 놓은 것이다. 볼라뇨 사후에 발간된 소설에서 보다 심도 있게 다뤄지게 될 여러 테마들을 예고하는 수많은 모티프들은 앞서 발표된 그의 작품들 속에서 이미 찾아볼 수 있다. 주인공이 피노체트 체제 동안 고문했거나 살해한 여인들의 모습을 상세히 알아볼 수 있는 사진 전시회를 개최했던 『먼 별』의 경우도 마찬가지이다. 무고한 여인들의 학살이란 테마는 『2666』의 다섯 부가 유기적으로 조직되는 중심축 역할을 한다. 이 작품에서는 아르투로 벨라노의 이름이 단 한 번도 언급되지 않았지만, 작가에 따르면 벨라노가 바로 소설의 화자이다. 작가의 친구이자 문학적 유언 집행인이었고, 미완작 『2666』을 완결 짓는 역할을 맡았던 에체바리아가 편집한 『괄호 치고』에서, 볼라뇨는 언어란 외계에서 온 바이러스라고 했던 윌리엄 버로스William Burroughs의 흥미로운 발언을 인용하고 있다. 이 언급은 SF 작가인 필립 K. 딕을 논하는 문단에 나오는데, 볼라뇨는 필립 K. 딕을 깊이 존경하고 있었고, 그를 편집광이자 정신 분열자, 〈격렬한 분노와 LSD에 중독된 일종의 카프카〉라고 평가하기도 했다. 이 미국 작가의 여러 면모가 볼라뇨의 관심을 끌었는데, 그중에서 주목할 만한 한 가지는 현실(결과적으로 역사)은 변질 가능하다는 관념이었다. 볼라뇨에 의하면, 딕은 〈속도와 엔트로피, 우주에 대한 관념에 관해 말한 최초의 작가는 아니었지만, 최고의 작가이기는 했다〉. 또한 그는 〈공간과 시간의 모순들〉을 명석하게 꿰뚫은 인물이기도 했다.

볼라뇨의 텍스트들 일부분에서는 현실이, 독자들과 등장인물들을 물리적 정신적으로 매개적인 공간으로 유도하는 또 다른 차원을 향해 열려 있다. 『야만스러운 탐정들』의 3부는 임팔라를 타고 가면서 일행에게 고전 시학을 설명하는 젊은 시인 지망생의 일기로 시작된다. 〈오늘 쓰는 것은 사실 내일 쓰고 있다. 내일은 내게는 오늘과 어제이다. 또한 어떤 의미에서는 내일, 즉 아직 가시화되지 않은 내일이기도 하다.〉 마치 시간 속에서나 공간 속에서나, 어렵게 비집고 들어갈 작은 틈새가 있는 것처럼. 까칠한 성격의 폰 아르킴볼디는 〈거리에서나 건물 안에서도 도대체 몇 층인지, 3층인지 4층인지, 아니면 3층과 4층 사이인지 정확하게 알 수 없는 집에 살았다〉. 이런 해체적 양상은 작가가 추구하는 탐색이라는 주제, 악의 본질에 대한 연구와 문학 창작의 신비 및 죽음의 관념을 결부시키는 새로운 면모를 부여한다. 『먼 별』에서는 시인이자 비평가였고 또한 고문 집행인이자 비행기 조종사였던 인물을 찾아다닌다. 이 소설에는 잊을 수 없는 하나의 장면이 있다. 비행사가 엔진이 뿜어내는 연기로 청명한 하늘에 시를 쓰는 장면이다. 『야만스러운 탐정들』에서 탐색의 대상은 멕시코 혁명의 과정에서 실종된 여성 시인 세사레아 티나헤로이다. 그녀를 찾아다니던 벨라노와 리마는 그녀가 몇 년 동안 살았던 방에 관한 설명을 듣게 된다. 문을 연 여교사가 목격한 것은 다음과 같다. 〈그 일탈된 방 내부에는 현실이 왜곡되어 있는 것만 같았다. 아니 그보다 더 고약하게도 누군가가 세월이 천천히 흐르는 동안 감쪽같이 현실을 왜곡해 버린 듯했다. 세사레아 자신이 아니고 누가 그랬을까마는.〉 볼라뇨의 마지막 작품에서 모습을 드러내지 않는 신비에 싸인 작가는 왕년에 히틀러 군대에 강제로 동원된 병사였다. 탐색이라는 주제를 둘러싸고 전개되는 현실의 변질 과정은 복잡성이 한층 증대하는 양상으로 나타난다. 〈현실은 종이로 만든 무대 배경이 찢어지는 것처럼 보였다. 종이 배경이 아래로 떨어지자 무대 뒤에 있는 것이 그대로 드러났다. 마치 누군가가, 아마도 천사가 눈에 보이지 않는 수많은 사람이 먹을 수 있도록 통구이를 몇백 개나 준비하는 것처럼 연기가 무럭무럭 솟아나는 광경이었다.〉『야만스러운 탐정들』에서 거의 인지할 수 없었던 요소들은 『2666』에 이르면 그 구체적인 의미를 확연히 드러낸다. 『야만스러운 탐정들』을 쓰는 동안 볼라뇨는 그의 상상력을 동원하는 과정에서 그것이 훗날 얼마만 한 중요성을 띠게 될지는 짐작도 못 했겠지만, 작품 속에 악의 비밀을 해독할 암호를 숨겨 놓은 한 작가라는 이미지를 구상하게 된다. 『야만스러운 탐정들』에서 최초로 언급될 때 그는 독일 작가가 아니라 프랑스 작가였고, 베노 폰 아르킴볼디가 아니라 J. M. G. 아르침볼디라는 이름이었다. 볼라뇨의 상상력에서 태어난 이 작가는 훗날 독일인으로 정체를 바꿔, 동일한 제목의 소설 『무한한 장미』를 출판한다.[13] 산발적으로 한 줌씩 주어지는 정보는 볼라뇨 유작의 제목이 될 수수께끼 같은 숫자에 희미한 빛을 비추고 있다. 벨라노와 리마는 세사레아 티나헤로가 사막에서 행방불명되기 전에 그녀가 어떤 사건들이 〈2600년경에, 2천 6백 몇 년에〉 일어날 것이라고 말했음을 알게 된다. 『야만스러운 탐정들』보다 나중에 발표된 소설 『부적』에서 벨라노와 주인공 아욱실리오 라쿠투레는 《(……) 공동묘지와 흡사하다. 그러나 1974년의 공동묘지도, 1968년의 공동묘지도, 또 1975년의 공동묘지도 아닌 2666년의 공동묘지처럼 보인다. 송장이나 아직 태어나지 않은 아이의 눈꺼풀 아래에서 잊혀진 공동묘지〉처럼 보이는 대로를 바라본다. 이 문장은 『야만스러운 탐정들』에서 아욱실리오 라쿠투레가 〈시간이 파괴되어 여러 방향으로 동시에 흐르는 것 같았다.

---

13 프랑스 소설가 J. M. G. 아르침볼디의 이름이 최초로 등장한 것은 『야만스러운 탐정들』 1권 269면이다. 『2666』의 1526면에서 언급된 아르킴볼디의 소설 『무한한 장미』가 처음 언급된 것도 『야만스러운 탐정들』 1권 473면이다.

말뿐인 시간도, 제스처나 행동으로 구성된 시간도 아닌 순수한 시간〉을 느꼈을 때, 그 온전한 의미를 획득한다. 이처럼 볼라뇨에게 있어서 문학은 계속해서 죽음을 향해 가는 여행이지만 그 여행길은 결코 똑바로 나 있는 법이 없다.

2666

『2666』을 구성하고 있는 다섯 부는 볼라뇨의 작품 세계 전체라고 하는 거대한 단위 내의 하위 서술 단위를 형성한다. 상호 텍스트성이 강했던 볼라뇨 작품들 중에서, 이 소설은 이곳저곳에서 해체된 서술적 요소들을 매듭짓고 있다. 볼라뇨가 맬컴 라우리의 『화산 아래서』에 대해 〈혼돈(혼돈 자체가 이상적인 소설의 소재이다) 아래로 잠수해서 혼돈에 질서를 부여하고 그것을 해독 가능한 것으로 만들고자 시도한 소설〉이라고 말한 것과 같은 의미에서 『2666』은 하나의 총체 소설이라고 할 수 있다.

제1부: 20세기 말의 유럽. 비평가들이 무대에 등장한다. 한 무리의 연구자들이 신비에 싸인 한 독일 작가를 추적하고 있는데, 좀 어색하게 들리는 그의 독일 이름은 베노 폰 아르킴볼디다. 이 미지의 작가를 추적하기 위해 비평가들은 서술이 지그재그로 진행되는 불가사의한 한 중심지, 〈해 질 녘이 되자 하늘은 육식 식물처럼〉 보이는 소노라 사막에 있는 산타테레사로, 마치 자력에 끌리듯 찾아간다. 거기에 도착하자마자 아르킴볼디 연구가들은 계속 이상한 꿈속으로 빠져들어 간다. 소설은 이처럼 볼라뇨 시학의 본질을 이루는 매개적 공간, 꿈속에 위치하며 꿈은 죽음과 분리된 영역이지만, 두 개를 갈라놓고 있는 것은 구멍이 뚫린 얇은 경계선일 뿐이다. 『2666』의 등장인물들은 그들끼리 의사소통하기 위해, 또한 소설의 다양한 부분들의 한계를 넘나

들 수 있는 약호화된 메시지를 보내기 위해 그 매개적 위치, 꿈으로 진입한다. 소노라 사막에서 저질러진 범죄의 열쇠는 아르킴볼디의 누이 로테 라이터의 자궁 속에 있을 수도 있다. 어린 시절 오빠와 헤어진 로테는 거인이 누워 있는 묘지의 꿈을 반복적으로 꾼다. 사막에서 자행된 여자들의 살해에 대한 단서를 제공하겠다던 여자 영매는 접신에서 깨어나자 이렇게 말한다. 〈모든 게 아귀가 맞는 꿈도 있었고, 아무것도 아귀가 맞지 않는 꿈도 있었으며, 세상이 삐걱거리는 관 같은 꿈도 있었다.〉 비평가들은 자신들이 찾는 작가가 거기 그들 주변에 있다는 것은 알지만 그를 볼 수는 없다. 그들은 깨어 있기 때문이다.

2부는 1부에서 유예된 문제를 추적하는 방식으로, 50세의 칠레 망명자이며 아르킴볼디의 스페인어 번역가이자 교수인 아말피타노와 그의 딸 로사의 이야기를 다루고 있다. 이야기는 여러 지류로 갈라지면서, 독자를 바르셀로나와 몬드라곤으로, 그리고 그곳의 정신병자 요양원으로 안내하는데, 거기에는 스페인 독자라면 쉽게 알아볼 수 있는 시인이 머물고 있다.[14] 꿈과 섹스의 향연이 펼쳐지는 몬드라곤의 묘지. 죽음의 공간에 대한 은유적 전환. 아말피타노는 산타테레사 대학에서 강의를 하지만, 그곳은 〈마치 갑자기 쓸데없이 생각에 잠기기 시작한 공동묘지〉와 닮아 있다. 그 위로 또 다른 텍스트들이 중첩된다. 빨랫줄에 걸린 라파엘 디에스테의 책 『기하학적 유언』은 행위로 전환된 일종의 레디메이드 형태를 취하고 있고, 아말피타노는 우스꽝스러우면서도 인식론적인 기하하적 그림들을 그리고, 거기에 소설가들, 비평가들, 철학자들의 이름을 적어 넣는다. 아이러니와 파티 분위기가 교차하는 박식함. 2부는 꿈속으로 도피했던 아말피타노가 독자

---

14 레오폴도 마리아 파네로를 가리킨다.

들에게 말을 하다가, 현실에서의 한 문장이 아르킴볼디의 번역자를 잠에서 깨어나게 하면서 끝맺는다.

3부. 뉴욕의 할램이 무대이다. 〈운명〉이란 뜻의 이름을 가진 페이트란 사내가 그를 뒤덮어 죽음으로 몰고 가려는 거미줄로부터 도망가기 위해 투쟁 중이다. 사회부 기자가 파고드는 범죄 소설 같은 분위기가 연출된다. 아마도 리처드 프라이스[15] 스타일을 모방한 것이리라. 제임스 엘로이[16]의 자서전을 읽고 볼라뇨가 했던 말이 메아리 울리는 듯하다. 〈비평은 20세기의 상징인 것 같다.〉 스포츠 전문 기자 오스카 페이트는 복싱 경기를 취재하러 산타테레사에 가야 했다. 그러나 막상 거기에 도착하자 사막의 바람, 이상하게 〈몽환적인 바람〉이 끔찍한 이야기를 그의 귓전에 속삭인다. 누군가가 소노라 사막에서 수백 명의 여인들을 암살했다고. 〈아무도 이런 살인 사건에 관심을 두지 않아요. 하지만 그 안에는 세상의 비밀이 숨겨져 있어요〉라고 한 목소리가 페이트에게 말해 준다. 죽음과 악에 관한 대화. 점차 『2666』은 최종 종착지를 향해 나아간다. 산타테레사의 교도소에서 페이트는 노래를 부르는 누군가의 음성을 듣는다. 〈나는 시커멓게 타버린 숲에서 길을 잃어버린 거인이라네〉라고 그 목소리는 말한다. 아마도 아르킴볼디의 목소리였을 수 있었겠지만, 페이트로서는 누군지 명확히 알 수 없었고, 게다가 자신이 꿈을 꾸고 있는 것은 아닌지조차 확신할 수 없다.

4부에서 소설은 마침내 소노라 사막을 전면으로 조명한다. 산타테

---

15 Richard Price(1949~). 미국의 작가이자 각본가, 영화 제작자. 영화 「컬러 오브 머니」, 「랜섬」 등의 시나리오를 썼다.
16 James Ellroy(1948~). 미국의 추리 소설 작가. 영화화된 『L. A. 컨피덴셜』, 『블랙 달리아』 등의 작품이 유명하다.

레사는 볼라뇨의 요크나파토파요, 코말라이기도 하다.[17] 룰포적 비전이 서술적 외면 너머에서 지속적으로 나타난다. 멕시코인들은 〈마치 이런 모든 게 『뻬드로 빠라모』[18]에서 일어난 일처럼 말하고 행동〉한다고 한 등장인물이 항의하자, 다른 등장인물이 〈어쩌면 그게 사실인지도 모릅니다〉라고 대답하는 것에서 알 수 있듯이. 그러나 현실과 몽상적 공간을 갈라놓는 신화적인 망토는 너무 얇아서 현실을 온전히 은폐할 수는 없다. 코말라는 지옥이었다. 시우다드 후아레스를 문학적으로 치환한 산타테레사 역시 〈지옥〉이다. 볼라뇨의 말을 빌려 보자. 〈지옥은 시우다드 후아레스가 그랬던 것처럼 우리의 저주이자 우리의 거울이다. 우리의 욕구 불만과 현실에 대한 우리의 해석과 우리의 욕망을 어지럽게 비치는 거울이다.〉 12년 전부터 여러 언론이 달려들어 조사했지만 현재까지도 아무런 명확한 해명을 제공하지 못한 하나의 미스터리, 시우다드 후아레스와 그 근동에서 자행된 여인들의 학살을 볼라뇨가 소설 주제로 선택한 것이다(이 글을 준비하는 동안 나는 「라 호르나다」지와 「엘 파이스」, 「뉴욕 타임스」에서 관련 정보를 얻을 수 있었다). 그 범죄(현실에서는 3백 건 이상, 소설 속에서는 1백여 건)를 다룬 기사들은 가공할 정도로 끔찍하게 살해 현장을 반복적으로 다루고 있고, 특히 볼라뇨는 호메로스적 반복 기법을 사용하면서 그 모든 기사들을 경악스러울 정도로 정확한 세부 사항까지 꼼꼼히 기술했다. 강간당하고, 난폭하게 신체가 훼손된 희생자들의 유해가 골짜기에서, 쓰레기 더미에서 혹은 황폐한 벌판에서 노골적으로 모습을 드러낸다.

---

17 요크나파토파는 윌리엄 포크너 작품에 자주 등장하는 신비로운 장소이며, 코말라는 멕시코 작가 후안 룰포의 작품 『뻬드로 빠라모』의 무대가 되는 도시로, 삶과 죽음의 경계가 허물어진 공간이다.

18 후안 룰포가 1955년에 발표한 소설. 주인공이 코말라에 사는 아버지 뻬드로 빠라모를 찾아간다는 내용으로 죽은 자들이 출현하기도 하는 마법적 사실주의적 색채를 띤 작품이다.

그 잔혹한 묘사들 가운데 어떤 것도 작가가 창작한 것이 아니다. 다만 볼라뇨는 사막에 간헐적으로 떨어지는 빗방울처럼, 학살 자체가 『2666』의 페이지들을 피투성이로 얼룩지게 만들기를 원했을 뿐이다. 범죄 현장에 도착한 경찰들과 사립 탐정들은 그 광경을 보고 울거나 토하기도 하고, 신경질적인 웃음을 터뜨리기도 하고, 불면증에 걸리거나 미쳐 버리거나, 혹은 살아남기 위해서 거기에 익숙해지고 이내 그것을 잊어버린다.

대다수의 희생자들은 마킬라도라(하청 공장)에서 일하는 가난하고 착취당하는 어린 소녀들이었음을 소설은 분명히 밝히고 있다. 한 창녀가 〈죽어 가는 여자들은 창녀가 아니라 공장 노동자들〉이라며 〈노동자들, 노동자들이에요〉라고 말한다. 그러자 세르히오는 〈마치 백열전구가 갑자기 그의 머리 위에 켜진 것처럼 그때까지 그가 간과한 상황의 또 다른 면을 보게 되었다〉. 소설의 독자들도 동일한 경험과 충격을 느끼지 않을 수 없다. 버로스가 말했던 언어 바이러스, 외계에서 온 질병의 매개체가 소설의 페이지들을 오염시키기라도 한 듯 엄청난 번식성으로 증식하기 시작한다. 병에 걸린 〈단어들이 도처에, 침묵 아래 퍼져 있었다〉. 사막, 그 악의 영역 위로 〈상처로 얼룩진 달〉이 비추자 등장인물들은 〈흔들리는 영상들과 함께, 아무 생각 없이 생각했다〉.

볼라뇨는 〈거대하고 고독한 소노라 사막〉이 행사하는 매혹에서 벗어날 수 없었다. 한순간, 하늘이 괴상하고 강렬한, 휘황찬란한 빛으로 가득 찼고, 그 빛은 지평선 한쪽에서 다른 한쪽으로 움직인다. 자동차에 타고 있는 인물들은 〈서쪽에서는 생생한 색깔을, 마치 춤을 추는 커다란 나비 같은 색깔을〉 알아본다. 볼라뇨의 언어는 독특한 이미지들을 사용해서 찰나의 기이한 현란함을 정확하게 묘사해 낸다. 하루해가 저물자 〈밤이 동쪽에서부터 절뚝발이처럼 살금살금 기어〉왔다.

현실인지 신기루인지 구분할 수 없는 사막만의 기이한 아름다움. 〈소노라 주와 애리조나 주의 경계는 마법에 걸리거나 유령들이 출몰하는 섬들의 집합체〉였다. 〈도시와 마을들은 배〉였고 〈사막은 끝없는 바다〉였다. 볼라뇨가 창조해 낸 문학적 매개물 중에서 가장 성공한 것은 그의 언어라는 사실을 굳이 여기서 지적할 필요는 없을 것이다. 종종 현실, 그러니까 현실에 닻을 내리는 데 사용되는 보잘것없는 조그만 현실은, 시간의 흐름이 사물에 구멍을 내고 그것을 시간 자체의 속성에 의해 지워 버릴 때, 보다 가볍고 보다 만족스러운 진정한 현실성을 획득한다. 볼라뇨의 언어는 견자(見者)적이지만, 그의 언어는 이제는 과거의 영광에 불과한 마법적 사실주의와는 전혀 다른 것이다. 산타테레사의 교도소에서 죄수들은 〈마치 유독성 가스로 가득한 다른 행성의 섬에서 길을 잃어버린 특공대원들처럼 움직였다〉. 〈꿈속에서 길을 잃은 가련한 녀석들〉이라고 말할 수도 있으리라.

볼라뇨는 매우 구체적으로 죽음의 지형도를 먼저 현실 속에서 세세히 묘사한 후, 갑자기 거기에 거리를 둠으로써 독자들을 기이한 분위기로 몰아간다. 여러 살육들이 벌어진 장소들 중 하나는 카사스 네그라스 근처에 있는 〈엘모리데로(죽음의 장소)〉란 곳이다. 예전에 그곳은 엘오벨리스코라고 불렸는데, 화자에 따르면 〈그림 그리기를 막 배운 어느 아이, 그러니까 산타테레사 외곽에 살면서 지네와 도마뱀을 먹으며 사막을 기어다니고 결코 잠을 자지 않는 괴물 아기가 그린 오벨리스크〉가 이곳에 있던 시절이 있었기 때문이다. 차마 눈 뜨고 볼 수 없는 페이지들도 있다. 산타테레사 감방 세탁소에서 일어나는 집단 거세 장면은 참을 수 없을 정도로 잔혹함과 경악감을 불러일으키는 대목이다. 나는 개인적으로 그 부분을 읽지 말걸, 하고 후회했다. 그 끔찍한 영상들은 책을 읽는 내내 독자의 뇌리를 떠나지 않는다. 그러나 가장 압권인 것은 작가가, 그 어떤 형용사로도 표현할 수 없는 잔인성을 정면으로 맞닥뜨린 후에, 자신이 느낀 고통을 내면화한다는 사실이다. 악이란 인간의 내면에 둥지를 틀고 있다는 깨달음이 즉각적인 하나의 메타포 전환되면서 경악할 만한 인간의 본질과 조우하게 되는 것이다. 당시 볼라뇨가 치명적인 간 질환을 겪고 있던 상태에서, 즉 죽음의 문턱에서 이 책을 썼다는 사실을 잊지 말자. 악을 자행한 자가 어떻게 묘사되던가? 〈저 작자가 도대체 누구지?〉라고 한 목격자가 묻자, 다른 사람이 〈국경의 검은 창자라는 작자야〉라고 대답한다. 마치 누군가가 읊어 준 것을 볼라뇨가 쓴 것처럼. 사람도 아니고 신도 아닌, 어렴풋한 하나의 총체. 사막의 바람일까? 태풍의 천둥소리, 밤중에 꿈속에서 내지르는 비명 소리? 아마 존재의 깊은 고독이었을 것이다. 볼라뇨의 붓끝이 주조한 인물들이 오가는 공간은 감방과 언어, 그리고 악의 공간이다. 그의 산문은 아주 높은 곳까지 올라가 뜨겁고 격렬하게 울부짖고, 난폭하고 적대적이며, 야만적이고 고통스러운 우주적 아름다움을 담고 있다. 불가능해 보이는 볼라뇨의 이런 언어적 힘은 계속 이어진다.

5부는 독자들을 전혀 다른 상황으로 안내한다. 현란한 초현실주의적 묘사로 이뤄진 두 페이지가 지나면, 이제껏 우회적으로 뱅뱅 맴돌았던 서술은 마침내 한스 라이터의 일생을 이야기하기 시작한다. 이 인물은 『먼 별』의 주인공이 그랬던 것처럼 훗날 이름을 바꾸고 작가가 될 것이다. 5부의 무대는 1920년대 초반의 독일이다. 하나의 도주 지점이 존재하지만 그것은 곧장 악으로 인도하는 지점이다. 볼라뇨는 한스 라이터의 고국 이야기를 묘사한 후 나치들과의 연계성에 관심을 가졌다(볼라뇨의 초기 소설 『아메리카의 나치 문학』은 상상적 작가들에 관한 카탈로그인데, 거기에는 아르킴볼디란 이름도 수록되어 있다. 다행히 그는 그러한 낙인에서는 벗어났지만). 소설은 점차 중앙 유럽에 있는 상상적 숲을 무대로 전개되는데, 오스트리아와 독일의 위대한 작가들(발저, 무질, 베른하르트, 되블린, 만)[19]을 연상시키며, 또한 카프카적인 색채가 물씬 나는 산문이 펼쳐진다. 이야기는 여러 갈래로 뻗어 나간다. 잃어버렸다 되찾은 원고가 문제가 되고, 무한한 거울 속에서 수많은 작가들의 행렬이 지나간다. SS는 전진을 계속하고 있고, 파르시팔Parsifal[20]은 위풍당당하게 말을 타고 지나간다. 전쟁의 참혹상이 낱낱이 묘사되며, 한 무리의 유대인 수용자들이 학살되는 장면이 나오기도 한다. 폴란드의 한 동네에서는 술에 취한 아이들이 스위프트를 연상케 하는 무대를 배경으로 축구를 하고 있다. 드라큘라의 성에서는 동맹군의 한 장교를 십자가형에 처하기도 한다. 『칠레의 밤』이나 『먼 별』에서 그랬던 것처럼, 이 부분에서 볼라뇨의 문장은 함축적 생략을 통해 기이한 냉정함을 발한다. 절대적인 정화 상태에 도달한 산문이라고 할까〈고요함을 포함한 수많은 것들의 가면인 것 같은 움직임〉, 〈병자들의 시간 개념, 그것은 사막의 동굴에 숨겨 둔 보물과도 같다〉). 현실만 변질되는 게 아니라 역사도 변질되며, 또 다른 경로를 타고 훨씬 더 효과적으로 투명한 진실에 도달한다. 소설의 사명이 바로 이것 아니던가?

19 Martin Walser(1927~)는 독일 작가, Robert Musil(1880~1942)는 오스트리아 소설가, Thomas Bernhard(1931~1989)는 오스트리아 작가이자 극작가, Alfred Döblin(1878~1957)은 독일 출신의 유대인으로 훗날 프랑스로 망명하여 가톨릭으로 개종한 작가, Thomas Mann(1875~1955)은 1929년 노벨 문학상을 수상한 독일 작가.
20 바그너의 오페라로 더욱 유명해지면서 게르만의 상징적 인물로 알려졌다. 그러나 이 인물은 원래 중세 아서 왕 전설에 이미 성배를 찾아 떠나는 기사들 중의 한 사람으로 등장했다.

죽음의 승리

『2666』은 볼라뇨의 문학 경력에 정점을 찍은 작품으로, 이 소설과 더불어 볼라뇨의 문학적 위상은 한층 더 견고해졌다. 『2666』은 특히 언어적 측면에서 그의 가장 큰 성공작이라고 말할 수 있을 것이다. 볼라뇨가 시인으로 출발했던 것을 잊지 말자. 시 창작 훈련으로부터 그는 환각적이고 흥미로운, 행복한 하나의 언어, 가장 엉뚱한 것들을 서로 연계시키는 새로운 언어를 창안해 냈다. 이미 비평가들은 거의 만장일치로 『2666』의 문학적 가치를 높게 평가하고 있다. 그건 정말 예외적인 작품이 아닐 수 없다. 미완이라는 점이 몇 가지 문제를 미해결 상태로 남겨 두긴 했으나, 오히려 그것이 작품에 신비로움과 깊이를 더하고 있다. 물론 결점도 없지는 않다. 이렇게 방대한 분량이 꼭 필수적이었을까? 여러 방향으로 지류를 뻗어 나간 이야기들이 과연 그 기능을 충실히 실현한 걸까? 불필요한 문단들이나, 무용한 페이지들, 꼼꼼한 손질 없이 쓰인 부분이 있지 않을까? 『2666』은 괴물 같은 창작물은 아닐까? 비록 어떤 부분에서는 가독성이 떨어지긴 해도, 총체적으로 개관하면 그런 결점들은 별반 중요하지 않다. 『파라디소Paradiso』가 아직 대중에게 알려지기 전 코르타사르가 레사마에게 했던 말을 볼라뇨에게도 그대로 적용할 수 있을 것이다. 코르타사르는, 비록 문학 작품이 글쓰기의 기본적 규범으로 간주되는 것들을 엄밀하게 존중하지 않았다 하더라도 그 점이 크게 중요하지는 않다며 레사마의 작품을 옹호했었다. 볼라뇨 자신 또한 필립 K. 딕을 논할 때, 〈나쁠 때조차도 좋다〉라고 말하지 않았던가! 『2666』이 하나의 문학 작품으로서 제 운명을 가게끔 내버려 두고 우리가 문학에 대해 품고 있는 기존 관념은 잠시 유보하기로 하자.

『2666』의 독서는 하나의 총체적 경험이며, 페이지를 넘길 때마다 놀라움을 금할 수 없는, 장시간 진행되는 하나의 축제이다. 작품이 2천 페이지에 달하는 게 뭐 대수란 말인가. 무겁지도 않다. 6백 페이지쯤 읽고 나면 60페이지를 읽은 것 같으니까. 『2666』은 독자에게 독서의 열정이라는 기본적인 즐거움을 오래간만에 제공하는 대작이다. 『팽 선생』에서 작품의 플롯(볼라뇨는 이것을 해독 불가능할 것으로 평가했다)은 생명이 경각에 달린 한 사람을 중심으로 진행된다. 바로 세사르 바예호이다. 『칠레의 밤』에서 주인공이 자신의 죽음이 임박했다고 느끼는 것은 한갓 착각에 불과했다. 『야만스러운 탐정들』에서도 레이날도 아레나스(작품에서는 이름이 명시되지 않는다)의 최후의 며칠이 끔찍하게 묘사되어 있다.[21] 뉴욕에서 에이즈에 걸린 쿠바 작가는 힘들게 구술로 『밤이 오기 전에』를 친구에게 받아쓰게 한다. 그는 작품을 완성하고 자살한다. 볼라뇨 역시 『2666』의 집필에 매진하면서, 글쓰기를 통해 죽음에 대한 자신의 투쟁을 예상하지 않았을까? 〈시간이 많지 않아요, 난 지금 죽어 가요〉라고 소설 말미에 정체를 알 수 없는 한 작가가 말할 때, 독자의 등줄기에는 식은땀이 흐른다. 임박해 오는 죽음과 마주해서, 운명의 시간에 저항해서 작가가 써 내려간 광적인 글쓰기의 질주가 『2666』이다. (무질이 그랬듯)[22] 볼라뇨 작품의 페이지 위에 날개를 퍼덕였던 죽음의 그림자들은 그의 최고 걸작을 미완으로 남겨 놓았다. 그러나 패배 속에도 위대함은 있는 법. 『2666』에 비록 몇 개의 결점이 있다 해도 그것이 그다지 중요하지 않은 것은 볼라뇨라는 사람 자체가 내뿜는 따뜻한 인간미, 탁월한 지적 능력 때문이며, 이미 그런 점들이 우리를 사로잡았다. 그를 알게 되면 그와 친하게 지내

21 Reinaldo Arenas(1943~1990). 카스트로 정권으로부터 핍박당하다 미국으로 망명한 쿠바 작가.
22 로베르트 무질의 『특성 없는 사나이』는 미완의 유작이다.

지 않을 수 없었으니까. 죽음조차 그를 가까이 두기 위해 그를 데려갔던 것일까? 그의 작품을 읽다 보면, 고독과 혼돈을 가로질러 한참을 방황했다는 감정이, 그리고 한 인간의 이름으로만 단정적으로 제한할 수 없는 어떤 거대한 것을 결정적으로 상실했다는 노스탤지어가 든다. 이 글을 쓰는 동안에도 인간과 존재에 대한 깊은 연민을 억누를 수 없다.

마지막으로, 언어에 대해 몇 마디 해보자. 볼라뇨의 작품은 라틴 아메리카의 문학적 전통에 충실할 뿐 아니라 그의 언어는 지역의 경계를 허물고 이베리아 반도와 남미 대륙의 스페인어권에서 모두 통용되는 표현들을 자유자재로 구사했다. 여러 지역에서 사용되는 스페인어의 미묘한 뉘앙스를 감지하고 구분하는 놀라운 예민함으로, 볼라뇨는 다성적이고 악마적인 하나의 산문, 스페인어나 칠레어, 우루과이어와 아르헨티나어뿐 아니라 만인에게 통용되는 하나의 산문을 창안해 냈다. 생존해 있었더라면 볼라뇨의 언어적 재능이 어디까지 뻗쳤을지 짐작조차 할 수 없다. 이렇게 그는 우리 젊은 스페인어권 작가들에게 하나의 길을 열어 주었다. 이것이 특히 라틴 아메리카 젊은 작가들의 생각이다. 그리고 바로 그 점이 볼라뇨의 위대함이자 그의 진정성이라고 할 수 있다. 로베르토 볼라뇨는 지난 수십 년 사이 가장 탁월한 스페인어 산문의 필력을 보여 준 작가이다. 저항할 수 없는 그의 문체는 〈황금시대〉의 고전들 이후 가장 거대한 혁신을 이루어 냈다. 그는 우리 언어의 문학사에서 불멸의 한자리를 차지한 작가가 되었고, 그와 더불어 스페인어 소설은 새로운 시대를 열게 된 것이다.

검은 칠레

「인프라레알리스모 선언」에서
『칠레의 밤』까지

네스토르 폰세
Néstor Ponce

아르헨티나 라 플라타 출신의 대학교수이자 시인,
소설가, 비평가. 1979년부터 프랑스에 정착해서 살
고 있다.『대각선들의 짐승』,『멕시코. 갈등, 몽상과
거울들』을 비롯한 다수의 출간작이 있다.

I

1976년 로베르토 볼라뇨는 인프라레알리스모 시 운동 선언문,
「다시, 모든 것을 버려라DÉJENLO TODO, NUEVAMENTE」를 발표
한다.[1] 이 선언문에 나타난 그의 시적 미학적 성찰들은 후에 그의
소설 창작에 영향을 미치는데, 특히 『칠레의 밤』에서는 당시의 중요
한 흔적들을 찾을 수 있다.

「선언문」은 보스, 랭보, 다다이스트인 쿠르트 슈비터스, 초현실주의,
카를루스 드루몬드 지 안드라지,[2] 브레히트에서부터 1960년대의 라틴
아메리카 아방가르드나 소비에트의 SF 작가들, 라틴 아메리카의 전통
대중문화(놀이, 축제) 같은 매우 다양한 유형의 예술적, 문학적 유파와
의 연계성을 강조하고 있다. 여기에, 볼라뇨가 지적했듯 페루의 시인 그
룹이었던 오라 세로[3]는 인프라레알리스모 운동에 중요한 영향을 끼치
면서 그들과 지속적인 관계를 맺었다. 향후 인프라레알리스모 운동을
결성하게 될 이들이 최초로 창간했던 잡지 『사라소 세로Zarazo 0』는 오
라 세로 작가들의 글을 게재하고 있다. 볼라뇨와 마리오 산티아고 파파
스키아로는 1975년 멕시코의 카사 델 라고 시 창작 교실에 참석했고, 거
기서 오라 세로 그룹과 가까이 지냈던 호세 로사스 리베이로José
Rosas Ribeyro와 툴리오 모라Tulio Mora와 가까워졌다. 게다가 페루 그
룹의 주요 일원이었던 호르헤 피멘텔Jorge Pimentel의 글은 인프라레

---

1 J. Campos에 의하면, 이 선언문이 최초로 출간된 것은 1977년 10~11월 호, 『인프라』지(인
프라레알리스모 그룹의 월간지)를 통해서였다. 「Bolaño y los poetas infrarrealistas」, http://
www.letras.s5.com/rb200404.htm(2007년 10월) ─ 원주.

2 Hieronymus Bosch(1450?~1516)는 네덜란드 화가, Arthur Rimbaud(1854~1891)는 프랑스
의 시인, Kurt Schwitters(1887~1948)는 독일 화가, Carlos Drummond de Andrade(1902~1987)
는 브라질 시인.

3 Hora Zero. 〈0시〉라는 뜻.

알리스트들의 시 선집 『불의 무지개 아래 벌거벗은 소년들』의 한 지면을 차지하고 있다. 오라 세로 그룹의 또 다른 멤버인 후안 라미레스 루이스Juan Ramírez Ruiz와 친구였던 파파스키아로는 그에게 자신의 책 『백조의 울부짖음Aullido de cisne』을 헌정하기도 했다.[4]

오라 세로 그룹의 선언은 1960~1970년대에 유행했던 몇몇 정치적 개념에서 영향을 받았으며, 사르트르의 영향을 받아 지식인의 사회참여를 강조했다. 그러나 사르트르의 이론은 연극과 소설만 사회 참여가 가능한 것으로 보았지, 시는 배제했던 반면, 오라 세로 그룹은 시의 적극적이고 전투적인 비전을 강조했다. 이 그룹의 시인들은 하나의 본질적인 순간, 새로운 시를 써야 할 제로 아워가 되었다고 보았다. 라미레스 루이스는 나중에 시의 정치 참여를 강조한 〈총체 시〉 선언을 발표하기도 했다. 이런 모든 관념들이 볼라뇨의 「인프라레알리스모 선언」에 영향을 주었다.

「인프라레알리스모 선언」은 무엇보다도 시적 형식에 집중하고 있으며, 예술을 변형하기 위해 기존 예술을 위반한다는 핵심 역할을 시에 부여하고 있다. 예술은 미학과 윤리의 가교가 되어야 한다고 볼라뇨는 단언한다. 이와 동시에 그는 산문 픽션 작품들(소비에트의 SF 작가들, 에로티시즘 문학)과, 연극, 건축, 조각, 그리고 무엇보다 미술의 역할을 강조했다. 형식적인 면에서 보면 「선언문」은 다양한 예술적

---

4 마리오 산티아고 파파스키아로는 인프라레알리스트인 호세 알프레도 센데하스José Alfredo Zendejas의 필명이다. 『야만스러운 탐정들』에서는 내장 사실주의자인 울리세스 리마라는 이름으로 나왔다. 울리세스 리마라는 문학적 이름 속에는 「선언문」이 주장했던 방랑과 탐색이란 테마(울리세스, 즉 율리시스는 오디세우스의 다른 이름이다 — 옮긴이)를 구현하며, 리마는 오라 세로 그룹이 태동한 리마 시(市)를 의미한다. 이 소설 속에서 작가 볼라뇨의 분신 역할을 하는 아르투로 벨라노란 이름은 아르투르 랭보에 대한 추모의 의미에서 따온 것이다. 『백조의 울부짖음』은 1996년 멕시코 알 에스테 델 파라이소 출판사에서 출간되었다 — 원주.

유파에 근거하며 시각 시[5]를 사용하고 있는데, 이 모든 것이 초현실주의 선언과 직접적으로 연계되어 있음을 부정할 수 없을 것이다. 볼라뇨는 문장과 단어들을 괄호 안에 표현한다거나, 대문자로 표기하거나, 굵은 글씨로 쓰기, 문장들을 시처럼 행을 잘라 쓰는 등 통사론과 문법, 철자법에 이의를 제기하는 방식을 차용했다.

볼라뇨가 사용한 〈다시, 모든 것을 버려라〉라는 제목, 그리고 거기에 삽입된 텍스트(《모든 것을 버려라, 매일같이》)는, 앙드레 브르통이 1922년 다다이즘과 결별한 후 1924년에 발표한 『갈 길 잃은 발걸음』에 삽입된 「모든 것을 버려라」에서 많은 것을 차용했다. 브르통의 이 텍스트는 각각 새로운 행으로 시작하는 여덟 개의 짧은 문장들로 끝맺는다. 브르통은 단절이라는 미학적 의지와, 새로운 발견을 실천하는 수단인 〈방랑〉을 강조하면서, 〈길을 떠나라(『야만스러운 탐정들』의 동력이 되는 원칙)〉라고 썼다. 「선언문」에서 볼라뇨가 강조한 것은 모험, 일상생활의 변화 속도, 기존의 규범과 형태에 대한 문제 제기를 앞세운 하나의 미학을 형성하자는 것이었다. 북쪽을 가리키는 나침반 바늘이 더 이상 기능하지 못하고 완전히 헛돌 정도로, 일체의 경계선들을 무단으로 가로지르는 방황, 방향도 없고 최종 목적지도 없는 방랑. 몇 년 후 화자 볼라뇨는 탐색이라는 테마를 중심으로 다양한 서술 형태를 증식시킴으로써 이 관념을 문학적으로 실천하게 된다.

비평가 코바스 카랄Cobas Carral이 지적하듯, 자동기술법[6]의 열렬한 옹호자였던 초현실주의와는 달리, 인프라레알리스모 운동은 의식

---

5 글자의 크기나 형태, 시구의 배치를 달리한 시각화를 통해 시적 의미의 극대화를 노리는 시.
6 초현실주의자들이 창시한 기법. 무의식적 상태에서 쓰는 글쓰기로 꿈속이나 최면 상태에서 쓰거나, 혹은 여러 사람이 테이블에 둘러앉아 한 줄씩 쓰고 옆 사람에게 넘기는 형태로 완성되기도 했다. 의식의 강제에서 벗어나 무의식의 세계를 시로 발현시키고자 했던 시도이다.

적 활동에 무게를 두고 독창적인 표현에 도달할 수 있는 충분한 지식을 획득하고자 했다. 자동기술법을 거부했다고 해서 볼라뇨가 꿈의 중요성을 간과했던 것은 아니다. 꿈은 「선언문」을 비롯한 그의 작품 전반에 자주 등장하는 테마이고, 거기서 얻어진 결과물은 하나의 묵시록적인 비전으로 승화된다. 사회 참여를 주장했던 인프라레알리스트로서의 경험은 훗날 볼라뇨의 소설 속에 빈번하게 출현하는데, 그들은 지식인의 〈정치적 참여〉를, 〈시적 행동〉을 매우 중요하게 다루었다(〈프롤레타리아는 아무것도 축하하지 않는다. 정기적으로 열리는 장례식을 제외한다면. 그러나 이제 변할 것이다. 피착취자들이 성대한 향연을 베풀 날이 올 것이다〉). 공식적 문학 이외에 〈또 다른 문학〉이 출현했다는 것이 이바카체(『칠레의 밤』의 등장인물이자 화자)에게는 커다란 위협으로 다가온다. 이 위협은 신부의 공포심을 자극해서, 기득권 문화를 대변하는 박물관들과 판테온에서 문학적 영광과 불멸을 누리겠다던 그의 꿈으로부터 멀어지게 만든다. 「선언문」은 말한다. 〈찾아봐라: 똥 덩어리가 있는 곳은 박물관만이 아니다.〉 『칠레의 밤』에서, 특히 이바카체의 관점에서 〈박물관적 영광〉이란 가톨릭과 아카데미, 양측에 협력함으로써 얻어진 결과이며, 도저히 분리될 수 있는 것이 아니다. 그러나 왕년의 인프라레알리스트 볼라뇨는 문학적 축성에 대한 이런 식의 사고방식과 깨끗하게 단절하고 공식적 문화, 관료주의적 문화, 〈민중〉 문화의 신성화를 공개적으로 비판한다.

볼라뇨가 「선언문」에서 중요하게 다루는 또 다른 텍스트들 역시 엉뚱하고 선동적인 것들이다. 어떤 것은 유명 작가들의, 어떤 것은 무명 작가들의 글인데, 속담들이 번갈아 나오기도 하고, 구어적 혹은 시각적(광고 표지판들) 기억들이 출몰하기도 한다. 일종의 문화적 혼종 교배를 역설한 것이다. 어떤 경우는 출전이 명시되지 않기도 하고(구레

비치Gurevich), 어떤 때는 명시되기도 한다(브레히트). 이런 텍스트들이 묵시록적 양상을 띠고 다채로우면서 변화무쌍한 콜라주로 엮인 것이 바로「선언문」이다. 거기 언급된 쿠르트 슈비터스의 음성시를 연상시키는 조합(Lanke trr gll, o, upa kupa arggg) 같기도 하다. 문학을 미술과 연계시키는 여러 인물들의 이름(산티아고 파파스키아로, 호세 페게로, 마라 라로사)이 무수히 등장하며 인프라레알리스트들을 대중문화의 아이콘으로 취급하고 있다.

인프라레알리스트들의 초창기 텍스트들은『칠레의 밤』에 뚜렷한 영향을 끼쳤다.『칠레의 밤』에서 드러나는 선동적 성격은 볼라뇨의 무수한 문학적 발언이 보여 준 도발적이고 모욕적인 언사와 밀접한 관계를 맺고 있다. 카르멘 보우요사Carmen Boullosa는 한 인터뷰에서 1970년대 멕시코의 전통 시인들은 시 낭송회 때 인프라레알리스트들이 습격하지 않을까 언제나 두려워했다고 밝힌 바 있다(〈그들은 문단에서 공포의 대상이었다〉). 〈공식적 차원에서 비명 소리를 약호화하는 음성적 탐구자〉가 되고자 했던「선언문」을 기초로『칠레의 밤』과의 상호 텍스트성을 분석해 보기로 하자.

II

인프라레알리스모 및 다른 텍스트들의 흔적들이『칠레의 밤』을 관통하고 있다. 바로 그런 상호텍스트성이『칠레의 밤』전체를 하나의 길고 숨 막히는 한 덩어리의 문단으로 서술하고 있는 신부의 독백이 갖는 단조로운 성격을 완화하면서, 대안적 독법을 제시한다. 외부의 이질적 요소가 수용적 텍스트 내부에 통합되면, 그 최초의 이질적 요소는 기존의 의미를 구현할 뿐 아니라, 수용적 텍스트의 의미를 재정의하게 되는데, 이 점이 바로 비평가들이 볼라뇨 산문에서 애매하다고 느끼는 구석이다.

알다시피, 상호 텍스트성은 여러 층위에서 작용한다. a) 작가의 관점 및 작가가 글쓰기와 맺고 있는 관계들의 관점(인프라레알리스트나 오라 세로 그룹에게서 드러나는 서정성의 부재), b) 독서의 규약을 강조하는 독자의 관점, c) 상호 텍스트성 효과는 글쓰기와 텍스트의 새로운 인식을 야기하는 만큼 텍스트 층위에서 변화가 일어난다는 관점. 『칠레의 밤』은 이 세 개의 층위 모두에 작용함으로써 충격적인 효과를 발휘한다.

상호 텍스트성이 기능하는 체제*régime*는 3중적이다(우리는 여기서 제라르 주네트[7]의 용어, 유희성, 외설성, 심각성을 적용하고자 한다). 심각성은 지배하는 것이지만, 외설성 및 유희성과 대체되기도 한다. 세 개의 체제는 볼라뇨가 로물로 가예고스상을 받을 때 했던 「카라카스의 연설」에서도 나타나는데, 이 텍스트는 먼저 유희성과 외설성으로 시작해서 심각성에 도달한다.

「선언문」의 첫 구절이 또 다른 담론을 포함하고 있다면(구레비치의 SF 소설을 인용하고 있는데, 게다가 이 소설은 과학 논문으로 시작한다) 『칠레의 밤』은 죽음이 멀지 않은 등장인물이 자신의 인생 역정을 이야기하는 형식으로 서술을 시작한다. 죽음이 임박했음을 의식하고 있는 한 개인의 내면적 갈등으로부터 종교적 담론, 회개, 원죄의 속죄 문제가 다뤄지고 있는 것이다. 작품의 화자가 사제라는 점이 종교적 언어가 텍스트에 강력하게 개입하는 것을 자연스럽게 부각시킨다. 비평가 모레노Moreno는 종교와 결부된 고백의 개념은 성 아우구스티누스나 장자크 루소의 『고백록』에서 이미 등장했다고 지적한 바 있

7 Gérard Genette(1930~). 프랑스 문학 이론가. 구조주의에 기반한 시학 연구에 지대한 공헌을 했다.

다. 그러나 소위 회개자라는 이바카체는 죽지 않고 계속 살아 있으며 자신의 고유한 문학적 생산 조건에 대해 의문을 제기한다. 그렇다면 이것이 진정한 고백인 걸까? 사제는 정말 죽게 되는 것인지 의문을 제기하지 않을 수 없다. 「선언문」과 『칠레의 밤』의 첫 구절 모두 권위에 도전하고 기존 의미를 역전시키는 동일한 풍자적 어조로 쓰였다.

필명 H. 이바카체 속에 이미 침묵의 그림자를 품고 있는(h는 묵음이다) 본명 우루티아 라크루아는 무명 시인이자 문학 비평가이다. 작품의 화자로서 그의 서술은 처음부터 은폐된 것, 어두운 것, 침묵에 찬 밤(피노체트의 쿠데타가 일어나자 그는 〈얼마나 조용한가〉라고 외친다)처럼 억눌린 목소리로 진행된다. 돌처럼 굳은 공식적 담론들과 문학적 불멸의 〈진실성〉을 질문하는 음산하고 침묵에 찬 말. 이런 어두운 요소들은 「선언문」이 환기하는 빛의 요소와 뚜렷한 대조를 이루며, 얼마 후 볼라뇨는 『먼 별』에서 이 문제를 다시 취급하게 될 것이다.

사실상 사제의 담론은 피노체트 정권 체제의 담론에 충실한 것이며, 소설 속에 등장하는 두 명의 다른 작가가 대변하는 두 개의 다른 담론에 포위되어 있다. 한 사람은 농장주이자 비평가인 페어웰이고, 다른 한 사람은 피노체트 장군이다. 사제에게 있어서 페어웰은 단번에 글쓰기와 문화의 모델처럼 등장하는 인물이다. 피노체트 장군은 문학에 관한 자신의 관점을 제시하며, 심지어 이바카체처럼 정권과 공범 관계인 유명한 비평가의 입장을 정면으로 반박하기도 한다. 피노체트 자신이 글을 읽고, 게다가 책을 쓰기도 한다는 것이다(세 권의 저서와 여러 기사들). 독재자의 이런 〈고백〉은 단순한 일화의 차원에서 소개된 것이 아니라, 정치적 문화적 조직화 차원에서 피노체트의 무시무시한 위상을 암시하는 것이다. 즉, 문학을 포함한 전 영역에서 행동 양식과 한계를 규정하는 최종 책임자가 곧 피노체트인 것이다.

조르주 스타이너는 이렇게 말했다. 〈현대의 전제 군주들은 단어가 갖고 있는 일반적인 의미를 자의적으로 그로테스크하게 바꾸면서까지 단어들을 재정의했다. 삶은 죽음을 의미하고, 전적인 굴종은 자유를, 전쟁은 평화를 의미하는 식으로.〉[8] 소설 속 어순 도치는 우연히 사용된 것이 아니다. 강세 없는 스페인어의 오이도Oido란 등장인물의 이름은 〈증오odio〉를, 또 다른 인물 오데임Odeim은 〈공포miedo〉를 의미한다(프랑스어로, Eniah가 〈증오haine〉, Etniarc이 〈공포crainte〉가 되는 것처럼). 마찬가지로 소설에 등장하는 여러 상황들은 「선언문」에 소개된 빛 대 어둠이라는 원초적 관념을 암시하고 있다. 페어웰이 젊은 사제의 몸을 더듬거릴 때, 그 행위가 벌어지는 때는 달빛이 환히 비추는 밤이다. 신부의 사제복이 바람에 흩날리는 장면에서 보인 페어웰의 태도는 포식자를 연상시킨다. 몇 년 후에도 동일한 변태적인 상황이 연출된다. 밤중에 이바카체가 피노체트를 만날 때, 달빛은 밝은 곳과 어두운 곳 모두를 비추고 있었고 새 한 마리가 노래하고 있었는데, 그 노래는 곧 다른 〈노래〉에 의해 〈삼켜진다〉. 페어웰과의 장면에서 사용되었던 동일한 어휘들이 다시 출현하고 있는 것이다.

볼라뇨는 「선언문」에서 여러 시인들을 이상화했지만, 사제 이바카체는 그가 꿈꾸는 음유 시인 소르델로 같은 영웅이 못 된다(『칠레의 밤』에서 소르델로는 마치 후렴구처럼 여러 차례 신부의 뇌리에 떠오른다). 오히려 그는 눈을 감은 채 어둠 속에서 자꾸 혼잣말을 하게 되는 두려움에 지배당하고 있다. 그렇다면 이바카체는 무엇을 두려워했던가? 그 대답은 이미 「선언문」에 나타나 있다. 《발견한다는 두려움》, 《예상치 않았던 불균형에 대한 두려움》……. 볼라뇨가 「카라카스의 연설」

---

8 『치외 법권. 문학 및 언어 혁명에 관한 에세이』, Hachette Littératures, 2003, 143면 ─ 원주.

에서 말했듯[9] 좋은 글을 쓰기 위해서는 먼저 두 눈을 크게 치뜰 줄 알아야 한다. 〈암흑 속에 기꺼이 머리를 집어넣어야 하고, 허공으로 몸을 날릴 줄 알아야 하고, 문학이란 근본적으로 위험한 직업임을 알아야〉한다. 네루다에서는 장례식에서 명예심에 눈먼 페어웰이 〈예전처럼 장엄한〉 추도사를 할 수 없다는 것을 유감스러워하는 동안, 〈진정성의 어휘들〉은 시위자들의 아우성에서 터져 나온다. 볼라뇨는 「선언문」에서 이렇게 말했다.

그가 비명 지르게 내버려 두라, 그가 비명 지르게 내버려 두라(제발 연필과 종이를 찾으러 가지 말고, 기록하려 하지 마라. 당신도 참여하고 싶다면 소리 질러라), 그가 비명 지르게 내버려 두라, 그리고 마침내 그가 멈췄을 때 그가 어떤 꼴을 하고 있는지, 믿을 수조차 없는 어떤 일을 접하는지 지켜보자.

『칠레의 밤』에서는 네루다의 장례식에서 찢어지듯 비통한 군중의 외침 소리들이 형식적이고 의례적인 페어웰의 담론을 뒤덮어 버린다.

꿈에서 비롯되어 다른 꿈속으로 들어가는 말이었다. 이윽고 누군가 분노와 추모가 뒤섞인 구호를 외쳤다. 히스테릭했다. 역시 히스테릭해져 있는 사람들이 따라 외쳤다. 이 짓거리는 또 뭐야? 페어웰이 물었다.

성난 군중의 외침 소리와 관변 예술의 대표자인 페어웰과의 이 규

<hr>

9 『괄호 치고』, 아나그라마 출판사, 2004, 36면 ― 원주.

칙적으로 교체되는 담론은, 이바카체가 중요한 결정을 내리거나 독자를 기만하려 하는 주요 순간마다 소설에 불현듯 출현하는 〈늙다리 청년〉의 조롱적 언사에 상응하는 것이기도 하다. 글을 쓴다는 것, 그것은 〈머리를 어둠 속에 처박는 일〉이라는 것을 환기하기 위한 존재가 늙다리 청년이다.

『칠레의 밤』속에서 내장 사실주의자들의 어휘들 혹은 인프라레알리스트들의 어휘들은 공식적 단어들, 관습적인 담론과 문법적 어휘들, 선정적 효과를 노린 〈민중〉이란 단어에 대항하는 치열한 투쟁을 벌인다. 이런 점으로부터 이제 볼라뇨의 미학이 제안하는 텍스트 효과를 성찰해 보도록 하자.

III

볼라뇨의 작품, 특히『칠레의 밤』에서 나타나는 상호 텍스트성은 문학에 대한 근본적인 문제 제기를 테마로 다룬다. 여기서의 문학은 표상, 재현으로서의 문학뿐 아니라 개인적이고 집단적인 차원에서 문학이 행사하는 효과를 포함하는 것이다. 즉, 〈문학적 영광의 불멸성〉에 신랄한 조소를 퍼부으며, 예술과 문학의 존재론적 책임감에 대해 성찰하는 소설인 것이다.

볼라뇨 작품에서는 화자가 이야기에 끊임없이 개입하고, 또 다른 허구적 작가들(그들 너머에는 실제 작가 로베르토 볼라뇨의 입장이 내포되어 있다)이 수차례 모호한 형태로 등장하는데, 이것은 사회적 문화적 변화가 양산한 다양한 담론들을 하나의 작품 속에 통합적으로 구현함으로써, 그런 급격한 변화들로 인해 빈자리로 남아 있는 요소들을 채우고자 하는 생산적 효과를 텍스트에 부여하는 일이다. 소설의 구조는 매혹적인 동심원 형태로 조직된다. 상이한 성향의 담론들을 교차시키는 생산적 서술을 통해 볼라뇨 산문의 〈동시성〉 효과가 극대화된다. 문학, 음악, 영화 등 다양한 출처에서 기인한 무수한 상호 텍스트들이 볼라뇨의 문학에 독특한 힘을 실어 주고 있는 것이다. 이런 식의 담론들의 교차는 이미 「선언문」에서도 나타난다. 훗날 『아메리카의 나치 문학』 또는 낭만주의 시나 음악 작품 같은 인상을 주는 『칠레의 밤』[10] 같은 작품의 제목을 정하는 순간에 있어서도 그는 이런 방식을 채택했다.

볼라뇨가 그의 문학적 일관성이라 할 수 있는 다양하고 풍부한 상호 텍스트 효과를 사용할수록 그가 젊은 시절에 발표한 「선언문」은 침묵의 형태로 그의 소설 작품에 더 많이 깃들어 있는 것 같다. 그러나 볼라뇨의 산문은 단순히 상호 텍스트성에만 머물러 있는 것이 아니다. 그가 다른 책에서 다뤘던 이야기를 다시 쓰거나 변형시킬 때, 그는 그의 산문 내의 여러 담론들이 서로 물어뜯고 싸우게 만들기도 한다. 따라서 파편적 형태의 그의 몇몇 소설들은 단일한 의미 부여를 거부한다. 비평가들이 지적하는 탐정 소설이나 추리 소설적 탐색은 바로 거기서 비롯되며, 그의 〈주인공들〉이 작품에서 담당하는 역할도 바로 탐색인 것이다. 〈내장 사실주의자들〉도 탐정들이었다. 파편화시킨다는 것, 그것은 이야기하기 거의 불가능한 것을 이야기한다는 일, 이미 확실해진 패배를 페이지 위에 인쇄하는 일이기도 하다. 그렇게 해서 『먼 별』은 『아메리카의 나치 문학』의 마지막 장들로부터 태어나게 되며, 『아메리카의 나치 문학』은 이미 비평가 이바카체를 다룬 바 있다.

상호텍스트와 인트라텍스트[11]가 메타픽션 속으로 합류한다. 그의 소설은 하나의 순수한 이야기로 간주할 수 없으며 그가 과거에 사용

---

10 원제 〈Nocturno de Chile〉는 〈칠레 야상곡〉이라는 뜻이다.
11 intratexte. 텍스트 내의 한 부분에 설명을 제공하는 텍스트.

했거나 미래에 사용할 화자들과 여러 이야기들이 서로 서로 뒤엉킴으로써 만들어 내는 다양한 담론들과 문학을 변형시킨 프리즘을 통해 포착해야 한다. 『칠레의 밤』에 등장하는 칠레의 모습은 이바카체, 페어웰, 피노체트의 목소리를 통해 조금씩 구성되고 재현되지만, 이들의 목소리는 간헐적으로 들려오는 〈늙다리 청년〉의 음성에 의해 저항에 부딪힌다. 칠레의 이미지는 조각조각 파편화되고 텍스트 내에서 재구축되고 또 파괴됨으로써 탐정의 몫을 떠맡아야 하는 이는 곧 독자가 된다.

볼라뇨가 즐겨 다루는 소설의 등장인물들은 대개가 독자들, 즉 책을 읽는 사람들이며, 상호 텍스트적 레퍼런스가 그 인물들을 정의하고 그들에게 특징을 부여한다. 〈네가 읽는 것을 내게 말해 다오. 그러면 나는 네가 누구 편인지 네게 말해 주마.〉 등장인물이 문학 작가인 경우, 혹은 『칠레의 밤』에서 훗날 작가이자 비평가가 될 젊은 주인공 우루티아 라크루아의 경우가 그렇듯, 즉 성장 과정에 있을 때일수록 위의 문구는 더욱 의미심장하게 느껴진다. 다양한 인용과 암시들은 그 인물을 정의하는 일종의 〈개인적 도서관〉을 표상한다고 할 수 있다. 소설 속에서 이바카체는 단지 직업상의 필요에 의해서만 글을 읽는 것이 아니라, 개인적 취향 때문에도 책을 읽는다. 그러나 그의 취향은 공포에 지배당한다. 살바도르 아옌데가 대통령으로 선출되자, 그는 마치 현실에서 도피하기 위해서인 듯, 혹은 현실을 멀리하는 지식인적 입장을 표명하기 위해서인 것처럼 그리스 고전 작품 속으로 빠져든다.

지적 실천과 정치적 현실 사이에서의 이러한 거리 두기는 이바카체에게 강박적 불안으로 자리 잡는다. 그리고 바로 그 지점에서 왕년의 인프라레알리스트들이 그랬듯 현실에 참여할 것을 주장하는 〈늙다리 청년)과의 노골적인 대립각이 태어난다. 〈늙다리 청년〉의 포이에시스(*poiésis*, 시학)는 언제나 프락시스(*praxis*, 실천)의 중요성을 강조해 왔다. 바로 이 프락시스가 볼라뇨의 다른 텍스트들에서 무수히 등장하는 여러 문학 모임이나 시 창작 교실에서 지속적으로 벌어지는 토론의 핵심적 주제이다.

볼라뇨에게 있어서 문학이란 동맹과 연대를 위한 것이지만, 만약 문학이 소수 엘리트들만의 결합 인자로 작용한다면 그건 권력과 유착된 문학에 불과하다. 『칠레의 밤』에서 종국에 독자는 지식인과 권력이 어떻게 뒤엉키는지 생생하게 목격하게 된다. 이바카체는 부정이 지배하는 사회에서만 생존할 수 있는 인물이었던 것이다. 피노체트는 이바카체에게 국가 지도자들과 지식인들 사이의 관계라는 주제에 대해 성찰해 볼 것을 제안한다. 피노체트에 의하면 이 관계는 독서에 의해서 구축되며, 읽어야 할 책이라고 피노체트가 열거하는 것이 아옌데와 프레이,[12] 그리고 자신의 저서이다.

권력과 권력을 쥔 소수의 엘리트 그룹에 대해 생각한다면, 작가들의 만남의 장소였던 문학 모임, 즉 테르툴리아Tertulia들의 문제이기도 하다. 『칠레의 밤』에서 고문 집행인의 아내였던 마리아 카날레스가 자신의 집에서 문인들의 저녁 회합을 주도할 때, 또 소설의 다른 장면에서 작가들이 교분을 주고받을 때(페어웰의 저택), 이 테마는 뜨겁게 분출한다. 이미 비평가들이 지적했다시피 이런 모임들은 악이나 권력, 혹은 언어의 힘에 대해 성찰하기 위한 하나의 구실에 불과한 것이다. 그렇다면 죄의식의 독서, 〈양심의 가책〉의 독서 문제를 짚고 넘어가지 않을 수 없다. 문학 모임에 대한 최고의 풍자를 보여 주는 『칠

---

12 Eduardo Frei(1911~1982). 1964~1970년 재임한 칠레 대통령.

레의 밤』에서 신부는 피노체트의 군사 평의회 멤버들과 토론 모임을 운영하게 되며, 그들에게 마르크스주의를 가르치기도 한다. 자신의 과업을 성공적으로 이행하기 위해서, 이바카체는 완벽에 가까운 참고 문헌 목록을 요구하고, 마르크스와 엥겔스의 고전적 저작물로 시작해 알튀세르를 비롯한 20세기의 또 다른 공산주의 이론가들의 이론을 강론하기까지 한다.

볼라뇨는 이런 식으로 상상력이란 테마를 정치적 악과 결부시킨다. 『먼 별』에서 루이스 타글레는 반대파를 체포하기 위해 콘셉시온의 시 창작 교실에 잠입한 비밀경찰이었고, 정치적 악은 이렇게 예술적 창작의 공간 내부로 스며들게 된다. 문학이 억압에 의해 정치화됨으로써, 지식인으로서의 고유한 사명이 완전히 역전되는 유희가 전개되는 것이다. 이런 식으로 진행되는 문학의 정치화는 결국 역사적 수정주의라는 파행으로 치달을 수밖에 없다. 『칠레의 밤』에서는 이 과정이 더욱 사악하고 음산한 양상을 띤다. 칠레 국가 정보국 고문 집행관의 아내인 마리아 카날레스의 깊은 속내는 보다 광범위하고 복잡하며, 전체주의적 담론에 매우 근접해 있다.

이제 결론이라 할 수 있는 마지막 요소, 『칠레의 밤』이 제시하는 독자의 기능에 주목해 보자. 상호 텍스트성은 독자로 하여금 다른 서술적 발화들을 쉽사리 눈치채지 못하게 함으로써, 텍스트를 단순히 일직선적으로 읽어 내릴 수 없게 만든다. 독자들은 뒤틀리고 우화적인 언어에 직면하게 되고, 그 언어는 다양한 층위의 독서를 요구하는 것이다. 바로 이런 점이 탐정 소설의 독자를 떠올리게 하는 것이다. 먼저 독자는 사건을 뒤좇는 수사관과 경쟁 관계에 놓여 있다. 독자는 단서를 놓치지 않기 위해 행간을 읽을 줄 알아야 한다. 독자는 잠시 호흡을 가다듬고 한 발 떨어져 곰곰이 생각해야 하고, 자신의 정신적 서가에 자리 잡은 또 다른 탐정 소설들의 기억을 회상해야 한다. 볼라뇨 작품의 등장인물들이 그들 자신의 고유한 기억을 떠올린다면, 『칠레의 밤』에서 작가가 텍스트 이곳저곳에 흩뿌려 놓은 단서들을 알아보기 위해서는 독자들 역시 유사한 지적 활동을 전개해야 한다. 바르트가 말했듯 〈문학이 무언가를 우회적으로 말하기 위한 하나의 형식〉이라면, 『칠레의 밤』의 독자는 소설의 핵심 열쇠를 해독하기 위해 상호 텍스트성을 해석해야만 한다.

상호 텍스트 효과는 다양한 사건들을 하나의 다성적 진술로 표현하는 일이며, 소설 자체에 대한 새로운 글쓰기의 제안이라고 할 수 있다. 『칠레의 밤』은 문학적 대전제들과 규범을 파괴하는 구성을 통해 그것들에 대해 이의를 제기한다. 글쓰기 기능을 새롭게 고려한다는 것, 바로 이 점이 해방의 진정한 출발점이라고 말할 수 있을 것이다. 모자이크 형태의 여러 픽션들은 문학적 상상력이 자유롭게 전개되는 하나의 자유로운 공간을 창조하는 데 기여한다. 〈꿈꾸기 위해서라면 눈을 감아서는 안 된다. 책을 읽어야 한다〉라고 미셸 푸코가 말하지 않았던가.

한 문학 작품의 제사(題詞)는 텍스트를 해독하는 핵심 단서가 된다고들 말한다. 『칠레의 밤』의 제사 역시 작품의 내적 구조를 해독하기 위해 아득한 하나의 기억을 떠올릴 것을 요구하고 있다. 「선언문」의 〈다시, 모든 것을 버려라〉는 『칠레의 밤』의 제사인 〈가발을 벗으시지(체스터턴의 글귀)〉라는 표현을 빌려 다시 등장한다. 문학이여, 가면을 벗어던져라, 하고 외치는 그 적극적인 작가의 호소, 그것이 〈가발을 벗으시지〉이다.

4 Couventious matr. assui. à l'ust.
Contactuelle

_5 Renouciatous a _____

Le _____ ou ce _____ sont _____
de _____ Renouciatous (outer _____)

_6. Renouciatous a _____

볼라뇨의
왼편에서

프랑수아 몽티

François Monti

위대한 작가의 작품들이 전하는 메시지가 언제나 명쾌한 것만은 아니다. 정말 중요한 작품들은 복합적인 의의를 담고 있다. 그런데 로베르토 볼라뇨의 작품에 담긴 부인할 수 없는 정치적 차원에 대해 빈번하게 등장하는 해석들을 읽다 보면 그 단순한 시각에 놀라지 않을 수 없다. 그저 칠레 작가가 파시즘을 비판했다는 식이다. 심지어 이것이 『아메리카의 나치 문학』에서 출발해서 『먼 별』을 지나 『칠레의 밤』에 이르는 남아메리카 3부작의 본질적 주제라고 떠들기도 한다. 악과 문학이라는 테마와 더불어 반파시즘이 볼라뇨의 문학적 업적을 명쾌하게 설명하는 세 개의 축이라는 것이다. 이런 식의 설명은 단순한 정치적 슬로건으로만 환원할 수 없는 한 작가의 문학적 풍요로움을 구성하는 여러 요소들을 간과한 결과가 아닐 수 없다. 그렇다면 먼저 정치에 대해 말해 보자. 우리는 여기서 우익도 파시즘도 이야기하지 않을 것임을 분명히 밝히는 바이다. 그런 작업은 이미 여러 비평가들이 다룬 바 있고 이 글의 목적은 볼라뇨 작품에 대한 보다 완전한 파노라마를 제공할 수 있는 또 다른 정치적 측면을 지적하는 것이다.

볼라뇨의 작품이 진정으로 파시즘을 타깃으로 이야기한 것이 아니라고 단언하는 데는 두 가지 이유가 있다. 첫 번째 이유는 역사적인 것이다. 라틴 아메리카를 말할 때 파시즘 개념은 유효성을 상실했다. 로버트 O. 팩스턴[1]에 의하면, 1930년대의 브라질에서만 대중 파시스트 정당이 존재했으며, 무솔리니 치하의 이탈리아에서 미학적으로, 원칙적으로 가장 많은 것을 차용한 정치인은 아르헨티나의 후안 페론이다. 1970년대 남미 대륙을 휩쓸었던 잔혹한 정치 체제들은, 애석한 일이지만, 그곳에서 전통적으로 지속되어 온 독재의 현대적 버전에 불

---

1 『행동하는 파시즘』, Seuil, 2004, 325~334면, 340면 — 원주.

과하다. 볼라뇨가 피노체트 통치하의 칠레를 묘사했다 해도 그가 정확히 파시즘이라고 명명한 것은 나치 독일뿐이다. 물론 사회주의나 자유주의처럼 파시즘 또한 정확한 실체 규명 없이 아무렇게나 남용하는 공허한 용어가 되어 버린 것도 사실이다. 그 이면에 있는 생각(누가 말하느냐에 따라 우익이기도 하고 우익 독재이기도 하고, 혹은 그저 단순히 〈나쁜 것〉이기도 한)은 충분히 이해할 수 있으나, 다분히 문제의 소지가 있는 파시즘 개념으로 복합적인 하나의 문학 작품을 해석하겠다는 것은 더 이상 받아들이기 힘들다. 게다가 볼라뇨의 작품을 파시즘으로 제한하는 것은 그의 문학에 깃든 다양한 정치적 함의를 심도 있게 관찰하는 데 장애 요소가 될 뿐이다.

유혹을 느끼기는 한다. 볼라뇨는 스스로를 좌파 작가라고 밝혔으며 트로츠키주의자였던 적도 있었고, 혁명에 참여하기 위해 칠레로 돌아가기도 했고, 그 대가로 감옥에 갇히기도 했으니까. 그러나 이것은 그의 전기적 요소일 뿐이다. 그의 문학으로 말하자면, 그의 작품들이 환기하는 것은 나치즘, 피노체트, 그리고 경악과 공포이다. 페소[2]가 그려진 종이쪽지로만 볼라뇨 작품을 해독하려 해서는 안 된다. 그렇게 한다는 것은, 무수한 또 다른 해석적 가능성을 열어 줄 수 있는 수많은 단서들, 가로세로로 촘촘한 반복적 독서를 요구하는 다양한 해독들, 어마어마한 상징적 레퍼런스들을 내포한 볼라뇨 작품에 대한 무지를 자인하는 일이다. 그의 작품이 지닌 이런 특징들 전체를 고려하면 볼라뇨의 독서란 극단적으로 난해한 암호 해독 같아서, 핀천[3]을 이해하는 것이 볼라뇨

---

2 *faisceau*. 〈다발〉, 〈묶음〉이라는 뜻으로 1920년대 프랑스에서 창당된 파시스트 정당. 훗날 이탈리아 무솔리니의 파시즘 태동에 커다란 영향을 주었다.
3 Thomas Pynchon(1937~). 부조리함과 박식함을 혼합한 작품을 쓴 미국 작가.

를 이해하는 것보다 훨씬 더 쉽게 느껴질 정도이다. 볼라뇨 작품이 지닌 복합적 특성 때문에 비평가들의 분석은 각자 그들이 작가에 대해 알고 있는 부분적인 것, 이미 다뤄진 이론이나 사건들에 대해 그들이 생각하는 것에 국한되어 있다. 그러나 그런 식의 접근은 열린 결말을 지향하여 어떤 경우에도 단일한 의미로 환원될 수 없는 볼라뇨 작품의 가치를 8할은 깎아내리는 일이다. 바로 이 점에서, 볼라뇨의 진정한 관심사는 파시즘이 아니라는 우리 주장의 두 번째 근거가 나온다. 그의 담론이 지적하는 것은 정치적으로 모든 이들이 아무렇게나 악과 동의어로 설정한 파시즘이 아닌 다른 것이기 때문이다.[4]

볼라뇨가 멕시코에 살던 1976년에 작성한 「인프라레알리스모 선언」은 도전적이고 도발적인 형식으로 혁명을, 기요틴을, 생쥐스트[5]를, 트로츠키적 레퍼런스를 담은 테러에 대해 이야기한다. 『투리아』지와의 인터뷰[6]에서, 볼라뇨는 트로츠키주의자였다가 다음에는 무정부주의자로서 살았다고 말했다. 동지들 간의 〈성직자적 만장일치〉를 좋아하지 않았다는 것이다. 1977년 1월 스페인에 도착한 후에도 같은 이유로 그는 무정부주의적 시기를 보낸다. 몇 년 후 그가 쓴 시(『미지의 대학』에 수록)가 정치적 색채를 띤다 하더라도 「선언문」에서 그랬던 것보다는 훨씬 덜 도발적이다. 그가 칠레로 귀국한 후 피

---

4 물론 이건 과장이다. 파시즘의 정신은 여전히 잔존해 있다. 그러나 나는 볼라뇨가 그의 작품 속에서 그 추악한 정치관을 멀리하라는 설교를 했다고 생각하진 않는다. 그런 일은 다른 사람들이 하고 있고, 그는 그것이 아닌 다른 것에 열중해 있었다 —원주.
5 Louis Antoine de Saint-Just(1768~1794). 프랑스 대혁명의 주역이었던 로베스 피에르의 오른팔 역할을 담당, 공포 정치를 주도한 인물.
6 『볼라뇨가 말하는 볼라뇨』, 안드레스 브레이스웨이트, Ediciones Universidad Diego Portales, 2006, 34~45면 —원주.

노체트의 쿠데타가 일어난 1973년 무렵을 다룬 「스무 살의 자화상 Autorretrato a los veinte años」이 그리고 있는 그의 젊은 자화상에서 볼라뇨는 그저 반항심을 못 이겨 종착역도 모르는 기차에 올라탄다. 두려움으로 가득 차서, 또 죽을 수도 있다는 생각에 슬퍼하면서 그는 라틴 아메리카의 다른 젊은이들과 합류했고 실제로 죽을 위험을 겪기도 했다. 1992년경에 쓰인 것으로 추정되는 이 글에서는 볼라뇨가 이제는 뿔뿔이 흩어져 사라져 버린 그 세대에 대해 느끼는 슬픔과 애수를 느낄 수 있다. 2년 후에 쓴 또 다른 자화상에서는 혁명에 대한 그의 신념이 현실에 의해 파괴당한 모습을 엿볼 수 있다. 이처럼 볼라뇨의 입장은 네루다의 정치적 시에서 찾아볼 수 있는 혁명에 대한 일방적인 찬양과는 동떨어진 것이다. 게다가 볼라뇨는 네루다를 지지하지 않았고 오히려 엔리케 린이나 니카노르 파라[7] 쪽을 선호했다. 그가 언급하는 〈덥수룩한 턱수염이 났거나 아직 수염도 안 난 풋내기〉 동료들의 꿈과 신념은 남미 대륙을 유혈로 물들였던 우익의 두 거두, 칠레의 피노체트와 아르헨티나의 비델라[8]가 권좌에 오르면서 산산조각 났지만, 볼라뇨가 조명했던 것은 그런 독재자만이 아니다. 『먼 별』의 화자는 1975년에 엘살바도르의 혁명 시인 로케 달톤Roque Dalton을 암살한 민중 혁명군대의 동지들을 〈개자식들〉이라고 언급한다(〈자기네 혁명에 이롭다는 이유로 논쟁을 끝내기 위해 《자고 있는》 로케 달톤을 살해한 개자식들과 어떻게 화해할 수 있단 말인가?〉). 볼라뇨가 달톤뿐 아니라 미래에 그를 죽일 사람들과 알게 된 것은 칠레 감옥에서 풀

---

7 어떤 이들은 이 두 시인을 〈부르주아의 광대〉라고 정의했다. http://www.nicanorparra.uchile.cl/prensa/poesiapolitica.html ─ 원주.
8 Jorge Rafael Videla(1925~2013). 1976년 쿠데타로 집권한 아르헨티나의 독재 정치인. 1983년 민주화로 실각한 후 종신형을 선고받았고, 2013년 감옥에서 사망했다.

려난 후, 1974년 초 엘살바도르를 방문했을 때였다. 이 사건은 볼라뇨에게 깊은 충격을 주었다. 1998년 『라테랄』과의 인터뷰에서 그는 그 암살을 예로 들면서, 현재 라틴 아메리카에서 자행되는 끔찍한 일들은 오직 우익의 책임으로만 돌릴 수 없다고 강조했다. 볼라뇨가 증오한 좌익 인사는 〈바나나 키우는 전제 군주〉 카스트로,[9] 그리고 그가 만든 동성애자 수용소였다(『괄호 치고』). 라틴 아메리카 도처에서 시인들은 핍박받는 희생자였다. 게다가 『먼 별』에서 달톤의 죽음은 화자와 가르멘디아 자매, 그리고 비더가 드나들던 시 창작 교실을 이끈 후안 스테인 교수가 오른 망명길의 여정을 그리는 대목에서 언급된다는 사실에 주목해야 한다. 볼라뇨는 후안 스테인의 운명에 대해 명쾌한 결말을 제공하지 않는다. 후안 스테인은 남미 대륙 도처에서 벌어진 기나긴 좌파 혁명 과정에서 장렬히 전사한 희생자일 수도 있고, 혹은 독재 정권으로부터 큰 위협을 느끼지 않았던 침묵에 찬 칠레의 좌파 인사로 남았을 수도 있다. 작품 전반에 일말의 불확실성을 심어 두었던 볼라뇨가 독자들에게 전하고 싶었던 말은 〈영웅들을 경계하시오〉인지도 모른다. 만약 우리가 볼라뇨 문학에서의 정치는 혁명의 열망을 짓밟았던 피노체트의 쿠데타와 훗날 남미 대륙의 특정 좌파들이 저지른, 피노체트 못지않은 유혈극이라는 이중적 실망감의 척도에서 이해해야 한다고 말한다면 우리를 비난할 것인가? 이 두 개의 극단 사이에서 어떻게 하나의 정치적 신념을 고수할 수 있겠는가?

파시즘에 저항하는 작가로서의 볼라뇨의 이미지는 『먼 별』, 『아메리카의 나치 문학』, 『칠레의 밤』 같은 텍스트에만 제한적으로 근거하고 있는데, 내가 볼 때 이것은 그릇된 것이다. 과연 정치적 차원에 있

---

9 앞의 책, 안드레스 브레이스웨이트, 76면 — 원주.

어서 그 책들은 무슨 말을 하고 있는가? 앞에서 인용한 『라테랄』과의 인터뷰에서 볼라뇨가 극우를 표현할 때 사용했던 〈과격함〉은 그가 좌파를 언급할 때도 이용하는 표현이다. 그는 〈다른 것을 논하기 위해〉 가장 손쉽게 캐리커처할 수 있는 것을 사용했을 뿐이다. 나치즘은 하나의 구실에 불과하다. 그가 열거한 상상적 작가들의 목록에는 하나의 진정한 괴물(『먼 별』의 카를로스 비데르), 정신병자들, 인종주의자들, 동성애 혐오자들 혹은 동성애 지지자들이 나오는 반면, 나치에 대해서는 거의 언급되지 않는다. 물론 전혀 언급하지 않았다고 단언할 수는 없지만. 볼라뇨가 말하는 〈다른 것〉은 일반적인 문학의 세상, 특히 아메리카인들의 문학 세상이다(물론 이것이 유일한 것은 아니다. 『먼 별』은 무한하게 복합적인 해석 가능성에 열려 있으며, 설사 〈사악한 파쇼들에 관한 책〉이라는 관점의 단순성이 유감스럽다 해도 정반대의 해석은 곤란하다). 그가 다루고자 했던 세계는 문학 유파들이나 문단 내부의 여러 그룹들 사이의 전쟁들, 소규모 잡지들, 스스로를 거인이라 믿는 난쟁이 작가들의 세계이며, 그는 그것을 모든 차원에서 다뤄 보고자 했던 것이다. 나치라는 예를 다뤘던 것은 공허하고 우스꽝스럽고 때로는 신랄한 이런 군상들을 문학적으로 형상화하기 위한 것이었다. 정치적 해석에만 골몰한다면 볼라뇨의 텍스트를 배신하는 일이며, 그가 인터뷰에서 했던 발언들을 무시하는 일이고, 독자들에게 선입견을 주입하는 결과만 낳을 뿐이다. 볼라뇨 작품이 진정으로 고발하는 대상이 나치라면, 물론 그 대상은 처벌받아야 할 것이다. 그러나 작가가 〈다른 것〉을 비판적으로 지적하기 위해 나치라는 인물을 설정했다면, 볼라뇨의 문학을 정치적 의도로만 해석하는 시각은 잘못된 것이다. 게다가 볼라뇨는 사건들을 담담히 서술할 뿐 독자들에게 아무런 도덕적 훈계도 하지 않는다. 따라서 『아메리카의 나치 문학』을 악 또는 파시즘을 다루는 3부작과 직접 결부시키는 것은 나로서는 옹호하기 힘들며, 유일한 연결 고리라고는 파렴치한 호프만이 『먼 별』에서는 살육자 비더로 변신해서 등장한다는 것뿐이다.

『먼 별』과 『칠레의 밤』 사이의 관계는 더욱 긴밀하다. 도식적으로 보면 이 두 권의 책은 독재 치하의 칠레를 직접 다루고 있다. 『먼 별』의 이야기가 피해자들과 가해자들을 중심으로 진행된다면, 『칠레의 밤』은 그 음울한 시대 동안 고통을 받지도, 또 누군가에게 고통을 가하지도 않고서 침묵을 지킨 대다수의 대중을 다루고 있다. 우루티아 라크루아 신부가 바로 그 대중을 대변하는 인물이다. 시인이자 비평가요, 성직자인 그는 프랑코 치하의 스페인을 배회하고 다니고, 아옌데가 대통령을 하든 피노체트 정권이 칠레를 철권 통치하든 당대의 사회적 변화나 중요한 정치적 토론에는 일절 참여하지 않는다. 그런데 고약한 점은 그런 그가 피노체트 군사 평의회에서 마르크스주의를 강론하게 되었다는 사실이다. 외부 세상이 혁명과 반동으로 무섭게 충돌하고 있는 상황에서, 이바카체는 그런 세상을 벗어나 그리스 고전 속에 빠져들었던 비겁한 인물이다. 왕년의 트로츠키주의자였던 칠레 작가 볼라뇨에게 있어서나 남미의 정치적 위험으로부터 멀리 떨어져 있는 유럽의 보수적 부르주아에게 있어서, 라크루아의 모습은 영웅적인 것과는 거리가 먼 것이 사실이다. 그러나 그의 이미지를 비열한 겁쟁이로만 제한하는 것은 너무 많은 것을 간과하는 일이다. 텍스트에서 직접 다루지 않았지만 피노체트 치하에서 용기라는 덕목이 지불해야 했을 대가를 상상해 보라. 게다가 이 작품에서 라크루아가 세상으로부터 고립을 선택한 것은 피노체트 정권이라는 특수한 정치적 현실뿐 아니라, 문학을 제외한 일체의 세상의 소요로부터이기도 했다

(게다가 라크루아는 페어웰과 달리 아옌데 정권의 몰락을 기뻐하지도 않았다. 일체의 세상사와 절연하고자 하는 인물인 것이다).[10] 『칠레의 밤』에서 미제로 남아 있는 것은 라크루아가 걸어온 행적으로 추론할 때 그가 어떻게 마르크스주의 전문가가 되었느냐의 문제이다. 어쨌든 그는 비밀경찰로 추정되는 두 사내의 암묵적인 협박을 받아 마르크스 사상을 피노체트에게 강론한다. 오푸스데이[11] 소속의 가톨릭 신부 라크루아는 정권과 유착했다는 이유로 마땅히 처벌받아야 할 인물, 피노체트 정권의 공범자처럼 보일 수도 있다. 그렇다면 볼라뇨가 명시적으로 그런 주장을 내세웠던가? 아마도 그는 〈예스〉라고 대답했을 테지만, 이 작품의 또 다른 차원, 본질적인 차원을 잊지 말자. 『칠레의 밤』은 볼라뇨가 이 책을 집필할 당시 정권을 잡았던 좌익 정권에 대한 암묵적인 논평을 가하고 있다는 사실을.

『먼 별』을 논할 때 이미 언급했다시피, 침묵만 지키던 좌파는 피노체트 정권 치하에서 별다른 위협을 느끼지 않았다. 『칠레의 밤』은 바로 이 점을 날카롭게 지적한다. 『칠레의 밤』의 핵심 대목은 문학 모임이 열린 마리아 카날레스의 저택 지하실에서 한 방문객이 피노체트의 비밀경찰인, 여주인의 남편이 자행한 악랄한 고문의 희생자를 발견하는 장면이다. 방문객은 두려워서 감히 그 사실에 대해 아무 말도 하지 못한다. 그러나 칠레 땅에 민주 정부가 들어서자 모든 상황이 역전된다. 카날레스의 연회에 참석했던 좌파 작가들은 고문에 대해 떠들기 시작하며, 죄다 한결같이 〈나는 거기 없었다〉라고 말하고 다니는 것이

10 『부적』에서 군대가 캠퍼스를 장악할 때 아욱실리오 라쿠투레가 멕시코 국립 자치 대학교 화장실에 숨어서 〈시를 읽으며〉 외부의 현실로부터 고립되는 것과 비교해 볼 만하다. 라크루아와 달리 라쿠투레는 용기 있는 인물로 묘사되며, 그녀의 행적은 저항군처럼 다뤄진다 ─ 원주.
11 가톨릭교회에서 보수적이고 우익적이라고 알려져 있는 교단.

다. 라크루아는 작품의 첫 페이지에서부터 자신의 행동과 자신의 언어, 심지어 침묵에 대해서조차도 책임질 줄 알아야 한다고 주장하던 인물이다. 그러나 카날레스 저택의 문학 모임에 참석했던 인사들 모두 이런 주장에 등을 돌린다. 「마트리쿨 데장주」지와의 인터뷰[12]에서 볼라뇨는 라크루아라는 인물이 흥미로운 점은 성직자로서 마땅히 과오의 무게를 짊어질 줄 알아야 하건만 사실상 자신이 어떤 잘못을 저질렀는지 깨닫지 못하는 것이라고 설명했다. 또한 라크루아는 작가로서의 자신을 피노체트의 희생양으로 간주하면서도, 독재자가 자행한 범죄에 대해 일말의 책임감을 느낀다고 밝히고 있는데, 직접적으로 행동에 가담했든 아니면 그저 방관자였든 간에, 자신이 어떤 오류를 저질렀는지 깨닫지 못한다는 점이 볼라뇨가 이 사제-작가에게 각별한 관심을 기울인 이유이기도 하다. 책임을 회피하는 것, 문제의 장소에서 함께했음에도 그 죄의식의 무게를 짊어지지 않는 것, 한마디로 용기가 없었던 것, 그게 바로 유죄이다. 따라서 볼라뇨에 의하면, 라크루아처럼 카날레스와 가까이 지냈던 다른 좌파 작가들 역시 유죄이다. 카날레스의 저택이 칠레라는 나라의 축소판이라고 본다면 피노체트 정권 치하에서 약간 불안해하기만 하다가 현재는 정권을 잡은 일부 좌파 사회민주주의자들(작품이 출간된 것은 1978년에 귀국한 리카르도 라고스Ricardo Lagos가 피노체트 정권이 몰락한 후 좌파의 첫 번째 대통령이 된 2000년이다) 역시 유죄인 것이다. 그런데 그들은 그 책임을 짊어지려 하지 않는다. 그렇다면 누가 유일하게 무고한 자들일까? 죽은 자들, 고문당한 자들, 귀향의 희망(혹은 열망)조차 없이 고국을 등진 망명가들, 그리고 아무 종적도 없이 세상에서 자취를 감춘 실종

12 앞의 책, 안드레스 브레이스웨이트, 99면 ─ 원주.

자들이다.

볼라뇨가 파시즘, 아니 보다 구체적으로 말하자면 독재에 대해서 이야기할 때, 그는 피해자들뿐 아니라 가해자들(비더의 경우)에게도 관심을 갖고 있으며, 바로 이 점 때문에 우리는 볼라뇨의 문학을 단일한 정치적 담론으로 환원해서는 안 된다고 주장하는 것이다. 볼라뇨에게서 진정한 정치적 담론이 출현하는 것은 볼라뇨가 몇몇 인물들의 야합과 편리하게 작용하는 선별적 기억력을 논할 때이다. 볼라뇨는 우파로부터 아무것도 기대하지 않지만, 좌파의 공허한 담론에서도 피로함을 느낀다고 말했다.[13] 『2666』의 1부는 우회적인 방식으로 그에 대한 공허감을 완벽하게 묘사하고 있다. 펠티에와 에스피노사, 노턴은 파키스탄인이 모는 택시를 타는데, 택시 기사는 노턴을 저속한 창녀로, 두 남자를 포주로 취급했고, 에스피노사와 펠티에는 그를 흠씬 두들겨 패서 반죽음 상태로 만들어 놓는다. 며칠 후 양심의 가책에 사로잡힌 그들은 행여 자신들의 행동이 사회주의 정당에 투표하며 페어플레이를 해야 할 선한 좌파 인사로서의 행태가 아니라, 극우 인종주의자적인 행동은 아니었는지 스스로에게 물어본다. 둘은 그 문제에 대해 통화를 한 후, 우익 놈은 택시 기사였고, 천박한 여성 혐오자에 관용성이 없고 폭력적이었던 택시 기사가 먼저 싸움을 건 것이라고 결론짓는다. 볼라뇨를 인용해 보자. 〈사실대로 말하자면, 그럴 때 택시 기사가 그들 앞에 나타났다면, 그들은 틀림없이 그를 죽여 버리고 말았을 것이다.〉 라크루아가 오류를 범했듯 택시 기사도 잘못하기는 했다. 그러나 〈나쁜 놈은 그놈이야〉(혹은 〈나쁜 놈은 라크루아야〉)라고 딱 잘라 결론 내림으로써 본인이 저지른 일체의 죄를 털어 버리는

13 앞의 책, 안드레스 브레이스웨이트, 68면 ─ 원주.

것은 스스로를 기만하는 일이며, 자신이 짊어져야 할 책임을 회피하는 일이자 자신의 오류를 인정하기 거부하는 일이다. 이것이 볼라뇨 소설이 은연중에 비난하는 타협적인 좌파의 모습이다. 타인들이 더 악했다는 사실 뒤로 숨은 채 아무것도 제안하지 못했던 무기력한 그들의 모습. 그들의 담론이 공허한 것은 그들을 합법화할 만한 진정한 담론의 단계에 이르지 못하기 때문일 것이다.

아마도 정치적으로 볼라뇨는 좌파였을 것이다. 그러나 2003년에 그는 〈나는 정치에 실망한 것이 아니라〉, 〈실제로 좌파들은 감상적인 쓰레기일 뿐이다〉라고 말한다.[14] 좌파적 견해와 현실에서 실제로 존재하는 정치적 좌파는 완전히 별개의 것이다. 볼라뇨가 원했던 것과 그가 실제로 목격했던 것 사이의 깊은 심연을 『먼 별』의 화자는 칠레에서의 청춘을 회상하면서 당시에 자신은 〈마르크시스트 만드라키스트〉였다고 표현한다.[15] 어처구니없는 결합이라고 평가할 수도 있지만, 당대의 상황에서는 상투적인 정치 선전 구호만큼이나 진정성이 있는 사상이었다. 그리고 볼라뇨가 『먼 별』을 쓰던 순간, 그의 감수성이 묻어나는 그 순간에 그는 어떤 정치적 지지도 표명하지 않는다. 더 이상 그가 미래에 대한 희망으로 가득 찬 스무 살 청년일 수 없는 것처럼, 실제로 권력을 쥔 공식적 좌익을 지지할 수 없는 것처럼, 사회민주주의가 지배하는 고국에서든, 혹은 보다 급진적인 형태인 카스트로나

---

14 앞의 책, 안드레스 브레이스웨이트, 108면 — 원주.
15 만드레이크Mandrake는 1930년대 미국 신문만화에 연재된 마법사, 최면술사. 제2차 세계 대전 전 프랑스에서도 큰 인기를 모았다. 실크해트를 쓰고 뮤직홀에 등장해서 텔레파시나 최면술로 악과 싸우는 인물이다. 1976년 프랑스 잡지 『Quarante-Deux』에 필립 퀴르발이 SF 문학을 다룬 기고문은 〈Vive le marxisme-mandrakiste〉라는 표현을 사용한 바 있다. 이 글은 볼라뇨가 존경하는 필립 K. 딕을 다루고 있다.

볼라뇨가 『괄호 치고』에서 야유하는 차베스에게 깍듯이 허리를 숙여 경의를 표할 수 없는 것처럼, 이제 정치적 열정을 상실한 나이가 되었기 때문이었을 것이다.

결론적으로, 볼라뇨 소설에 나타나는 정치는 파시즘에 대한 담론으로만 제한할 수 없다. 극우와 독재 정권들이 볼라뇨 작품의 본질적인 한 요소를 형성하고 있다는 것은 분명한 사실이지만, 그의 문학을 정치적 색채만으로 규정하는 것은 볼라뇨를 피상적으로 이해한 것에 불과하다. 그의 책들 속에는 피노체트의 군대가 그의 혁명적 이상을 끝장내 버렸을 때 그의 세대가 겪었던 악몽과 잃어버린 환상에 대한 자취들이 나타난다. 그리고 첫 번째 악몽보다는 덜 잔인하지만 그래도 여전히 악몽일 수밖에 없는, 그러나 한층 더 씁쓸한 두 번째 악몽이 드러난다. 즉 볼라뇨가 기꺼이 함께 싸웠던 이들 역시 살인자들이라는 사실을 그가 깨달은 데서 오는 악몽이다.[16] 혁명이 불가능하다면, 할수 있는 일이 뭐가 있을까? 좌파와 우파가 구별되지 않는, 아무런 진정한 담론도 없는 정당들의 난립이다. 유일한 전망이라고 제시되는 것은 천국도 지옥도 아닌 정치적 연옥, 두 개의 물줄기 사이다. 이런 태도가 놀라울 것도 없다. 특히 파란만장한 여로를 겪어 온 사람에게는. 아마도 이런 입장이야말로 포기도, 타협도, 또 정치적 자리에 입성하기도 원치 않는 자가 취할 수 있는 유일한 입장일 것이다.

16 젊은 혁명가 시절의 볼라뇨는 1973년 9월 11일 민중에게 무기를 배포할 것을 거부했던 아옌데를 비판했었다. 그러나 50세가 되었을 때 그는 그 조치야말로 아옌데가 내릴 수 있었던 고상한 결정이었음을 인정했다. 처음에는 아옌데를 보수주의자로 보았다가 나중에는 수많은 민중을 죽음으로부터 구원한 인물로 달리 보게 된 볼라뇨의 정치적 행보(즉, 볼라뇨는 더 이상 과격한 정치성으로 아옌데를 평가하지 않는 것이다)야말로 내가 여기서 강조하고자 하는 점이다 (앞의 책, 안드레스 브레이스웨이트, 37면) ─ 원주.

명확하게 정치적 입장을 취하지 않는다는 점 때문에 볼라뇨의 작품은 한층 복잡한 양상을 띤다. 거기에는 확고한 신념은 있으되 진실이 노골적으로 노출되는 일이 거의 없기 때문이다. 이런 점 때문에, 하나의 이야기(앞서 언급했던 후안 스테인의 이야기)에 대해 수많은 관점들, 다양한 버전들이 등장해서 객관적으로 단언하기 힘들게 만든다. 나어린 청년 시절 혁명에 열광해서 하나의 이데올로기적 진실에 가까이 다가갔다가 손가락을 덴 사람, 게다가 그 이데올로기가 다른 것들과 마찬가지로 허위라는 것을 깨달은 사람이라면 필연적으로 제3의 지역에 자리할 수밖에 없지 않을까? 동지들이 죽거나 실종되는 현장을 목격한 사람들과 마찬가지로 그것이 볼라뇨의 내면에 깊은 충격을 주었던 것처럼, 이데올로기적 실망감과 아직도 생생한 상처들(죽은 자들과 실종자들)을 효과적으로 전달하는 것은 간접적인 우회로를 통해서만 가능하다. 볼라뇨 작품의 진정한 위대함은 바로 인간이 지닌 다층적 깊이를 심도 있게 보여 주기 위해서 성급한 결론으로 추락하지 않고 그 위태위태한 문학적 우회로를 선택했다는 데 있다.

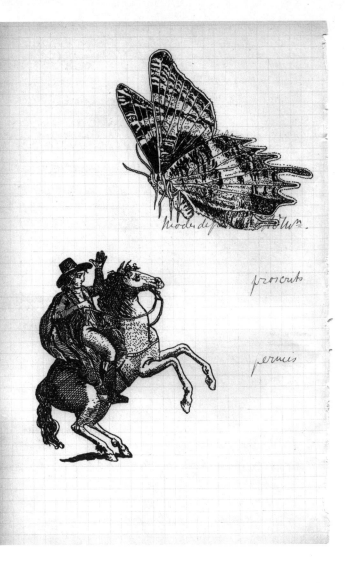

proscrits

permis

로베르토 볼라뇨의 스페인 여인숙

『야만스러운 탐정들』의 독서

에릭 보나르장
Eric Bonnargent

2007년부터 문학 블로그 Bartelby les yeux ouverts 를 운영했으며, Fric-Frac 클럽의 회원이다. 『마가진 데 리브르 *Magazine des Livres*』지에 글을 기고했다.

위대한 작가가 되기 전 먼저 열렬한 독자였던 로베르토 볼라뇨는 문학에 대한 깊고 풍부한 지식을 보유하고 있었다. 박식한 문학적 이해를 토대로 자신의 책 속에서 그는 동물들의 우화, 전쟁 소설, 탐정 소설, 캠퍼스 소설, SF, 일기, 모험 소설, 〈의식의 흐름〉 기법이나 성장 소설 같은 매우 다양한 서술 장르를 자유자재로 구사할 수 있었다. 소설가로서 볼라뇨는 하나의 문학적 유파에 소속되고자 하지 않았다. 그의 목적은 그의 세계관과 문학관을 표현하기 위해 여러 기법들을 재사용하고 그것들을 조작하고 변형시키고 서로 뒤섞는 것이었다. 이런 볼라뇨가 특별이 애호한 장르가 있다면 그것은 탐정 소설이다. 왜 그랬을까? 선험적으로 탐정 소설은 그가 원하는 주제를 다루는 데 가장 부적절한 서술 기법을 요하는 장르가 아니던가.

밴 다인S. S. Van Dine을 따라 추리 소설의 규칙이라는 무용한 논쟁을 벌이지 않더라도 누구나 동의할 수 있는 일반적인 원칙들이 있다. 추리 소설에는 범죄가 있어야 하고, 살인자가 있어야 하고 조사자가 등장한다. 조사자는 형사일 수도 있고 탐정일 수도 있고 혹은 그 어느 누구라도 가능하며, 특출한 연역적 추론을 통해 살인자의 정체를 밝히는 데 성공한다. 그가 성공할 수 있는 것은 그가 사건을 풀어 가는 세상이 논리가 지배하는 매우 단순한 세상이기 때문이다. 거기에는 언제나 명확한 이유들이 있고 인과 관계의 원칙이 지배해서, 충분한 과학적 정신의 보유자라면 단서와 동기들의 추론을 통해 원인과 결과들이 톱니바퀴처럼 얽힌 연쇄 과정을 따라잡아 마침내 추적하던 범죄자를 꼼짝 못하게 할 수 있다. 바로 이것이 추리 소설을 읽을 때의 통쾌함인 것이다. 독자들은 조사자와 함께 논리적으로 추론하며, 설령 작가의 서술적 조작에 의해 오류에 빠진다 하더라도, 그들이 난관에 봉착했던 수수께끼를 작가가 명쾌하게 풀어내는 논증을 기꺼이 받아들인다.

『모리슨의 제자가 조이스의 광신자에게 하는 충고』의 서술적 전제로부터 『안트베르펜』, 『먼 별』, 『아이스링크』, 『2666』과 『야만스러운 탐정들』을 지나 마지막 단편집인 『참을 수 없는 가우초』에 이르기까지 볼라뇨의 모든 작품에는 탐정 소설적인 요소가 배어 있지만, 노골적으로 탐정 소설을 표방한 제목의 『야만스러운 탐정들』 속에는 앞에서 언급한 추리 소설의 일반 원칙이 전혀 적용되고 있지 않다. 죽은 사람도 있고 조사자들도 있고 살인자들도 있지만 이 작품은 탐정 소설이 아니다. 그것과는 거리가 멀다.

『야만스러운 탐정들』은 분량이 다른 세 부로 구성되어 있다. 1부 「멕시코에서 길을 잃은 멕시코인들(1975)」은 약 2백 면이고, 가장 긴 2부 「야만스러운 탐정들(1976~1996)」은 6백 면에 육박하며, 마지막 3부 「소노라의 사막들(1976)」은 80면에 불과하다. 가르시아 마데로의 일기가 1부와 3부를 차지하고 있는데, 그의 일기는 먼저 아르투로 벨라노(로베르토 볼라뇨의 분신)와 울리세스 리마가 주도하는 내장 사실주의 시 운동에 참여하는 모습을 보여 주고, 나중에는 어린 루페를 기둥서방 알베르토에게서 빼내기 위해 두 시인과 함께 멕시코시티를 탈출해서, 최초의 내장 사실주의 작품으로 여겨지는 유일한 작품 「시온」을 쓴 여성 시인 세사레아 티나헤로의 흔적을 찾기 위해 소노라 사막을 헤매는 모습을 이야기한다. 2부는 멕시코와 미국, 프랑스, 스페인, 영국, 이스라엘, 오스트리아와 이탈리아에서 약 20년 동안 일어난 일을 총 84명의 증인을 통해 기록한 것이다. 그 모든 증언들은 아르투로 벨라노와 울리세스 리마에 관한 것이다. 2부의 제목이 곧 소설의 제목인 것으로 보아, 작품에서 말하는 탐정들이란 두 인물에 대한 증언들을 수집한 사람들이라고 추정할 수도 있다. 그러나 아무리 〈야만스럽다〉고 할지라도 실제 탐정의 정체는 여전히 미지로 남아 있다. 기둥서방 알베르토와 부패 경찰, 그리고 세사레아의 시신을 발견한 경찰들이 두 시인의 뒤를 쫓는 것일까? 소설의 마지막에서 가르시아 마데로는 〈언젠가 경찰이 벨라노와 리마를 잡을 것〉이라고 암시하고 있다. 그러나 멕시코 경찰들이 어떻게 움직이는지 훤히 아는 이상 —『2666』의 4부 「범죄에 관하여」가 충분히 알려 주듯 — 그럴 개연성은 희박해 보인다. 멕시코 경찰들이 사회 밑바닥의 포주, 부패 경찰이나 무명 시인의 죽음을 규명하기 위해 20여 년 동안 3개 대륙에 거쳐 조사를 진행한다고 상상하기는 힘들다.

증인들이 무엇에 대해 대답하고 있는지, 질문 자체를 작가가 제시하지 않고 있는 만큼 이 탐정들의 정체는 더더욱 아리송하다. 어떤 내용이었는지 짐작조차 할 수 없는 질문들이 전제되어 있고 때로는 벨라노와 리마보다 증인들 자신에 대해 더 많은 이야기를 하기 때문이다. 모든 증언들은 각각 혼란스럽고 우연적인 방식으로 지난날을 회고하고 있고(어떤 화자들은 그들이 이야기하는 시인들을 잘 기억하지도 못한다), 때로는 시인들이 걸어온 우여곡절과 모순되는 내용도 담겨 있다. 이 증언들은 파편적이며 매우 독립적이어서 그중 어떤 것, 예를 들어 아욱실리오 라쿠투레의 증언 같은 경우에는 훗날 소설『부적』의 출발점이 되기도 한다. 만약 이 모든 인물들에게 질문을 던지는 자가 탐정들이라면, 그 탐정들이 진정으로 원하는 바조차도 확연하지 않다. 증언들을 하나의 답변으로 간주하고 읽는다면, 〈야만스럽다〉는 탐정들은 하나의 구체적인 사건에 대한 진실을 규명하려고 하는 것 같지도 않다. 이런 점을 고려했을 때 어쩌면 그들은 1976년 세사레아 티나헤로를 찾아다녔던 벨라노와 리마처럼, 이 두 시인의 흔적을 되찾으려 하는 또 다른 시인들인 것처럼 보이기도 한다. 진짜 〈야만스러운 탐정들〉이었던 벨라노와 리마가 그랬듯 두 시인의 운명을 추적하고자 하는 익명의 시인들이 탐정일 수 있는 것이다.

이 소설에서 탐정의 위상이 더욱 의심스러운 것은, 가르시아 마데로의 일기에서 서술된 사건들의 진실성조차 의혹의 여지가 있기 때문이다. 실제로 마지막 증인인 대학교수 에르네스토 가르시아 그라할레스(1996년 12월)는 내장 사실주의의 세계적 권위자(왜냐하면 유일한 연구자니까)이지만, 가르시아 마데로라는 인물은 존재하지도 않았다고 단언하고 있다. 그렇다면 아예 일어나지도 않았던 사건들에 대해 조사했다는 것인가……

단순한 추리 소설을 기대하며 『야만스러운 탐정들』을 펼친 독자라면 이내 실망했을 것이다. 이 작품에서의 탐정은 두 시인을 뒤쫓는 미지의 다른 시인들이며, 구체적 근거 없이 폭력성이 난무하기 때문이다. 볼라뇨는 이 책을 통해 절대적 악이라는 주제를 다루고 싶었다고 말한 바 있다. 이런 야심은 『2666』에서 더 성공했다고 할 수 있지만, 절대적 악은 이미 『야만스러운 탐정들』에서도 중요한 자리를 차지하고 있다. 아벨 로메로(『먼 별』에서도 등장하는 인물로, 칠레의 전직 경찰이었던 그는 1973년 고국을 떠나 파리 길거리 청소부로 일하다가 다시 괴상한 탐정 역할을 맡는 인물이다)는 그것을 다음과 같이 완벽하게 정의한다.

벨라노, 문제의 핵심은 악(혹은 범죄 혹은 죄악 등 당신이 뭐라고 부르든 간에)이 우연인지 필연인지 아는 것일세. 필연적인 것이면 우리는 악에 대항하여 투쟁할 수 있어. 악을 퇴치하는 것은 어려운 일이지만 가능성은 있어. 같은 급의 두 권투 선수가 싸우는 형국이니. 반대로 악이 우연이라면 우리는 더럽게 꼬인 거지.

악은 절대적이다. 악의 원인은 결코 명쾌하게 규명되지 않기 때문이다. 『야만스러운 탐정들』이 문제 삼고 있는 것도 바로 그런 악이다. 마치 한 송이 장미꽃과 같이 그 존재 이유를 알 수 없는 것에 대해서는 어떻게 저항해 볼 도리가 없다. 오직 손실을 계산하고 거기서 빠져나갈 길을 모색할 뿐이다. 바로 그런 이유로 볼라뇨 작품을 진정한 탐정 소설이라고 정의하기는 힘들다. 일반적인 추리 소설 작가들이 그러듯, 사건의 복잡성을 논리적으로 환원시켜 어떻게든 합리화하고 해명해 내는 작가들은 사기꾼들이다. 진실은, 악은 여기 이곳에 있지만 그 어떤 것으로도 악을 해결할 수 없다는 사실이다. 작가의 역할 중 하나는 바로 그런 사실을 가능한 한 가장 신중하게 다루는 일일 것이다. 게다가, 볼라뇨 작품 세계에서는 화가 날 정도로 작가들이 실종되는 경향이 있다. 『2666』에서 작가들은 도피하듯 이상한 집으로 사라져 버리고, 아르킴볼디는 펠티에, 에스피노사, 노턴이라는 세 명의 연구자들, 나름대로 〈야만스러운 탐정들〉의 노력에도 불구하고 여전히 흔적조차 찾을 수 없다. 『야만스러운 탐정들』에서 실종되는 사람은 내장 사실주의 그룹의 가장 중요한 3인, 세사레아 티나헤로, 아르투로 벨라노와 울리세스 리마이다. 작가들이 제시할 수 있는 것은 오직 그들 자신들의 텍스트들뿐이다. 그들은 스스로를 구경거리로 제공할 욕구를 느끼지 않으며, 또 그들이 말하는 것을 정당화할 필요도 느끼지 않는다. 이런 면에서 보면, 『아메리카의 나치 문학』은 의미심장한 텍스트라고 할 수 있다. 이 책은 악이나 파시즘에 대한 에세이가 아니라, 완전히 상이한 인간 말종들을 대상으로 한 픽션 작품이다. 이런 내용을 보면 소설 제목이 지칭하는 것과는 달리 나치 문학은 존재하지 않는다고 생각하게 된다. 나치 문학이란 개념은 아무런 의미도 없고, 중요한 것은 개인들이다. 그렇다면 세상의 악과 모순들을 단순화하고자 하는 일체의 설명 자체가 허망해진다. 작가에게 그런 설명을 요구하지 마라. 그 역시 똑 부러지게 설명해 줄 것이 없다. 세상의 일이란 논리적 인과 관계로 명쾌하게 해명할 수 없다는 것, 이것이 볼라뇨가 우리에게 전하고자 하는 바이다.

볼라뇨가 에세이에서 동료 작가들에게 신랄한 비난을 퍼붓는 것은 그들에게는 이런 겸허함이 부족하다는 점 때문이다. 여러 모순들과 악이 활보하는 세상에 대해 논할 때나, 모든 해석적 가능성에 열려 있는 그들 자신의 작품에 대해서도 함부로 단언해서는 안 된다. 세상은 복합적이며, 픽션 역시 마땅히 그래야 한다. 단편 「크툴루 신화」(『참을 수 없는 가우초』 수록)에서 볼라뇨는 라틴 아메리카의 문학은 후안 카를로스 오네티Juan Carlos Onetti도 아니고, 호르헤 루이스 보르헤스도 아니며, 훌리오 코르타사르도 아닌, 이사벨 아옌데와 루이스 세풀베다 [1] 뿐이라는 도발적인 반어법을 사용했다. 볼라뇨에게 있어서 이 두 작가는 쉽게 읽히고 쉽게 이해되는 나쁜 문학의 작가들이다. 나쁜 책은 단순하며, 세상의 이미지 역시 단순한 것으로 환원해 버린다. 볼라뇨의 장편소설과 단편소설에서는 그 어떤 것도 결코 단순하지가 않다. 하나의 특별한 플롯이 있는 게 아니라, 여러 플롯들이 복잡하게 뒤엉켜 있다. 더 고약한 것은 플롯들, 인물들, 장소들이 여러 소설과 단편들, 시 속에서 다양한 각도로 제시되고 있다는 점이다. 이런 점으로 인해 볼라뇨를 읽는 독자들은 매 순간 세심한 주의를 필요로 한다. 볼라뇨의 책들은 세상에 대한 다채로운 영상들을 담고 있으며, 세상을 해독하는 일이 불가능하듯이 그가 보여 주는 영상들 또한 난해하

---

1 Isabel Allende(1942~)는 전 칠레 대통령 아옌데와 인척 관계인 칠레 여성 작가, Luis Sepúlveda(1949~)는 피노체트 정권에 의해 탄압받다 망명한 칠레 작가로 환경과 인권, 소수 민족 및 아메리카 원주민의 문제를 주로 다룬다.

기만 하다. 그것들은 아무것도 명쾌하게 말하지 않으며 단지 보여 줄 뿐이다. 그리고 독자들 각자가 그들에게 제공된 문학 작품을 자신의 인간성과 살아온 경험, 자신이 보유한 문화적 소양이나 감수성을 기반으로 해서 해석해 갈 것을, 독자 스스로가 책임질 것을 요구하고 있다. 볼라뇨가 증언들을 자주 사용하는 것은 바로 이런 이유에서다. 하나의 증언은 하나의 사건에 대한 하나의 주관적 관점에 불과하다. 그것은 어떤 객관적 진실도 밝혀낼 수 없다. 이제 왜 볼라뇨가 역설적으로 탐정 소설에 애착을 보이는지 이해할 수 있을 것이다. 탐정 소설이란 장르를 통해 여러 증언들, 때로는 상호 모순적인 증언들을 수집할 수 있기 때문이다. 『야만스러운 탐정들』이나 『2666』, 『아이스링크』와 그 외의 수많은 단편들에서 이런 현상을 목격할 수 있다. 심지어 장르가 탐정 소설이 아닌 경우에도 볼라뇨는 자주 그 기법을 사용하는데, 주인공의 이야기가 한 명 혹은 여러 명의 화자에 의해 이야기되는 형태를 취하거나(『전화』, 『먼 별』), 자신의 인생을 진솔하게 기록하겠다던 성직자-비평가가 어떤 식으로 자기기만을 통해 스스로를 정당화하는가를 보여 준다(『부적』, 『칠레의 밤』). 내가 볼 때, 볼라뇨의 작품은 원칙적으로 관점주의를 따르고 있다고 말할 수 있을 것 같다. 객관적 소여로서의 현실이란 존재하지 않는다. 세상에 대한 여러 관점들이 있을 뿐이고 심지어 그 관점들의 총합조차도 최소한의 객관성을 담보해 주지는 못한다. 이런 사실은 역사 분야에서 가장 명약관화하게 드러난다.[2] 실증주의적 역사관은 일목요연한 스토리로 풀어놓을 수 있는 하나의 역사가 존재한다고 굳게 믿으며, 역사가가 사실들을 명쾌하고 결정적으로 해명하는 일이 가능하다고 본다. 그러나 현대의

---

2 폴 벤느Paul Veyne의 『어떻게 역사를 쓸 것인가』, Seuil, 1971, 혹은 앙리이레네 마루 Henri-Irénée Marrou의 『역사적 앎에 관해』를 참조할 것 — 원주.

역사가들은 역사적 지식에는 여백이 존재할 수밖에 없고, 사건들을 이해한다는 것도 접근 가능한 문헌들을 매개로 했을 때뿐이며, 그 문헌들이라는 것조차 거기에 기록된 사건들에 대한 문헌 저자들의 관점들을 담고 있다는 사실을 현명하게 깨달아 가는 중이다. 그 문헌들을 작성한 자들은 다소간의 역량은 갖췄으되 반드시 선의로만 집필했다고는 할 수 없으며, 그들이 보았거나 이해했다고 믿는 바를 말했을 뿐이다. 게다가 이 모든 것은 증언 기술 시점과 밀접한 관계를 맺고 있는데, 기억은 필연적으로 사실들을 변형시키게 되어 있다.

역사적 사건들은 하나의 기타라든가 수프 그릇 같은 실체로서 존재하지 않는다. 역사적 사건들은 지리학의 실측도와 같은 객관적 양태로 존재하지 않는다고도 덧붙이고 싶다. 오히려 역사적 사건들은 하나의 정육면체나 피라미드와 흡사한 형태로 존재한다. 우리는 정육면체를 동시에 모든 각도에서 바라볼 수 없으며, 오직 우리가 서 있는 부분적인 관점에서만 접근 가능할 뿐이다. 따라서 관점들을 다변화시켜야 한다.[3]

볼라뇨의 소설 작품 대다수가 탐색을 주제로 삼고 있다면 그것은 순수하게 추리 소설에서 의미하는 탐색이 아니라, 역사적 의미의 탐색이다. 본질적으로 역사가의 의무는 탐색에 있다. 역사가는 증언들을 수집한 후 사건에 논리적인 의미를 부여하기 위해 하나의 줄거리를 짠다.[4]

---

3 앞의 책, 폴 벤느, 52면 — 원주.
4 〈역사가의 관심을 자극할 만한 사실들이란 어떤 것들인가? 모든 게 어떤 줄거리를 선택하느냐에 달려 있다. 하나의 사실은 그 자체로는 흥미로울 것도, 또 그렇지 않을 것도 없다.〉 앞의 책, 폴 벤느, 52면 — 원주.

볼라뇨의 작업도 이와 동일하다. 그도 증언들을 수집하지만 거기에 하나의 통일성을 부여하지 않으며, 하나의 줄거리를 선택하는 것이 아니라 여러 줄거리들이 각자 나름대로 진행되는 방식을 취한다. 물론 그의 작품은 허구지만, 볼라뇨가 픽션을 통해 목적하는 바는 악의 정체에 대해 이야기하자는 것이다. 악은 이 세상의 현실이며, 거기에 대해 이야기할 수는 있으되 완전히 해명할 수는 없는 어떤 것이다.

또한 이 주제는 벨라노와 리마가 예술의 순수한 정수로 생각했던 세사레아 티나헤로의 시 「시온」의 중심에 자리 잡고 있는 것이기도 하다. 예루살렘을 연상시키는 〈시온〉이란 제목은 성경에서는 신의 현존을 누리는 복 받은 지역을 의미한다. 그러나 신들은 세상에서 물러가고, 잠시 카오스에서 벗어날 수 있었던 세상은 다시 카오스로 빠지게 된다. 그 시를 보자.

시온

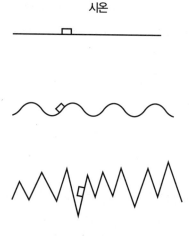

벨라노와 리마가 이 시에는 아무런 신비로운 요소도 담겨 있지 않다고 말할 때 그들이 제대로 본 것이다. 여기에 해독해야 할 비밀이란 없다. 왜냐하면 모든 것이 이미 그 자리에 있기 때문이다. 의미는 이미 거기 주어져 있다. 남은 문제는 그것이 어떤 의미인지 알아내는 일이다. 물론 여기에는 절대적인 평온에서 격렬한 폭력의 분출에 이르는 점진적인 이행성 관념이 깃들어 있다. 세사레아 티나헤로가 미래에, 아마도 2600년경에 세상의 광기가 절정에 달할 것이라고 예언했던 것처럼. 『부적』에서 아욱실리오 라쿠투레는 구체적으로 2666년이라는 해를 지적했다. 그렇다면 이것을 두고 3000년대가 되면 매년 신의 벼락, 야수의 낙인이 인류를 짓밟을 것이라고 이해해야 할까? 술에 취한 아마데오 살바티에라는 벨라노와 리마가 「시온」에 대해 떠드는 소리를 이렇게 듣고 있다.

여러분에게 확언하는데 잠시 내 머리가 사나운 바다처럼 변해, 젊은이들이 하는 말이 들리지 않았다. 비록 몇몇 구절, 단편적인 몇몇 단어, 뻔한 표현들은 포착할 수 있었지만. 가령 케찰코아틀의 배, 밤에 오르는 아이의 열, 에이하브 선장이나 고래의 뇌 엑스레이, 상어들에게는 거대한 지옥 입구인 바다 표면, 관일 수도 있는 돛대 없는 배, 직사각형의 역설, 직사각형 본능, 아인슈타인의 직사각형 불가능론(직사각형은 존재할 수 없는 우주), 알폰소 레예스의 글 한 쪽, 시의 쓸쓸함.

여기에 신비로움은 없다. 그러나 여전히 해결되지 않은 하나의 불가사의는 남아 있다. 『야만스러운 탐정들』이 추리 소설을 차용하면서 사용했던 기법이 바로 이것이다. 원칙적으로, 추리 소설은 처음의 수수께끼가 해결되면서 끝나지만, 『야만스러운 탐정들』은 가르시아 마데로가 이렇게 저렇게 제안하는 괴상하고 엉뚱한 일련의 수수께끼들로 작품을 마무리 짓는다. 어린아이들의 낙서 같은 멕시코 모자에 대해 리마와 루페가 서로 다른 답변을 늘어놓지만 그 어떤 대답도 명쾌하게 수긍할 수 없으며, 소설은 다음과 같은 도식으로 끝난다.

2월 15일

창문 너머에 무엇이 있는가?

창문 너머로 보이는 것을 말해 보라. 현실은 객관적 데이터가 아니다. 현실은 각자가 원하는 것을 들고 오는 〈스페인 여인숙〉이다.

에르네스토와 이본들

앙헬리카 폰트와
에르네스토 산 에피파니오의
주석이 달린 사후 편집본

기욤 비삭
Guillaume Vissac

문장을 끝맺을 수가 없군. 앙헬리카 폰트는 녹음기 정지 버튼을 누르며 말했다. 담배나 한 대 피우러 나가야겠어.

진입 금지 표지판 아래 주차장에는 여러 실루엣들이 줄지어 늘어서 있었고, 앙헬리카 폰트는 그들과 함께 햇빛이 쏟아지는 담벼락에 몸을 기댄 채 옆 사람에게 불을 빌려 담배에 불을 붙였다. 천천히 한 모금을 내뱉고 이마와 목덜미, 볼의 땀을 닦은 후 그녀는 다시 담배를 피웠다. 그때가 어땠었더라?

에르네스토 산 에피파니오가 최초로 죽음과 조우한 것은 첫 번째 수술이 진행되던 중 몇 초 동안이었다. 체크 모니터의 푸른 선이 더 이상 움직이지 않았고, 맥박이 한없이 아래로 추락했다. 선생님, 환자가 죽을 것 같아요. 수술용 마스크 때문에 웅얼거리는 작은 메아리 같은 소리였다. 모니터 화면 위로는 심장 박동 이상 급등을 알리는 경고등이 광란하듯 오르내렸다. 두 번의 간헐적인 호흡 사이의 희미한 휴지(休止). (……) 선생님, 맥박이 잡혀요. 목소리들이 떠들어 댔다. 그리고 스테인리스 메스가 부딪치는 소리. 서서히 침묵이 물러갔다. 에르네스토의 두개골에는 구멍이, 세상 온갖 것에 활짝 열린 구멍이 나 있었다. 그의 어머니는 양손으로 머리를 움켜쥔 채 벽을 뚫어져라 응시하고 있었다. 그녀는 완전히 제정신이 아니었다. 마침내 문이 열렸고, 다른 의사들과는 달리 가운에 이름표를 달지 않은 모(某) 의사가 나와 자세한 수술 경과를 설명해 주기를 그녀는 안타깝게 기다리고 있었다. 산 에피파니오의 어머니는 왜 그런지 알 수는 없었지만 이날 병원에 오기 전에 어디선가 읽었거나 들은 문장이 떠올랐다. 어떤 이야기였더라…… 초두가…… 그러니까…… 그러나 무엇이었는지 잘 기억나지 않았다.[1] 산 에피파니오의 어머니는 그 광고 문안, 아마도 부고란 이었을 문안의 의미, 취향, 기원을 따져 보려 했지만 그 글귀들의 언저리만 맴돌았을 뿐 결코 문장 전체를 떠올릴 수가 없었다. 이윽고 앙헬리카 폰트가 그녀에게 다가왔고 두 사람은 한마디도 주고받지 않은 채 나란히 앉아서 기다리기만 했다.

면회 시간이 지난 지 한참이었지만 앙헬리카 폰트는 여전히 산 에피파니오 곁에 남아 있었다. 어떤 병실 직원도 그녀를 나무라지 않았다. 유령 같은 형체의 간호사들이 병실과 주변 복도를 가로질러 갔다. 에르네스토는 아무도 말도 하지 않은 채 매트리스 속에 깊이 처박혀 있다. 이윽고 그가 눈을 떴다. 병실의 배치와 벽면의 색깔, 일렬로 늘어선 침대들과 그 속에 깃들어 있는 그림자들을 관찰했다. 마치 이런 이미지들을 처음 본 것 같았다. 그의 시선이 앙헬리카 폰트에게로 떨어졌지만 그녀의 이름조차 떠오르지 않았고, 그는 머릿속에서마저 그녀를 뭐라 이름 부르기를 포기했다. 에피파니오는 베개에 기댄 채 몸을 일으켰다. 손가락 아래로 만져지는 머리통이, 수술에 앞서 빡빡 민 밋밋한 두피가 느껴졌다. 손과 팔을 이용해 그것을 더듬다가 그는 손을 다시 아래로 떨어뜨렸다. 앙헬리카 폰트는 여러 차례 뭔가를 말하려 했으나 이내 마음을 고쳐먹고 굳게 입을 다물었다.

에르네스토는 눈을 감고 잠들었다. 병원 건물에서 울리는 웅성거림들, 문 여닫는 소리, 벽장문 열리는 소리, 이곳저곳에서 터져 나오는 함성들은 그의 잠을 방해하지 않았다. 밤중에 에르네스토는 꿈을 꾸

---

1 내 어머니는 두 문장 중 한 문장은 끝맺지 못하는 신경증이 악화되기 시작했다. 나는 그게 어디서 시작되었는지 모르겠다. 아마도 내 탓일 것이다(에르네스토 산 에피파니오) ─원주.

었는데, 불투명한 이미지들과 피투성이 함대들이 혼란스럽게 출몰했다가 붕대로 칭칭 동여맨 그의 두개골 아래로 이내 사라져 버렸다. 이 빌어먹을 대갈통은 완전히 밀봉된 것도 아니군. 띄엄띄엄 음절을 내뱉으며 그가 말했다. 다음 날 아침 그는 앙헬리카 폰트에게 수술이 끝나자 더 이상 꿈을 꿀 수도 없다고, 두개골 천공 수술이 그의 머리통에 바람구멍을 만들어 놓아서 꿈들을 내쫓고 있다고 말했다. 꿈들조차 나에게서 도망치고 있어. 그의 음성은 나지막했고 입과 입술은 질척거리는 반죽 같아서 말 한 마디를 하거나 숨을 들이마실 때에도 시큼한 숨결을 풍겼다. 잠을 못 자서 잘 들리지 않는, 그가 힘겹게 떠듬대는 단어를 알아듣기 위해 앙헬리카는 그에게 가까이 다가가야 했다.

산 에피파니오가 앙헬리카 폰트의 귀에 대고 그녀 얼굴 위로 몇 마디 단어를 속삭이듯 웅얼거리는 동안,[2] 그의 어머니는, 선생님, 어떤가요, 안색이 참 좋은데, 그렇지 않아요? 괜찮을까요? 곧 집에 돌아갈 수 있겠죠? 다 나을 거예요, 안 그래요? 아이고 하느님, 아이고 하느님, 그의 상태가 어떤지 말 좀 해주세요, 선생님. 감사합니다, 수술이 이 애를 살린 거죠, 그렇죠, 그러니까 선생님이 말씀하신 그거, 그게 뭐더라, 하여튼 그거에서 이 아이가 살아난 거죠? 그러니까. 그거. 에르네스토의 어머니는 여전히 정확한 단어를 찾을 수 없었다. 어휘들

2 에르네스토가 내게 말했다. 너한테 부탁할 게 있어. 아니면 내가 그를 위해 해줄 수 있는 게 있냐고 먼저 물었을지도 모른다. 그는 내게 가까이 다가오라고 말했다. 말하기 힘들었거나 그의 어머니가 듣는 것을 원하지 않았기 때문이리라. 그런 것은 에르네스토에게는 전혀 대수롭지 않은 일이었다. 내가 다가가자 그는 말했다. 너 그 사진들이 어디 있는지 알고 있니? 나와 빌리의 사진. 나는 생각했다. 빌리가 누구더라? 곧 기억이 났다. 다음번 방문 때 가져오겠다고 그에게 말해 주었다. 사실 나는 그 사진들을 어디에 두었는지 기억나지 않았고, 심지어 내가 그것들을 갖고 있는지도 확신할 수 없었다. 그러자 에르네스토가 미소를 지으며 내게 말했다. 그럼 됐어. 아니면 그냥 〈됐어〉라고만 말했는지도 모르겠다(앙헬리카 폰트)—원주.

은 그녀 혀 아래로 도주해 버린다. 그녀가 첫 번째 단어를, 두 번째 단어를 찾아 헤매는 동안, 여전히 가운에 이름표를 달지 않은 모 의사는 말한다. 부인, 이야기할 게 있으니 좀 앉으실까요?

산 에피파니오의 어머니는 모 박사가 그녀에게만 털어놓은 이야기를 아들에게 한 단어 한 단어 반복할 때 울지 않았다.[3] 산 에피파니오는 완전히 밀봉되지 않은 두개골의 붕대 자리를, 민머리와 수술 자국 사이에 난 염증 부분을 긁적였고 이렇게 말했다. 어떻게 할 거래? 짧은 침묵이 흐른 후 에르네스토는 앙헬리카 폰트 쪽으로 몸을 돌려 그녀에게 물었다. 그 작자들이 이 머리통 속에 뭘 집어넣고 깜박 잊어버린 거 아냐?

앙헬리카 폰트는 어머니가 산 에피파니오의 팔을 살짝 만진 후 〈마드무아젤 굿 나이트〉 하고 인사를 할 때까지 기다렸다.[4] 두 개의 일그러진 눈동자가 그의 얼굴 앞으로 다가왔다. 사진을 갖고 왔어. 앙헬리카는 짧게 말했고 에르네스토는 알아들었다는 듯 그녀에게 대답조차 하지 않았다. 상자 속에 정리해 두었어. 앙헬리카 폰트가 말했다.

병실 문이 닫히자 앙헬리카 폰트는 그에게 사진을 한 장씩 내밀었다. 각각의 사진은 에르네스토가 그것을 보기 위해 머리를 쳐들거나

3 에르네스토는 수술 결과의 예후를 기대해도 좋은지 물었다. 에르네스토 혹은 그의 어머니가 의사들에게 그가 살아날 수 있을지를 물었거나, 혹은 에르네스토가 어머니에게 그런 질문을 했던 것 같기도 하다. 의사들은 아무것도 알지 못했고, 따라서 그의 어머니도 알 수 없었고, 결국 에르네스토도 나도 알 수가 없었다. 확실한 것은 다시 수술하지 않는다면 그가 죽을 거라는 거였고, 재수술을 한다 해도 그가 죽을 수 있다는 거였다(앙헬리카 폰트)—원주.

4 어머니는 내가 잠들 때까지 내 침대 옆에 앉아 벽만 응시하고 있었다. 어머니는 더 이상 아무 말도 하지 않았고, 그저 미소만 지었는데, 그건 어쩐지 내가 곧 죽을 것이라는 생각을 들게 만드는 미소였다. 왜냐하면 어머니의 미소는 평소의 미소가 아니었기 때문이다. 나는 눈을 감고 어머니가 가버리기만을 기다렸다. 앙헬리카 폰트와 단둘이 있고 싶었을 뿐이다(에르네스토 산 에피파니오)—원주.

몸을 일으켜 세울 필요 없이, 그의 시선과 직각 방향으로 약 10센티미터 정도 높이에 놓여 있었다. 에르네스토가 다음, 이라고 말하면 앙헬리카는 매트리스 가장자리에 사진을 엎어 놓고 수북이 쌓인 사진 무더기 위에서 다음 사진을 들어 올렸다. 쌓여 있는 사진들 중 약 3분의 1을 보여 주었을 때, 앙헬리카 폰트는 산 에피파니오의 음경이 그늘진 시트 아래에서 불쑥 치솟아 있는 것을 볼 수 있었다. 에르네스토가 말했다. 다음. 앙헬리카는 오른손으로 다음 사진을 들었고, 왼손으로는 산 에피파니오의 음경을 애무하기 시작했다.[5] 그의 시선 앞에 불규칙한 리듬으로 비춰진 사진들에는 금발의 청년이 옷을 벗거나 옷을 입은 장면이 연속적으로 나타났다. 처음에는 그의 옷들이, 다음에는 그의 누이의 옷들이 보였고, 그다음에는 아무런 옷가지도 드러나지 않았다. 산 에피파니오의 단조로운 요청에 따라 사진들이 규칙적으로 그의 눈앞에 모습을 드러냈다. 단속적인 영화 필름처럼 진행되던 사진들의 진열이 끝나기 직전, 에르네스토는 사정을 했다. 앙헬리카는 사진들을 침대 가장자리에 놓인 상자에[6] 다시 넣었다.[7] 부풀어 올랐던 에르네스토의 흉곽이 점차 원래의 크기로 되돌아갔다.

산 에피파니오의 어머니는 침대 옆에 앉아 있었고, 멍한 눈으로 벽만 응시하고 있었다. 이제는 가운 깃에 알아볼 수 없는 글씨로 이름표

5 내가 산 에피파니오의 성기를 만질 것이라고는 상상조차 하지 못했지만, 그 행위를 하면서 그런 식의 접촉은 비정상적인 것도, 또 전혀 예상 밖의 것도 아니라는 것을 깨달을 수 있었다(앙헬리카 폰트) — 원주.
6 그 사진들을 잘 간직했다가 다음 날 그것을 내게 갖고 오라고 말했다(에르네스토 산 에피파니오) — 원주.
7 사진을 그에게 넘긴다면 사람들이 압수할 거라고 그에게 말했다. 그래서 내가 그것들을 보관하기로 했고 에르네스토는 좋다고, 하지만 내일 다시 가져오라고 말했다(앙헬리카 폰트) — 원주.

를 단 모 박사가 산 에피파니오와 그의 어머니에게 두 번째 수술이 다음 날로 잡혔다는 것을 알렸을 때[8] 앙헬리카는 그 자리에 없었다. 에르네스토가 앙헬리카 폰트에게 그 소식을 알리자 앙헬리카는 그에게 물었다. 그들이 네 머릿속에 넣어 놓고 잊어버린 것이 무엇인지 너는 알아?

53번 사진이 마지막 사진이었다. 그 앞의 사진들은 밤거리, 빨간색 머스탱 자동차, 흐릿한 얼굴들, 벌거벗은 어깨와 움푹 팬 쇄골들, 활짝 열린 가운 사이로 드러난 빈약한 상반신, 앙상한 엉덩이들, 산 에피파니오 자신의 흐릿한 그림자들, 때로 그 혼자 찍혀 있을 때도 있고 때로는 금발 머리 청년과 나란히 있는 모습들, 때로는 사진사 옆의 산 에피파니오의 모습도 보였다. 그들의 입맞춤, 그들의 오럴 섹스 장면들, 그리고 침대 가장자리에서 행해진 동성애자들끼리의 성교 장면들을 담고 있었다. 그러나 53번 사진의 모습은 명쾌하지 않았다. 초점이 맞지 않았다. 사진기가 흔들려서 분명한 윤곽이 드러나지 않았다. 배경에는 아마도 호텔 방의 벽면이 자리 잡고 있었고, 전등갓 같은 것의 끄트머리가 찍혀 있었다. 햇빛이 왼쪽 아래 구석에 퍼져 있었고, 사진사의 균형 감각이 좋지 못했다. 벽은 아무런 돌출부 없이 그저 밋밋했는데, 희미하게나마 뒤섞인 그림자 같은 것이 보였다. 처음에는 흐릿한 형태 하나가, 그러다가 포즈에 따라 보다 명백하게 외설적인 형태가 드러났다. 차가운 사진 속 영상들의 형체는 알아보기 힘들었다. 손 하나, 어깨, 무릎, 엉덩이 한쪽을 간신히 알아볼 수 있었다. 램프까지 길게 늘어뜨려진 실루엣에는 해부학적 통일성이라고는 찾아볼 수 없었고,

8 어머니는 아무 대꾸도 하지 않았고, 나는 의사가 오기 전에 하던 일을 계속했다. 즉 아무것도 하지 않았다(에르네스토 산 에피파니오) ─ 원주.

얼굴 하나도 온전히 잡히지 않은 사진이었다. 53번 사진[9]은 오른쪽 귀퉁이가 살짝 접혀 있었는데, 아래쪽 여백에 검은 수성 펜으로 번호를 매긴 유일한 사진이었다.

도미노처럼 일렬로 늘어선 침대 뒤, 창문 너머로 해가 졌다. 반쯤 되는 침대에만 환자들이 있었다.[10] 속눈썹에 비치는 햇살의 변화로 산 에피파니오는 점차 색들이 변해 가는 것을 알아차렸다. 해가 지고 있었고 곧 밤이 병실을 잠식할 것 같았다. 그의 시야는 오렌지빛으로, 짙붉은색으로, 다음에는 완전히 색채를 잃은 검은색으로 변할 것이다. 그러면 그는 이제 자야 한다는 것을, 그의 어머니가 앙헬리카 폰트에게 〈마드무아젤 굿 나이트〉 인사를 할 것이고, 숨 쉬는 소리만 제외하고는 침묵으로 가득 찬 병실에서 마침내 다시 그들 둘만 남게 되리라는 것을 알고 있었다.

산 에피파니오는 앙헬리카 폰트에게 사진을 보여 달라고 했고, 그녀는 침대 가장자리에 모든 사진들을 층층이 쌓아 놓았다. 그는 시트를 내려 자신의 물컹한 성기를 밖으로 노출시켰다. 시작하지*Allons-y*.

9 에르네스토는 그 사진들을 각각의 독립된 이미지들의 연속으로 파악한 것이 아니라 하나의 온전한 시리즈인 것처럼 바라보았다. 특별히 그의 마음에 드는 사진은 없었다. 여러 차례 그는 내게 53번 사진을 보여 달라고 했고 이윽고 발기했다. 내가 그 사진을 처음 찾아냈을 때에는 다른 사진들과의 차이점을 알아볼 수 없었다. 그다음에 나는 그것을 따로 간직했다. 필요할 경우에 대비해서(앙헬리카 폰트)—원주.
10 내가 입원한 곳이 어떤 병동인지 알 수 없었다. 신경외과 병동처럼 보이지는 않았다. 이 병실의 대다수 환자들은 그저 이곳을 스쳐 지나갈 뿐이었다. 그들은 이미 죽었거나 죽어 가고 있는 환자들이었고, 나는 내가 어떤 무리들 속에 있는 건지 도통 알 수가 없었다(에르네스토 산 에피파니오)—원주.

산 에피파니오가 말했다. 시작하지.[11] 사진들은 앙헬리카의 오른손
과 매트리스를 오가며 그의 눈앞을 스쳐 지나갔다. 산 에피파니오는
입술을 거의 떼지 않고 〈천천히〉라고 말했지만 머리는 움직이지 않았
다. 이것이 앙헬리카를 혼란에 빠뜨렸다. 그가 무슨 말을 하려는지 알
수 없었기 때문이다. 사진을 보여 주는 리듬을 말하는 것인지, 아니면
왼손의 움직임을 의미하는지를. 그러나 에르네스토가 내뱉은 이 세
개의 음절 어떤 것도 그녀의 동작을 바꿔 놓지는 못했다. 앙헬리카는
먼저 사진을 보여 주는 속도를 늦추었고, 다음에는 수음의 리듬을 약
간 늦추었다.[12] 앙헬리카는 산 에피파니오의 축축하게 젖은 살갗에
서 전에는 한 번도 맡아 보지 못한 냄새를 맡았다. 사진들은 유연한 리
듬을 타고 연이어 등장했고, 에르네스토의 숨결은 입술 사이로 한층
거칠어졌다. 그는 53번 사진을 부탁해[13]라고 말했고, 앙헬리카는 그
것을 그의 눈에 가져가면서 한층 빠르게 왼손을 움직였다. 에르네스
토는 즐기지 못했다. 그는 말했다. 다음 거. 가쁜 숨과 땀투성이 사이
로 가래 뱉듯 내뱉어진 말. 벙어리 같은 사진들이 연이어 뒤를 이었다.
산 에피파니오는 한 장씩 한 장씩 영화처럼 이어지는 사진들 전체를
말없이 응시했다. 앙헬리카는 층층이 쌓인 사진들 위에 마지막 사진
을 엎어 놓았고, 에르네스토가 금이 간 천장 위 하늘을 향해 눈을 치켜

11 나는 그가 이 말을 이때 말했는지, 마지막에 말했는지 모르겠다. 그는 첫 번째 수술보다
두 번째 수술에서 죽을 가능성이 더 크다는 것을 잘 알고 있었다. 어쩌면 나 자신이 그 순간을
재구성하고 그가 했던 말을 변형시켰을 수도 있다(앙헬리카 폰트) — 원주.
12 나는 그녀에게 천천히 하라고 말하지는 않았다. 이게 마지막이 될 수도 있다는 걸 알았
으니까. 끔찍한 일이었다. 나는 그게 마지막일지 몰랐다. 내가 그녀에게 천천히 하라고 부탁
한 것은 그렇게 할 필요가 있었기 때문이다(에르네스토 산 에피파니오) — 원주.
13 마치 자기 어머니한테 소금을 달라고 말하는 식이었다. 그는 즐기기를 원했다. 실제로
에르네스토가 하는 모든 말, 그가 쓰는 모든 것은 매우 에로틱한 것이었다(앙헬리카 폰트)
— 원주.

뜬 모습을 바라보았다.[14]

　다시 해보자. 앙헬리카 폰트는 담배꽁초를 끄며 말했다. 구두창과 아스팔트 사이에 담뱃재가 흩어져 있었다. 또 다른 익명의 그림자들이 이전 그림자들이 차지했던 자리, 담배 연기와 고약한 냄새가 나는 태양빛을 등진 자리를 차지했다.

　1977년 말, 앙헬리카 폰트는 녹음기 앞에서 말했다. 녹음 버튼을 누르고 한 손으로는 눈을 가리고 있었다. 에르네스토 산 에피파니오는 병원에 입원했다. 그는 두개골 천공 수술을 해야 했고, 뇌에 있던 동맥류를 제거해야 했다.

　14　이윽고 그녀는 모든 사진들은 원래대로 뒤집었고, 작은 세면대로 가서 손을 씻었다. 결코 따뜻한 물이라곤 나오지 않는, 미지근하거나 차가운 물만 간헐적으로 나오는 세면대였다(에르네스토 산 에피파니오) ―원주.

XII

2 *Mo...* ...ite du *Combustable*.

soit &

soit ½

...rait der *fic*

soit. 1

soit 2.

moratous

Opposition

Competeur

Determinat. du Unort

볼라뇨와
보르헤스

먼 거리에 위치한 두 명의 가우초*

야엘 타이에브
Yaël Taïeb

스페인어 연구가, 스페인과 라틴 아메리카 문학 연
구가.

현실은 대칭성과 가벼운 시대착오를 좋아한
다(호르헤 루이스 보르헤스, 『픽션들』). 문학
역시 그렇다고 덧붙이고 싶다.

* 남미 대륙의 남부 팜파스(대초원 지대)에서 유목 생활을 하는 목동, 카우보이.

로베르토 볼라뇨가 1999년 8월 2일 소설 『야만스러운 탐정들』의 로물로 가예고스상 수상 소감을 밝힐 때(이 소설은 1998년 이미 에랄데상을 수상했다), 그는 이미 『아이스링크』, 『먼 별』, 『아메리카의 나치 문학』, 『전화』 등 같은 전작(前作)들로 인해 문단 소식에 밝은 교양인들로부터 충분히 그 문학적 재능을 인정받은 상태였다.

1998년부터 그의 이름은 문단에 자주 오르내렸다. 특히 그의 이름은 여러 문학상 심사 위원들에게 인지도가 높아지기 시작했으며(볼라뇨가 글쓰기로 생계를 유지하겠다던 문학상들), 그는 여러 신문에 글을 기고하기 시작했다. 신문에 실린 그의 칼럼들 대다수는 볼라뇨의 친구이자 조력자였던 이그나시오 에체바리아가 편집을 맡아 사후에 출간된 『괄호 치고』에 수록되어 있다.

『괄호 치고』에 수록된 텍스트들은 여러 장르들을 혼합하며, 현실과 상상의 경계 사이에서 진행되는 픽션의 양태들을 명확하게 설명해 주고 있다. 문학에 관한 중요한 메타담론이 『괄호 치고』에 담겨 있으며, 로베르토 볼라뇨에 관한 무수한 비평은 그 텍스트들이 얼마나 풍요한 의미를 갖고 있는가를 여실히 보여 준다. 텍스트들의 전략적 위치 이동, 텍스트들끼리 서로 반사하는 유희들, 특별히 짤막한 형태에 대한 선호(심지어 이것이 장편소설이라고 주장할 때도)는 픽션에 대한 볼라뇨의 인식을 보여 주는 것으로, 어떤 의미에서 이런 점은 보르헤스의 창작 방식을 연상시키지 않을 수 없다.

보르헤스는 어떤 텍스트도 전적인 무에서 태어나지 않으며 모든 글쓰기는 독서와 무관하지 않고, 결국 글을 쓴다는 것은 〈다시 쓰기〉를 통해 세상에 대한 자신의 고유한 표상을 창조함으로써 타인의 담론을 자기 것으로 만드는 과정이라는 것을 여실히 보여 주었고, 거기서부터 복잡하게 뒤얽힌 건축물 같은 문학을 만들어 냈다. 즉, 보르헤스는 스스로

〈타자와 동일자〉를 창안해 내었던 것이다. 문학에 대한 이러한 다차원적 인식에 힘입어, 텍스트는 하나이자 여러 개가 되며, 〈다시 쓰기〉에 의해 여러 층위들과 결합을 만들어 냄으로써 고차원적인 풍요로움에 이를 수 있었다. 짤막한 형태는 상대성 효과를 통해 이미 쓰인 모든 글들을 연상시킴으로써 그것들과 연대성을 형성한다. 짤막한 형태는 메타포, 움직임, 그리고 문학적 재료의 혼합에 효과적인 힘을 발휘한다. 이것은 보르헤스의 모든 픽션을 아우르는 영원한 진자 운동에 적절한 형태였다. 책들을 한 권씩 이어 가다 보면, 모든 책들은 모든 작가와 독자가 무한히 기여할 수 있는 한 권의 동일한 책이 되는 것이다.

틀뢴Tlön 속에서 앎의 주체는 〈하나이며 영원한〉 것임을 우리는 이미 알고 있다. (……) 〈모든 작품들은 단 한 명의 작가의 작품〉이며, 그는 탈시간적이며 익명인 작가이다.[1]

볼라뇨의 문학 창작에 영향을 끼친 많은 유파들 가운데에서 보르헤스 작품이 갖는 중요성을 간과해서는 안 된다. 『괄호 치고』의 여러 텍스트들과 담론들은 보르헤스의 명민한 독자로서의 자질뿐 아니라, 그의 탁월한 창작력과 스페인어권 남미 문학, 더 나아가 현대 문학에서 하나의 이정표가 되었던 보르헤스의 문학적 기여에 경의를 표하고 있다.

그러나 보르헤스와 볼라뇨가 걸어간 길에는 아무런 공통점이 없다. 부르주아 가정에서 태어난 보르헤스는 모든 특혜를 누리며 성장했고, 삶에 있어서나 글에 있어서 사회 문제에는 아무 관심도 보이지 않아

---

1 「틀뢴, 우크바르, 오르비스 테르티우스」, 『픽션들』, 호르헤 루이스 보르헤스, 갈리마르 출판사, 1994 — 원주.

서 훗날 이런 점이 비판의 대상이 되기도 했다. 반면 볼라뇨로 말하자면 그는 갈리시아[2] 이민자의 손자였고, 트럭 운전사였던 아버지는 아마추어 복싱 챔피언 타이틀을 따기도 했다. 볼라뇨의 어린 시절과 청소년기는 유복하기보다는 서민적이었다. 보르헤스와 볼라뇨, 두 작가에게서 드러나는 문학적 레퍼런스들이 흡사하다 해도(멜빌, 휘트먼, 캐럴, 스티븐슨, 체스터턴, 카프카, 조이스), 볼라뇨의 집에는 부친의 서재란 존재하지 않았으며, 1968년 칠레인이었던 그의 가족이 멕시코시티로 이민 왔을 때 책 살 돈이 없었던 그는 서적상의 면전에서 책을 훔친 사실을 자랑스럽게 떠들기도 했다. 문학에 대한 열정, 그리고 권위에 저항하는 불경함이 주는 쾌락이 일찌감치 드러나는 대목이다. 아르헨티나 작가 보르헤스에게 치명적으로 결여되었던 삶의 경험들, 그것은 젊은 나이에 시대적 흐름에 적극 동참했고 피카레스크적[3]이었으며, 비록 혁명의 열정이 단번에 좌절되기는 했어도 꽤 인상적이었던 볼라뇨의 인생 역정에서는 무수히 나타난다.[4] 그는 인생의 모든 밑바닥 직업을 거쳤고, 한 사내가 밟을 수 있는 모든 경로를 다 밟았다. 노점상을 하기도 했고, 외진 카페에서 웨이터 노릇도 했으며, 야간 경비원, 항만 노동자로 일하다가 마침내 정상적인 시민, 환자, 남편, 그리고 아버지가 되었다. 그러나 그 무엇보다도 볼라뇨는 격렬하고 열정적인 독자이고 시인이었다.

2 스페인 북서부 자치 지방.
3 *picaresque*. 주인공이 세상의 도처를 유랑하면서 다양한 환경과 사회를 보여 주는 것.
4 1973년 볼라뇨는 아옌데 대통령의 사회주의 혁명에 참여하기 위해 칠레로 귀국했다. 9월 11일, 피노체트의 쿠데타가 일어나며 우리가 익히 알고 있는 참혹한 결과로 이어졌다. 저항군 활동이 좌절된 후 볼라뇨는 군대에 잡혀가 일주일간 투옥되었는데, 옛 학우의 도움을 받아 석방된 것 같다. 볼라뇨는 칠레를 떠나 멕시코에 잠시 머물다가 곧 유럽 유랑 길을 떠난다. 유럽 여러 곳을 돌아다니던 그가 최종적으로 정착한 곳은 스페인 코스타 브라바의 작은 해안 도시 블라네스였다 —원주.

에세이, 메모, 서론, 비평, 인터뷰들은 보르헤스와 볼라뇨 작품의 특징이기도 한데, 이들은 〈무한하고 정기적인 거대한 도서관〉이라는 세계를 샅샅이 훑어 내렸다. 보르헤스는 자신의 명성을 십분 활용하여 텍스트 내부에 여러 함정을 설치하거나, 가짜 텍스트나 진위가 의심스러운 인용문을 달면서 『이상한 나라의 앨리스』의 체셔 캣처럼 짓궂게 독자들로 하여금 미로 같은 그의 글들을 해독하게 만들었고 그만큼 그의 문학적 유희는 흥미롭고 풍요로운 것이었다. 마찬가지로, 일종의 문학 선집 구조를 흉내 낸 『아메리카의 나치 문학』은 순수하게 허구인 작가들을 소개하고 있는데, 거기에 소개된 끔찍하고 그로테스크한 일련의 인물들은 보르헤스의 가짜 선집인 『불한당들의 세계사 Historia universal de la infamia』를 떠올리게 한다.

그렇다고 해서 볼라뇨의 작품 세계를 보르헤스의 계승자로 축소시키려는 것은 아니다. 우리는 여기서 두 작가 사이의 사회적, 시간적 거리를 가로질러 분명히 반향하는 두 개의 텍스트를 비교함으로써, 이 두 대가의 문학적 근접성을 규명하고자 한다. 아래에서 다룰 두 개의 텍스트가 보여 주는 몇몇 중요한 교차점들은 광활하고 현기증 나는 문학적 시도를 보여 줄 것이다.

다양한 성격의 텍스트들(픽션과 인터뷰)을 모아 놓은 볼라뇨의 『참을 수 없는 가우초』는 그 구조 자체가 보르헤스적 패러다임을 연상시킨다. 표제작인 단편소설은 변호사 엑토르 페레다가 남미의 팜파스에서 겪는 일종의 〈서사적〉 운명을 풍자적으로 그리고 있는데, 보르헤스의 단편소설 「남부」의 변형을 통해 신화적이며 유희적인 문학적 접근의 실례를 보여 준다.

제라르 주네트는 〈팔림세스트〉[5]라는 의미심장한 제목[6]의 연구서에서 여러 텍스트들 사이에 존재하는 관계를 묘사하기 위해 다양한 범주들을 설정해 놓고 있다. 주네트는 앞선 텍스트 A를 〈하위 텍스트hypotexte〉라고 부르고, 단순 변형이나 간접적 변형을 통해 텍스트 A와 연계된 텍스트 B를 〈상위 텍스트hypertexte〉라 부르며 하이퍼텍스트성을 정의한다. 먼저 그가 예시로 들고 있는 『오디세이아』와 『아이네이스』의 변형 관계를 살펴보자.

베르길리우스는 완전히 다른 하나의 이야기(오디세우스가 아니라 아이네아스의 모험담)를 그려 내고 있지만, 그렇게 하기 위해 『오디세이아』에서 호메로스가 정립한 (발생론적, 즉 형식적인 동시에 테마적인) 전형으로부터 영감을 얻고 있다.

볼라뇨는 단편 「참을 수 없는 가우초」에서 보르헤스 산문의 특징적 요소들을 완전히 자기 것으로 만들어 자유자재로 통제하는 동시에, 거기에 자신만의 독특한 특질을 가미하고 있다. 즉 〈이야기가 어디로 가는지〉 알 수 없는, 〈얼마 동안, 어쩌면 몇 년에 걸쳐 지속된 시간 동안〉 같은, 애매모호함의 수사학을 증식시킴으로써 불안정한 감각을 자극하며, 엉뚱한 요소들을 등장시킨다든가 사소한 단서들을 흩뿌려 놓음으로써 소설의 의미를 완전히 다른 방향으로 흐르게 만들고, 결국 독자에게 고도의 신중함을 요구하는 〈다시 읽기〉를 촉구하는 작법

5 『팔림세스트Palimpsestes』, 제라르 주네트Gérard Genette, Seuil, 1982 — 원주.
6 〈팔림세스트〉는 쓰여 있던 글자를 지우고 그 위에 다시 글자를 써넣은 양피지를 뜻한다. 즉, 하나의 지면에 중첩된 글자들이 드러나는 것으로, 다의적 텍스트를 의미한다고 볼 수 있다.

을 구사하고 있다.

「참을 수 없는 가우초」에서 엑토르 페레다는 부에노스아이레스에서 활동하는 청렴한 변호사이다. 두 아이를 키우며 사는 홀아비인 그는 정정당당하게 자신의 사법 경력을 구축해 간다. 그러나 이 헌신적인 아버지가 살아가는 틀에 박힌 세상은 아이들이 하나씩 그의 곁을 떠나가면서 점차 무너져 내리고 만다. 또한 당시 아르헨티나에 불어 닥친 정치 경제적 위기로 말미암아 시계추처럼 틀에 박힌 변호사의 우주는 더 이상 버티기 어려운 것이 된다. 심리적으로나 육체적으로 쇠락의 길을 걷던 변호사는 더 이상 견디기 어려워진 부에노스아이레스를 떠나 남부에 있는 가족 농장으로 떠나기로 결심한다.

이쯤 되면 보르헤스를 읽었던 독자들의 뇌리에는 「남부」가 연상될 수밖에 없다. 게다가 볼라뇨가 소설에서 〈자연스럽게 보르헤스의 단편소설 「남부」가 떠올랐고〉라고 뚜렷이 말하고 있는 만큼 더욱더 그러하다.

보르헤스의 『픽션들』의 마지막에 수록된 단편소설 「남부」의 주인공은 부에노스아이레스의 한 지역에 살던 사서인 후안 달만이다. 그는 어머니 쪽으로는 명망 있는 가문의 후손이자 독일계 크리오요 아버지의 아들로서, 아르헨티나 남부의 신화에 미쳐 있는 인물이다. 후안 달만이 거대한 팜파스에서 보유하고 있는 것이라곤 가문의 유산인 오래된 농장뿐이며 그는 거기에 일종의 향수를 품고 있다. 비록 책에 대한 열정이 너무 큰 탓에 그곳에 실제로 가지는 못하지만. 그는 부상을 당해 패혈증으로 고생하게 된다. 입원을 하여 고통스럽고 번거로운 치료를 받게 되는데, 병세가 약간의 차도를 보이고, 회복을 위해 남부의 농장으로 가라는 처방을 받으면서, 환자는 운명의 전환점을 맞이한다. 달만은 병원 침대가 아닌, 아르헨티나 평원 한가운데서 결투를 치르다 생의 마지막을 맞이하는 것을 상상한다.

보르헤스의 인물이 그랬던 것처럼, 엑토르 페레다 역시 신비로운 남부를 향한 여행길에 나선다. 열에 들떠 반쯤 머리가 돈 달만이 발견하는 남부가 호세 에르난데스José Hernández의 『마르틴 피에로*Martín fierro*』와 많은 점에서 유사하다면, 변호사 엑토르의 눈에 들어온 남부는 괴상하고 조악하며 황량하기만 한 팜파스일 뿐이다. 거리에 인적이라곤 찾아볼 길 없고, 불모의 토지에는 아무것도 자라지 않으며, 농장들은 서서히 몰락해 가는 중이고, 가우초들 역시 말을 타고 돌아다니는 것이 아니라 지프를 타고 이동한다. 엑토르는 팜파스 도처에서 가축 떼의 자리를 차지해 버린 토끼들을 사냥함으로써 가우초들이 생계를 유지하고 있음을 발견하다. 그가 찾아간 팜파스에서는 보드게임 모노폴리에서의 승부가 왕년의 칼을 든 결투를 대신해 버렸고, 과거의 맹목적인 자부심 대신 졸렬한 두려움이 자리 잡고 있으며, 국제 연합의 의사들이 마치 제3세계를 누비듯 팜파스를 누비고 다닌다. 이제는 불투명하고 비현실적인 것이 된 부에노스아이레스에서 더 이상 자기 생의 이정표를 찾을 수 없었던 페레다는 이 황폐한 평원에서 새로운 운명을 개척하기로 결심한다. 이것이 여행 초반부터 그가 단단히 작정했던 바였다. 나이 지긋한 이 변호사는 자신이 결코 경험해 보지 못했던 과거의 사고방식과 하나의 새로운 언어가 자신의 내부에서 요동치는 것을 느끼며, 성깔 부리는 좋아하는, 때로는 그 괴상망측한 성격 때문에 우스꽝스럽기까지 한 가우초의 이미지로 자신을 탈바꿈하고자 한다.

볼라뇨의 「참을 수 없는 가우초」는 보르헤스의 텍스트를 연상할 것을 요구하면서, 마치 두 개의 마주 보는 거울의 무한한 반사 유희처럼 작품을 진행시키는데, 바로 이런 점에서 두 작가 사이의 하이퍼텍스트 관계가 드러난다. 볼라뇨는 보르헤스의 텍스트에서 단편의 틀을 차용했다. 즉, 볼라뇨의 인물은 하나의 세계에 실망하여 그 세계와 갈등을 빚는 상황에서 한 계기(질병 혹은 정치 경제적 위기)를 통해 완전히 다른 운명을 선택하고, 실제 현실에 대한 하나의 변형된 비전의 프리즘을 통해 새로운 운명을 개척하고자 한다. 어떤 의미에서 보면 보르헤스의 픽션이 볼라뇨의 텍스트가 묘사하는 현실을 잠식해 가는 것 같기도 하다. 하나의 이야기에서 다른 이야기로 구성적 틀을 옮겨 가는 것이 두 텍스트 사이에 수없는 반향음을 만들어 내기도 하지만, 한편으로는 역전된 형태로 반사하는 거울의 유희를 양산하기도 한다. 오직 위기라는 매개점만 지닐 뿐, 마르틴 피에로나 달만, 페레다 같은 세 아르헨티나인이 겪는 정치적, 역사적, 사회적, 문학적 상황은 완전히 상이한 것이다.

　그러나 볼라뇨의 텍스트는 훨씬 염세적이며, 그의 텍스트에 앞선 두 개의 텍스트에서 묘사되는 최초의 실망감은 볼라뇨에 이르면 더욱 절망적인 것이 된다. 변호사 페레다의 여행은 보르헤스의 인물 달만이 했던 여행의 부정적 버전처럼 기능한다. 볼라뇨의 텍스트는 애매모호한 톤을 유지하지만, 거기에는 몽환적 탈출구도 없고 과거로의 여행도 없다. 그의 텍스트는 약간의 유머만 가미할 뿐, 눈앞에서 토끼들이 서로를 살육하는 잔인한 장면을 보고 깜짝 놀란 여행객이 커다란 충격을 받은 것처럼 퇴폐적이고 타락한 양상을 보여 준다. 토끼들의 카니발리즘은 곧 파산으로 굶주리게 될 아르헨티나의 전락에 대한 신경질적인 전조이다.

　볼라뇨가 풀페리아[7] 장면을 풍자적으로 그릴 때 이런 이중적 유희

7　생활용품과 음식, 주류 등을 취급하는 가게.

는 더욱 잘 드러난다. 보르헤스의 달만과 달리 볼라뇨의 페레다는 처음에 카피탄 주르당의 풀페리아에 들어갈 때 도발적인 태도로 당당히 들어선다. 그는 최선을 다해 그가 상상했던 가우초의 특성을 흉내 내지만, 그런 그의 도발은 아무런 반응도 얻어 내지 못한다. 페레다가 충격을 받는 것은 현실에서 만나는 실제의 가우초들은 아무런 용기도 없다는 사실이며, 이것은 그가 꿈꾸었던 신비로운 과거와 그가 맞닥뜨린 새로운 현실 사이에 존재하는 심연을 한층 더 두드러지게 부각시킨다. 보르헤스의 인물이 영웅적으로 행동했던 것과는 달리, 페레다는 스스로의 운명을 승화시키는 데 성공하지 못한다. 페레다가 남부를 꿈꿀 때 그것은 의식적이든 아니든 가우초 신화에 자신을 동화하고자 함이었다. 그러나 페레다가 품었던 그릇된 인식, 적어도 시대착오적인 인식은 결국 부조리로, 혹은 그로테스크로 끝나게 된다. 이처럼 볼라뇨의 작품은 보르헤스의 단편이 다루는 공간으로 이동하기는 해도 그것과는 다른 결말을 보여 준다. 팜파스에서 더 슬프고 처량해진 상태로 부에노스아이레스로 되돌아온 페레다는 문학 모임이 열린 바에서 코카인 중독자 작가로부터 심한 모욕을 받고, 둘의 결투는 먼저 싸움을 걸었던 자의 죽음으로 끝나게 된다. 피해자의 사타구니에 단도가 꽂히지만 살인자는 놀라지도 않는다. 이처럼 폭력성은 남부의 팜파스에서 아르헨티나의 수도로 옮겨지며, 야만스러운 가우초가 아니라 법률가가 자행하는 것이 된다. 문단은 폭력성과 범용함, 배금주의적 상업성과 마약으로 타락해 있다. 볼라뇨의 단편은 이 부조리한 죽음으로 마감되고, 〈왜 열이 나고 어지러운지도 모른다〉. 죽음, 혼돈, 악은 아무런 해명도 제시하지 않는다.

보르헤스의 테마들은 텍스트들의 혼용과 위치 이동, 독서와 〈다시 쓰기〉를 통해 문학적 질료를 혼합하는 것으로 유명한데, 이런 요소들은 볼라뇨 단편소설에 중요한 양분을 제공하고 있다. 그러나 대다수의 볼라뇨 작품이 그렇듯, 그가 사용하는 모델들은 새로운 문학적 재현을 위해 변모된 양태를 취한다. 여기서 관건이 되는 것은 정치 경제적 위기가 한창 진행되는 와중에, 중병에 걸려 표류하는 아르헨티나 자체이다. 영원할 것으로 상상되었던 팜파스, 그리고 문학이라고 하는 근간이 뿌리째 병든 아르헨티나의 처참한 실상인 것이다.

국가 경제를 취약하게 만들고 〈영구 부채〉를 늘렸던 통화 위원회 제도[8]의 몰락으로 2001년과 2002년 사이 아르헨티나를 심각한 상황으로 몰고 갔던 경제 위기는 전 국가적으로 경이적인 빈곤화를 기록하게 만들었고, 이로 말미암아 정부에 기만당한 대중들의 분노와 사회 갈등이 폭발했으며, 이에 대해 아르헨티나 정부는 폭력적인 진압으로 맞대응했다. 그러나 아르헨티나가 겪었던 고통은 단지 이 나라에만 국한된 것이 아니라 라틴 아메리카 전체에 관련된 것임을 쉽게 짐작할 수 있다. 페레다는 단지 아르헨티나인으로서뿐만 아니라 남미인으로서의 자신의 운명을 이야기하지 않던가.

하나의 단순한 작은 실망감에서 시작해서 전적인 절망에 이르는 플롯을 선택함으로써, 볼라뇨는 보르헤스와는 달리 주인공으로부터 일체의 희망의 가능성을 제거하고, 다른 사람으로 다시 태어나 절망적 상황으로부터 벗어날 가능성 자체를 배제한다.

「참을 수 없는 가우초」의 화자가 우리에게 말해 주는 것은 우리를 둘러싼 악은 우리에게 내재한 〈퇴폐〉의 결실이며, 〈다시 쓰기〉 혹은 과거의 영웅적 신화를 재가동한다 하더라도 부조리함, 졸렬함, 혼돈으로부터의 탈출구는 없다는 것이다.

8 미 달러의 유입과 유출에 맞춰 자국 통화량을 조절, 환율을 일정하게 유지하는 일종의 고정 환율제.

또 다른 관점에서 보면 볼라뇨의 단편은 문단에 대한 혹독한 진단이라는, 문학에 대한 하나의 메타 담론 형태를 취하고 있다. 볼라뇨가 묘사하는 충직한 변호사는 정치적 혼란 대신 정의를 선택했고, 위기가 다가오는 것을 느낀 유일한 인물이다. 셰익스피어의 인물처럼, 그는 일종의 광기에 사로잡혀 이렇게 예언한다. 〈부에노스아이레스가 썩고 있어.〉 또 그는 이렇게 말한다. 〈아르헨티나는 소설이야. 그러니 가짜거나 최소한 거짓이란 말이지.〉 성깔 사나운 미친 기사, 남미판 돈키호테는 초라한 말에 올라타고 용기백배 싸우러 나서지만, 그의 투쟁에는 이미 실패의 그림자가 드리워 있으며, 왕년의 용맹한 가우초들(그리고 진정한 시인들)을 삶의 모델로 삼아 폭풍 같은 인생을 살기로 결심하지만, 정작 그가 만난 현실의 가우초들은 토끼 떼만 뒤쫓아 다니는 초라한 군상들, 이름만 가우초일 뿐이다.

팜파스는 여러 문학 작품 속에서 반복적으로 등장하는데, 호세 에르난데스나 보르헤스의 작품이 그곳을 강력하고 영원한 장소로 묘사하는 것과 달리, 볼라뇨의 작품은 오히려 그런 이미지들을 풍자적 무대로 바꿔 버린다.

어쩌면 여기서 문제가 되는 것은 〈시인들의 명예와 불명예〉[9]이자 민족의 문제일 수도 있다(양자가 정말 분리할 수 있는 것일까?).

볼라뇨와 보르헤스, 멀리 떨어져 있는 이 두 사람의 가우초는 그들 나름대로 〈용감한 사서들〉[10]이었다.

9 이것은 내가 아래의 책의 타이틀을 번역한 것이다. 「El honor y el deshonor de los poetas en la obra de Roberto Bolaño」, 『Les Astres noirs de Roberto Bolaño』, 플로랑스 올리비에 Florence Olivier, Presses Universitaires de Bordeaux, Bordeaux, 2007 ─ 원주.
10 『괄호 치고』에 실린 여러 글 중 하나는 보르헤스에게 헌정되었으며, 〈용감한 사서〉라는 제목을 달고 있다 ─ 원주.

비록 볼라뇨 작품에 다른 작가들의 작품들을 거울처럼 비추는 유희적 관계가 존재한다 할지라도, 볼라뇨의 경우에는 파편화된 〈하나의 총체〉 같은 그만의 고유한 글쓰기가, 그만의 고유한 이미지와 기억들이 존재한다는 것 역시 간과하지 말자.

　　수필 형태의 작품화, 혹은 여러 독서들의 〈단위들〉로 작품을 구성하는 것은 볼라뇨 창작의 중요한 특징이며, 이런 점은 그의 장편이나 단편집의 구조에서도 여지없이 나타난다. 게다가 몇몇 작품들은 사후에 출간되었기 때문에 신중을 요하기는 하지만 전체적인 구성에 있어서는 작가가 생전에 분명히 지시한 사항을 따르고 있는 것처럼 보인다. 이런 경우가 아니라 하더라도, 작품의 배치는 적어도 볼라뇨의 자료 보관소에 있던 구성을 그대로 따르는 것이다. 하나의 테마를 여러 개의 텍스트로 지류를 뻗어 간다거나, 전략적으로 위치를 이동시키는 일들은 결코 끝나는 일 없는, 영원히 가능한 여러 조합들의 미장아빔처럼 보인다. 그의 텍스트들은 서로서로 메아리처럼 울려 퍼진다. 어떤 등장인물들은 동일한 본질을 공유하고 있는 것처럼 보이고, 기억들, 삶들이 교차하고 중첩된다. 볼라뇨의 모음집 『악의 비밀』의 표제작인 단편소설의 화자가 묘사하는 〈콜로니아 린다비스타〉는 『야만스러운 탐정들』의 시인 가르시아 마데로가 살던 지역이지만, 이 동일한 공간은 상이한 조명 아래 묘사되고 있다. 마치 운명의 오솔길들이 여러 방향으로 갈라질 목적으로 잠시 서로 합류한 것 같기도 하다. 카프카(『참을 수 없는 가우초』의 단편 「경찰 쥐」의 화자는 카프카에게 경의를 표하고 있다)의 소설 『땅굴』[11]에 나오는 작은 설치류처럼, 볼라뇨는 위에서 아래까지 그의 〈땅굴〉을 샅샅이 훑으며 새로운 길들을 만

---

11 카프카의 미완 소설. 반인반수의 화자가 보이지 않는 적들로부터 자신을 보호할 수 있는 완벽한 처소(땅굴)를 만들기 위해 기울이는 절망적인 노력을 표현한 작품.

들고 이곳저곳을 보수하고 몇 개의 덫을 설치하기도 한다. 그러나 여기서의 관건은 출구를 찾는 게 아니다. 문학이라는 영원한 미로 속에서 길을 잃을 줄 알아야 한다. 이런 식으로 볼라뇨의 작품은 언제나 유동적인 결말로 마무리된다. 언젠가 볼라뇨는 이렇게 말했다. 〈작가가 된다는 것은 마지막에 기다리고 있는 것이 패배이며, 그리하여 도망쳐야 한다는 걸 알지만 그래도 기꺼이 거기에 맞서 싸우고자 하는 용기를 갖는 일〉이라고. 『참을 수 없는 가우초』나 『2666』이 의미하는 바가 그것이다. 볼라뇨의 계산법? 그것은 〈문학+병=병〉이다. 어차피 일체가 파국으로 치닫고 종국에는 소멸할 수밖에 없는 것이 운명이라 해도, 그 종착지가 어디든 쉬지 않고 여행을 계속해야 한다. 아마 이렇기 때문에 언뜻 보면 무덤덤해 보이는 그의 몇몇 픽션들 역시 아무런 명확한 결론에 이르지 못한 채 마치 이야기의 전개 자체가 갑자기 중도에서 유예된 것처럼 끝맺는지도 모른다. 여행의 종착지에서 신비한 답변을 얻으며 경악스러운 비명을 내질렀던 알바로 루셀로트[12]처럼, 어떤 의미심장한 대단원에 이르지 못한다 해도 중요한 것은 목적지가 아니라 여정 그 자체이다. 소설의 화자는 매우 보르헤스적 색채가 농후한 이런 말을 한다.

〈그는 사악하기보다는 탁월한 익살꾼이라 할 만한 사람이었다. 세월이 흐르고 보니 평탄해 보이던 그의 삶이 이제 그리 보이지 않는다. 힘겨운 삶이었을지도 모른다. 우리가 생각하는 것보다 훨씬 어려웠을 거라는 얘기다. 그렇지만 그는 단순히 우연한 사건의 희생자에 지나지 않을 수도 있다.〉

---

12 『참을 수 없는 가우초』 가운데 「알바로 루셀로트의 여행」의 등장인물.

사무엘
아우구스토
사르미엔토

『먼 별』의 후속

다비드 곤다르
David Gondar

왜냐하면 당신 속에 웅크리고 들어앉은 소위
그 문어는 현실만큼 왕성한 식욕으로 전설들
을 소화하기 때문이다.
조지프 브로드스키,* 「특별할 것 없는 장소」

* Joseph Brodsky(1940~1996). 러시아 출신의 미국 시인. 1987년 노벨문학상을 수
상했다.

아르헨티나 작가 사무엘 아우구스토 사르미엔토는 볼라뇨의 책을 읽고 스탕달 신드롬[1]에 사로잡혔다. 그때부터 그는 볼라뇨의 문학적 메커니즘을 해체하는 것을 일생의 목적으로 삼았다.

그는 부에노스아이레스에서 부친과 함께 어린 시절을 보냈고 라 봄보네라 축구장을 열심히 드나들었다. 여덟 살 때는 최초로 스포츠 기사를 쓰기도 했다. 그는 난쟁이 괴물 같은 챔피언 팀들에 맞서 야만적이고 서사적으로 경기를 펼쳤던 보카 주니어 팀의 용맹함을 자세히 서술했다. 아우구스토가 축구공을 직접 만진 것은 단 한 차례였는데, 그때 그는 이웃이었던 여섯 살 먹은 칸델라라는 아이를 완전히 바닥에 쓰러뜨리고 말았다. 말 그대로 유혈극이었다. 두 번의 슛과 세 번의 태클 끝에 칸델라는 응급실에 실려 갔던 것이다. 아직까지도 그녀는 혼수상태에 있다. 이 사건은 축구에 대한 아우구스토의 열정을 일시적으로 식히는 결과를 낳았으며, 어린 소녀의 두 눈은 여전히 감겨 있는 상황이다.

아우구스토는 이 일로 아버지에게 흠씬 두들겨 맞은 후, 남들과 떨어져 홀로 시간을 보냈다. 대부분의 시간 동안 그의 곁을 지켰던 것은 칸그레조[2]라는 개뿐이었다. 개에게 이런 별명이 붙은 것은 꼬리가 너무 길어서 마치 다섯 번째 다리인 것처럼 땅바닥을 쓸고 다녔기 때문이다. 이 시기 동안 아우구스토는 개들에 관해 수백 편의 시를 쓰는데, 그것은 자신의 개에 대한 단순한 묘사에서부터 노예 제도에 대한 여담까지 이르는 매우 광범위한 것이었다. 1953년, 갓 열 살이 되었을 때

1 뛰어난 예술 작품을 접했을 때 심장 박동이 빨라지고 숨이 막히거나 환각을 경험하는 정신적, 신체적 증상. 1817년 프랑스 작가 스탕달이 이탈리아 여행 중 겪은 충격적인 심리적 경험에서 유래한 용어다.
2 *cangrejo*는 〈게〉라는 뜻이다.

사무엘 아우구스토 사르미엔토는 마르델플라타 시(市)가 주관하는 유명한 시 경연 대회에 참여한다. 그의 응모작은 그가 마지막으로 지은 시 〈짖어 대는 암캐, 아르헨티나〉였다. 아르헨티나라는 이름의 암캐가 주인에게 이빨을 드러내다가 결국 맞아 죽는다는 내용이었다. 훗날 그는 말하기를, 이 시의 가장 큰 오류는 그 시를 썼다는 것이었다. 그 결과 그는 청천벽력 같은 상황에 처하게 된다. 그의 아버지가 심리 상담가와 약속을 잡았던 것이다. 7년 동안 심리 상담을 받은 후 사무엘은 마침내 그곳을 도망쳐 개집에서 살아가게 된다. 거기에서 그가 만난 이탈리아인 가에타노는 그에게 개처럼 살고 특히 개들처럼 생각하는 법을 가르쳐 주었다. 가에타노와의 만남에서 태어난 것이 사무엘의 첫 출간물 『나는 피 흘린다』(1961)였다. 이것은 동일음 중복으로만 이루어진 폐쇄적인 장시adynaton였다. 사무엘의 명성은 비로소 개집을 넘어서고 그는 작가로서의 위상을 굳히게 되지만, 갑자기 겁을 먹은 그는 멕시코로 떠나기로 작심한다. 열여덟 살이 되었을 때 사무엘은 멕시코시티의 가장 궁벽한 구역에 방을 빌리고, 거기서 그는 그의 분신이자 그림자 같은 존재인 과달루페와 만나게 된다. 과달루페는 사무엘과 같은 층 이웃이었는데, 고양이들하고만 함께 살고 있었다. 과달루페를 만나자 사무엘은 칸델라를 떠올렸다. 그녀는 병원에서 어떻게 되었을까? 문병 오는 사람들은 있을까? 칸델라는 어찌 그리 조심성이 없었을까? 사무엘은 도살장에서 일하기 시작했다. 그가 하는 일은 인간이나 동물들의 뼈를 골라내는 일이었고, 골라낸 뼈 무게대로 돈을 받았지만, 정작 누굴 위해서 일하는지는 모르고 있었다. 그는 간신히 생계를 유지할 돈을 마련했고 다시 글을 쓰기 시작했다. 그는 「키다도 케르마」라는 신문에 칼럼을 쓰게 되었는데, 과달루페에 대한 시들, 〈고양이 자살, 내 고양이야 잠들어라, 깨어나지 마라, 증오의 봉투에 담긴 새끼 고양이야⋯⋯〉 같은 시들로 칼럼을 도배했고, 그것으로 빠듯이 월말을 넘길 수 있었다. 그는 필명으로 이니셜 S. A. S를 사용했다. 당연하게도 과달루페와의 관계는 순조롭지 못했고, 그래서 그는 이사하기로 했다.

존 F. 케네디가 암살되었을 때, S. A. S.는 사진이 첨부된 르포 기사를 쓰기 위해 댈러스를 찾아갔고 그 기사를 「뉴욕 타임스」에 보내는데, 거기에는 〈미스터 프레지던트, 당신은 댈러스 시가 당신을 사랑하지 않았다고는 말할 수 없어요〉라는 제목이 붙어 있었다. 기사는 편집진으로부터 거절당했고 S. A. S.는 미국을 떠나 다시는 그 나라를 방문하지 않았다.

1965년 그는 「12시 30분. 마법의 총탄」이라는 수필을 발표하는데, 밥 딜런의 노래 「누가 데이비 무어를 죽였는가Who Killed Davey Moore?」의 구조를 차용하여 케네디 대통령 암살범인 리 하비 오즈월드를 변호하는 내용이었다. 이 에세이는 안달루시아 출판사 데사스트레스 이 수에뇨스[3]에서 출간되어 딱 일주일 동안만 판매대에 올려졌고, 출판업자는 그 책을 읽자마자 자신의 출간 목록에서 그것을 빼버렸다.

부에노스아이레스로 다시 돌아온 아우구스토는 음악원에 다니는 여대생 가브리엘라 에스푸마라는 멕시코 출신 클라리넷 연주자와 사랑에 빠진다. 당시 아우구스토는 글쓰기와 동물원 방문에 모든 시간을 바치면서, 『우화와 불협화음』(1968)이라는 시집을 출간한다. 거기에 실린 38편의 시 가운데에는 원숭이와 새의 사진들도 있었다. 그가 다룬 주제는 도시 속에 감금된 인간의 운명이었는데, 그는 자신의 시

---

3 Desastres y Sueños. 〈재앙과 꿈들〉이라는 뜻.

를 인간의 폭력성과 감금이란 주제에 헌정한다. 마침내 그는 동물원을 떠나 오페라와 연극 극장을 광적으로 출입하기 시작하지만, 가브리엘라가 그에게 거리의 예술가들을 소개함에 따라 그들과 어울리며 상류 사회의 연극 무대를 벗어나 〈콘트라 반도Contra Bando〉라는 바에 출입하기 시작한다. 그곳에서 그는 턱수염과 머리카락을 아무렇게나 자라는 대로 내버려 두면서 술을 마시고 글을 썼고, 이런 육체적인 변화와 더불어 작품에서도 새로운 변화가 나타난다.

1972년 그는 자비를 털어 첫 소설을 발표한다. 아르테 포베라[4]에 매우 민감했던 그는 자신의 그 소설을 하나의 벽돌로 간주했다. 1천 페이지에 이르는 그 책에는 일체의 띄어쓰기도, 쉼표도, 마침표도 없었다. 만인을 위한 그리고 만인에 의한, 아무런 정체성을 갖추지 않은 한 권의 벽돌-책. 아무런 기능도 없는 책. 그것을 읽어야 할까? 아니면 그것으로 벽을 쌓아야 할까? 하나의 시위였을까? 콘트라 반도가 책의 배포를 맡았고 S. A. S.는 무리들의 수장처럼 군림한다. 검은 선글라스 뒤로 얼굴을 감춘 채 그는 거리낌 없이 강아지들에게 발길질을 해댔다.

1973년 S. A. S.는 아버지가 된다. 가브리엘라는 콘트라 반도의 카운터 위에서 어린 인피니토 안셀모 사르미엔토 에스푸마를 출산한다. 신생아가 맥주로 씻기고 세상에 태어난 첫날 밤을 개수대에서 웅크린 채 보내는 동안, S. A. S.와 가브리엘라는 바의 테이블과 의자들 사이에서 오랫동안 긴 탱고를 추었다. 이른 아침, S. A. S.는 아들 몸에 〈유한한finito〉이라는 문신을 새긴다. 훗날 그는 글로 쓰기를 〈인피니토 안셀모의 출생은 맥주통에 절이기〉였다고 말했다.

4 *Arte Povera*. 1960년대 이탈리아 예술 운동. 〈가난한 예술〉이란 뜻으로 일상생활에서 흔하고 소박한 소재로 작품 활동을 한 데서 나온 이름이다.

S. A. S.는 가장으로서의 역할을 짊어졌고 『유혈의 도피』(1974)를 출간하지만, 로베르토 볼라뇨의 『높이 나는 참새들Gorriones cogiendo altura』를 발견한 후에 가브리엘라와 인피니토 안셀모, 그리고 그를 따르던 무리들을 떠나 버리고 만다. 멕시코시티로 돌아간 S. A. S는 순간적 만남을 창조하고자 했는데, 영화관에서 「푸른 악마Blue Demon」와 「성인El Santo」를 발견한 것은 순전히 우연이었다. 이윽고 그는 두 명의 싸움꾼 사이의 불가능한 사랑을 다룬 단편소설들을 쓴다. 교황 바오로 6세에게 그의 책 『가면을 쓴 사람들의 밧줄』(1976)을 보내자, 그 책은 곧 교황청의 금지 서적 목록에 오르는 위업을 달성한다.

1977년 볼라뇨는 멕시코를 떠나 아프리카와 유럽으로 출발하는데, S. A. S.는 1년 후 그의 뒤를 쫓는다. 그때까지 그가 하던 일은 대부분 과달루페의 고양이들과 싸우는 일에 불과했기 때문이다. S. A. S는 파리에 정착하지만 파르크 데 프랭스 축구장을 발견하자마자 곧 그 도시에서 도망쳐 버린다. 그래도 그는 마르세유의 출판사 바칼라 & 베스티아리에서 『사각형 공』과 『흰 눈 위의 흰 공』(1978)이라는 두 개의 에세이를 출간하며, 이 책들은 돌로레스 코브레가 번역을 맡는다. 그가 알자스 시인 장 페르낭을 알게 된 것은 마르세유에서였는데, 그의 퇴폐적인 성향이 곧 S. A. S.의 관심을 끌었고 두 사람은 이내 가까운 친구가 된다. 그들은 함께 스트라스부르로 떠난다. 스트라스부르에 도착해서도 S. A. S.가 고른 주거지는 그 도시의 가장 소박하고 서민적인 동네였다. 장 페르낭은 출판업자가 되었고 핵심적인 아방가르드 작가들을 받아들인다. 그중에 에드몽 파블로프의 『개들의 사회』(1980)를, 그리고 같은 해에 트리스탕 프리츠의 『뮤턴트 스트라스부르 사람들』을 출판한다. 1981년, 에드몽 파블로프는 그의 두 번째 소설 『빛 없는 밤들』을 출판한다. 프랑스어를 습득하는 데 시간이 필요했던 S. A. S가 『R. C. S. 스포츠 픽션』을 출간한 것은 1983년이 되어서였다. 그것은 아무런 의미도 없고 주인공도 없는, 오직 고독의 힘만 갖춘 소설이었다. 이듬해 그는 『매달린 심장』이란 시집을 발표하는데, 24편의 시로 이뤄진 이 작품은 심실(心室)에 매달린 심장을 통해 들여다본 S. A. S.의 하루를 묘사한 작품이었다. 장 페르낭의 서문 역시 날개 돋친 성기 형태를 빌려 신체 기관들 사이의 내재적 관계를 맺고 있는 시 형식을 취하고 있었다. S. A. S.는 이 작품으로 〈외계에서 온 시〉상을 수상하고, 각종 인터뷰를 하고 동부에 있는 대학과 서점에서 낭송회를 열기도 한다.

1985년 그는 알자스를 떠난다. 이 결정이 내려진 것은 S. A. S와 장 페르낭이 대화하던 도중이었다. 그는 장 페르낭의 방에 단둘이 있었는데, S. A. S.가 침대를 흐트러뜨리며 냉정하게 〈나는 타자〉[5] 라고 말했던 것이다. 이렇게 거부의 뜻을 밝힌 후 S. A. S.는 스페인으로 떠나 마드리드에서 자기 책의 번역자였던 돌로레스 코브레가와 합류한다. 장 페르낭의 손자는 훗날 저서 『할아버지와 메타포』(S. O. S. 출판사, 2062년)에서 S. A. S와의 결별은 페르낭의 작품 창작에 엄청난 결과를 남겼다고 술회한다. 〈그(장 페르낭)는 박텔 증후군[6]에 감염된 인간들과 동성애 로봇들에 관해 5천 편이 넘는 소설을 썼고, 이 시기

---

5 원문은 *Je est l'autre*이다. 일인칭 주어 *je*에는 마땅히 *être* 동사의 일인칭 동사 변화 *suis*가 위치해야 하지만, 3인칭 동사 변화 *est*를 사용한 비문. 이 문장의 기원은 19세기 말 프랑스 상징주의 시인 랭보다. 그는 1871년 *Je est un autre*라고 말했다. S. A. S.는 부정관사 *un* 대신 정관사를 사용했다.

6 VACTERL 증후군. 출생 결함, 선천 기형 시 존재하는 구조적, 행동적, 기능적, 그리고 대사 이상 증후군을 의미한다. *vertebral*(척추), *anal*(항문), *cardiac*(심장), *tracheal*(기관), *esophageal*(식도), *renal*(허리), *limbs*(팔다리) 등 일곱 개 단어 첫 글자로 만들어진 용어.

(1985~2018)를 묘사할 때마다 《심해의》라는 형용사를 사용했다.〉

S. A. S는 스페인 수도의 박물관들과 여러 바를 드나들었다. 그는 로베르토 볼라뇨와 안토니 가르시아 포르타가 공저한 소설 『모리슨의 제자가 조이스의 광신자에게 하는 충고』를 읽었고 정기적으로 바르셀로나를 방문했다. 1985년 7월 6일 캄프 누 경기장을 찾은 그는 일생일대 최대의 사건, 유이스 야흐 [7]의 콘서트를 접하게 된다. 그는 이 공연을 두고 〈최후의 일격, 마라도나 같은 가수〉라고 말할 것이다. S. A. S.는 카탈루냐 지방에 머무르는 동안 『소인(小人)을 위한 위대한 죽음』(가니베타다, 1986년)을 집필한다. 자신의 국민들에게 운명을 내맡긴 독재자에 관한 열 개의 장으로 구성된 소설이었는데, 카탈루냐와 갈리시아 지방에서 커다란 성공을 거둔다. 마르크스주의통합노동자당POUM의 멤버로부터 접촉을 받은 후, S. A. S.는 자취를 감추는데 그가 다시 모습을 드러낸 것은 55세가 되는 1998년이 되어서였다.

그는 볼라뇨가 펴낸 『아메리카의 나치 문학』과 『먼 별』을 발견한다. S. A. S.는 그때부터 그를 밤이고 낮이고 쫓아다녀서 마침내는 볼라뇨와 함께 괴상한 모험을 겪기도 한다. 아직까지도 그들의 서간집은 출간되지 않고 있는데, 상속인들이 그것의 출판에 결사적으로 반대하고 있기 때문이다.

S. A. S.는 『야만스러운 탐정들』의 갈리시아 판(인다 논 딕소 나다,[8] 1999년)의 서문을 쓰는데, 거기서 그는 볼라뇨의 작품을 발견한 것은 그에게 있어서 일종의 문학적 테러였으며, 그 충격이 자신의 예술적 창작에 대한 관념을 완전히 뒤흔들어 놓았고, 현재 그는 〈먼 별을 추적하는 중〉이라고 말했다. 한 칠레 비평가가 S. A. S.는

---

7 Lluis Llash(1948~). 스페인 카탈루냐 가수.
8 *Inda Non Dixo Nada*. 갈리시아어로 〈그는 아직 아무것도 말하지 않았다〉라는 뜻.

〈또 다른 별〉이 되고자 하는 야심가라며 그를 비판했을 때, S. A. S.는 자신이 쓴 글을 최대한 방어해야 했다. 그의 자기방어는 먼저 스페인 언론을 통해, 그러고 나서 전 세계 언론의 지면에 걸쳐 이루어졌다. 〈소위 피노체트의 문학 비평가들은 벨트 위쪽에 자리 잡은 것을 인식하는 데 많은 어려움을 겪는다. 그래서 그들이 심문할 때 가장 궁금해하는 것이 바로 고환이다.〉

2001년 S. A. S.는 갈리시아로 도피해서 캄바도스라는 이름의 작은 마을에 정착한다. 그는 거기서 돌로레스 코브레가와 함께 항구에 면한 집 한 채를 사고, 같은 해 6월 21일 돌로레스는 정식으로 그의 배우자가 된다. 그의 딸 코브라CoBrA 사르미엔토 코브레가가 태어났을 때 그는 로베르토 볼라뇨가 죽었다는 사실을 알게 된다. 그때부터 그는 모든 시간을 문어와 갈매기 같은 것들의 정물화를 그리는 데 바치게 된다. 그의 마지막 시 선집 『단어들의 백색 홀』(데세오, 2007년)은 언어와의 단절을 주제로 한 작품이다. 해부용 메스 같은 그의 언어 사이로, 괴물 같은 텍스트(여러 페이지에 걸쳐서, 시 안에서나 시 밖에서 그려진)가 암호화된 형태로 〈나는 나 자신을 망각한다〉라는 글이 출현한다. 자신의 지적 사망을 예고하는 잠재의식적인 무한 반복. 『단어들의 백색 홀』의 마지막 문장은 로베르토 볼라뇨에게 바친 것이다. 〈먼 별을 추적하면서 나는 사랑의 밑그림을 그렸다.〉

사무엘 아우구스토 사르미엔토는 1년 후, 시장에 가던 길에 자신의 아들 인피니토 안셀모 사르미엔토 에스푸마에 의해 살해당한다. 다음은 그가 숨을 거두기 전에 마지막으로 내뱉은 말이다. 〈바예인클란의 대지 위에서 나는 에스페란토어로 유일한 사랑법을 만들었다.〉 이 말이 채 끝나기도 전에 그의 배때기가 갈라졌고 그의 피가 대서양으로 흘러들었다.

당신의 인생이 책과 나란히 앞으로 나아갈 때,

차이는 사라질 것이며,

당신이 삶을 사는 것인지 아니면 책을 읽는 것인지를

당신은 망각하게 될 것이오.

예를 들어 나, 나는 내 인생을 살면서

인생을 채 읽기도 전에 그것을 묘사한다는 감정이 들었소.

보시오, 내가 이제 막 말한 것을

이미 앞서서 쓴 것 같은 인상이 든다오.

루드빅 바출릭,[9] 「봄의 도래」

---

9 Ludvík Vaculík(1926~). 1968년 소련군에 대한 저항으로 유명해진 체코 작가.

5.º

B

IV

V

1. Modes de preuve du Fisc

낭만적
사무라이

『악의 비밀』과 『미지의 대학』에 관해

로드리고 프레산
Rodrigo Fresán

『야만스러운 볼라뇨*Bolaño salvaje*』에서,
칸다야 출판사, 2008

〈문학은 많은 면에서 사무라이들의 결투와 흡사하지만, 문학의 사무라이가 칼날을 겨누는 대상은 다른 사무라이가 아니라 하나의 괴물이다. 게다가 대개 그는 자신이 패배할 것임을 알고 있다. 용기를 내서, 당신이 패배할 것을 알면서도 전투에 나가는 것. 이것이 문학이다.〉 볼라뇨 인터뷰의 한 구절이다.

다른 인터뷰에서 그는 이렇게 말했다. 〈문학의 길에 들어선다는 것은 우연이 아니다. 결코, 결코 우연이 아니다. 그것은, 뭐랄까, 운명이라고 할까? 어떤 어두운 운명, 일련의 상황들이 당신으로 하여금 문학을 선택하게 만든다. 그러고 나면 당신, 당신은 그것이 당신의 길이었음을 깨닫게 된다.〉

볼라뇨의 또 다른 문학론.

〈문학의 여정은 오디세우스의 여행처럼 결코 귀환의 가능성이 없는 길이다.〉

마지막으로 하나만 더 인용해 보자.

〈난폭하게 들이닥치는 것, 그것은 죽음이다, 언제나 그렇다. 오늘날에도 몇 년 전에도, 그리고 미래에도 그것은 죽음이다. 언제나.〉

볼라뇨의 이런 견해나 답변, 혹은 문학에 한 일종의 단언들(『볼라뇨가 말하는 볼라뇨Bolaño por sí mismo』)에서 안드레스 브레이스웨이트가 작가의 일면을 잘 보여 준다고 판단해서 편집 출간한 글귀들이다)을 먼저 소개한 것은 단지 본글의 서두를 장식하기 위한 것이 아니다. 작가의 이런 견해들은 그의 『악의 비밀』이나 『미지의 대학』, 그 밖에 다른 작품들에 대해 보다 깊이 있는 이해와 독서를 가능하게 해줄 수 있다고 생각했기 때문에 인용한 것이다. 〈사무라이+운명+여행+불가능한 귀환+죽음〉이라는 테마는 〈사무라이의 무사도〉나 〈전사의 길〉이라는 테마를 환기시킨다. 어쩌면 이것은 이미 예리한 일본

도로 살해당한 것처럼, 삶의 예술과 투쟁의 예술을 멀리서 관조하고, 마치 자신의 반대편에 서서 스스로의 현재를 무심하게 바라보는 능력이 아닐까? 다른 한편으로 이런 자세는 모순적이게도 극단적으로 활력에 찬 하나의 태도를 암시하는 것이기도 하다. 볼라뇨의 작품 세계에서는 픽션과 논픽션 작품들이 뚜렷이 구별되지만, 때로는 빛을 발하고 때로는 흐릿한 어둠으로 뒤덮여 있는 그 각각의 페이지를 한 장씩 넘길 때마다 질병의 위협, 더 나아가 서서히 단도를 치켜들고 다가오는 임박한 죽음의 그림자를 떨쳐 버리려 했던 작가의 치열한 창작열이 더욱 돋보이지 않을 수 없다.

전진

볼라뇨가 마지막으로 남긴 두 권의 책을 읽은 독자들이 작가가 오래 전에 응했던 인터뷰들과, 이론적이라기보다는 차라리 서정적이라고 할 수 있는 그의 문학론을 탐독하는 것은 어떤 이유일까? 이 수수께끼에 대해 명쾌한 답변을 제시할 수는 없어도 적어도 하나의 가설은 세워 볼 수 있을 것 같다. 로베르토 볼라뇨는 낭만적이라는 용어가 의미하는 한도에서 가장 낭만적인 작가였다는 가정이다. 볼라뇨의 작품에 접하는 순간, 그것은 실현 가능한 유토피아로서의 문학, 혹은 그러한 문학적 실천이라는 관념을 전해 준다. 모든 것을 글쓰기로 담아내겠다는 거대한 야망, 잉크는 피만큼이나 중요하다는 관념이 그의 문학에 깃들어 있다. 이렇기 때문에 볼라뇨라는 인물의 〈자전적 전설〉을 동반하는 그의 작품들(라틴 아메리카 문학에서 가장 강력하다고 감히 단언할 수 있는)은 읽고 또 읽고 그에 관해 글을 쓰고 싶은 욕망을 자극한다. 그는 문학이라는 직업을 궁극의 전투로 간주했으며, 돌아갈 귀환의 다리를 불살라 버린 여행처럼 문학적 모험을 산 작가였다. 되돌아갈 수 없는 모험, 마지막 숨을 내쉬고, 마지막 어휘가 써졌을 때에야 끝나는 모험. 혹자는 이런 표현이 유치한 사춘기적 감수성이라고 말할지도 모르겠다. 그러나 이런 것을 이해하지 못한다면 그들의 손해일 뿐이다. 확실한 것은 볼라뇨의 시나 그의 이야기들(소설들, 짤막한 수필들, 인터뷰에서의 발언들, 서면 인터뷰들)이 유일하게 천착하고 있는 것은 단 하나, 집요하게 문학을 추적하여 그것을 완성시키겠다는 의지다. 세사레아 티나헤로나 베노 폰 아르킴볼디 같은 인물들이 상징하는 바가 바로 그것이다. 볼라뇨에게 있어서 문학이란 삶과 죽음의 문제였고, 창세기이자 요한 묵시록, 알파이자 오메가였다.

　의심할 여지 없는 한 가지 분명한 사실이 있다. 볼라뇨의 글쓰기는 가장 깊은 심연의 가장자리에서, 가장 극단적인 경계에서 이루어졌다. 그의 산문들이 그토록 능동적이며 활력에 넘치고, 또한 깊은 성찰과 탁월한 관찰을 할 수 있었던 것은 바로 그 때문이다. 한 사람의 작가인 동시에 소설의 등장인물이고자 했던 그의 의도도 이런 시각에서 이해될 수 있다. 작가 볼라뇨가 어디서 끝나고 등장인물 벨라노가 어디서 시작하느냐의 문제는 중요하지 않다(픽션 속에서 논픽션을 추적하고자 하는 병리학자들에게 축복이 있기를). 볼라뇨가 벨라노라는 인물을 창조한 것은 후자가 전자보다 더 오래 살아남게 하기 위함이었지, 작가가 등장인물이라는 상상적 외피를 통해 정체성 오류를 빚었던 것은 아니다. 물론 가끔 작가 스스로가 볼라뇨 자신이 한 등장인물이라는 낭만적 기회를 즐기기는 했다. 간 질환이 처음 발병했을 때 일상의 대화에서 그는 스스로를 자기보다 10년 전에 사망했던 필립 K. 딕이라 상상하기도 했다. 그러나 생을 마감하기 전 마지막 10년 동안 그는 무서운 속도로 〈작가로서의 생〉을 전력 질주했으며, 그 짧은 시간 동안 이뤄 낸 엄청난 작업량을 고려하면 가히 〈광적인 리듬〉으로 창작에 몰입했다고 평가할 수 있을 것이다. 그는 임박한 죽음의 그림자를 직감하며 단말마적 광기로 거대한 소설적 업적을 달성하여, 오늘날 스페인어권 문학에서 가장 정력적이고 강력한 작품 세계를 완성해 냈다.

미국에서 『야만스러운 탐정들』이 대대적인 홍보와 함께 출간되면서 그의 소설과 시의 입지는 더욱 확고해졌다. 볼라뇨 작품이 미국에서 발표되자 볼라뇨가 헤로인 중독자라는 잘못된 신화를 창조해 낸 「더 뉴요커」와 「북 포럼」, 「더 버지니아 쿼터리 리뷰」, 「더 빌리버」를 비롯해 「뉴욕 타임스」나 「워싱턴 포스트」 같은 신문들이 일제히 여러 지면에 걸쳐서 그에 대한 열렬한 찬사를 늘어놓았다. 미국의 평론들은 그의 글쓰기가 지닌 특출한 자질을 강조했으며 젊은 독자들에게 끼친 그의 강력한 영향력을 지적했는데, 평단의 이런 반응과 더불어 볼라뇨 작품이 갖는 신경질적이고 방대한 스케일에 커다란 감명을 받은 독자들의 호응이 뒤이어서, 미국 도서 판매 순위가 수직 상승하는 결과를 낳기도 했다. 이와 관련해 한 가지 흥미로운 일화 하나를 소개하고 싶다. 최근 콜롬비아에서는 언론들의 대대적인 홍보와 더불어 전 세계 스페인어권 지식인들이 모두 참여한 앙케트가 진행된 바 있는데, 그 결과에 따르면 볼라뇨는 가브리엘 가르시아 마르케스와 바르가스 요사 다음으로 중요한 작가로 지목되었다. 볼라뇨는 붐 세대의 두 작가보다 더 많은 지지표를 얻었지만, 그에게 쏟아진 표는 세 편의 작품에 분산되어 있었다. 이것이 시사하는 바는, 만약 표가 세 편이 아니라 단 한 편에만 집중되었다면 그는 마르케스의 『콜레라 시대의 사랑』이나 요사의 『염소의 축제』를 압도적으로 능가하는 지지를 받았을 것이라는 사실이다. 내가 아는 한, 콜롬비아 작가 마르케스나 페루 작가 바르가스 요사는 칠레인 볼라뇨의 어떤 책도 읽었다고 말한적 없지만, 그는 작가 이반 타이[1]가 운영하는 인기 블로그에서 이뤄진 또 다른 앙케트에서 〈이 시대의 가장 영향력 있는 작가〉로 지목되면서 위의 두 작가를 앞질렀다. 볼라뇨가 열렬한 독서광이었다는 사실을 기억하자. 그는 다른 작가들의 작품을 일일이 분석하고 호평도 악평도 서슴지 않았던 사람이었다. 게다가 이런 일은 그보다 젊은 작가들이 늘 하는 일이기도 하다.

현재 볼라뇨 작품을 영화로 제작하려는 여러 기획들이 진행 중이며, 2009년 8월 바르셀로나의 유명한 그리스 축제[2]에서는 『2666』을 연극 무대에 올렸다는 소식을 알려 왔다. 「엘 파이스」의 비평가였던 파블로 레이Pablo Ley와의 긴밀한 공조 아래, 알렉스 리골라Álex Rigola가 연출을 맡게 된 이 작품은 2천 페이지에 이르는 메가 소설을, 각고의 공을 들인 두 시간가량의 공연으로 선보일 참이다.

볼라뇨 작품이 갖는 탁월한 문학적 생명력으로 인해 작가 볼라뇨는 여전히 독자들에게 살아 있는 작가라는 사실 역시 기억하자. 그렇다면 해외 출판계에서 볼라뇨 증후군은 어디쯤 와 있는가? 여인들이 하늘을 날아다니고 백 년 만의 폭우가 내리는 장면[3]이 문학적 모델로 작용했던 라틴 아메리카의 젊은 작가들에게 여전히 몽환적 소설가들이나 저항적 시인들의 복제판이 되라고 요구할 것인가? 세사레아 티나헤로나 베노 폰 아르킴볼디가 그랬듯, 볼라뇨 또한 잉크로 손을 더럽히고 자판기를 두드리느라 손가락이 얼얼해진 젊은이들에게 하나의 부적, 하나의 토템이 되는 것일까? 알 수 없는 일이다. 『야만스러운

---

1 Iván Thays(1968~). 페루 작가.
2 매년 여름 바르셀로나에서 개최하는 연극, 무용, 음악, 서커스 등을 포함한 국제 퍼포먼스 예술 축제. 연극 공연을 그리스식 야외 무대에 올린 데서 이름을 땄다.
3 가브리엘 마르케스의 『백 년 동안의 고독』에 나오는 장면들을 환기하고 있다.

탐정들』을 출간한 미국 출판사는 책의 겉표지에 익히 알려진 중년의 작가 사진 대신 그때까지 공개되지 않았던 그의 청년기 사진을 실음으로써, 작가 볼라뇨를 아르투로 벨라노로 포장해 냈다. 창작인 본연의 모습이 아닌, 등장인물의 매력을 십분 활용해서 최대한 상업화하겠다는 의도였다. 애석하지만, 앞에서 말한 것과는 다른 맥락에서의 낭만주의가 아닐 수 없다.

귀환

최근 완전히 이질적인 성격의 책 두 권이 볼라뇨의 작품 목록에 추가되었다. 둘 다 사후 작품인데(언젠가 볼라뇨는 한 인터뷰에서 미소 지으며 이렇게 진지하게 말했다. 《사후》라는 표현은 마치 로마 검투사의 이름처럼 들린다. 절대 지지 않는 검투사. 스스로에게 용기를 북돋우기 위해 취약한 《사후》를 믿고 싶어 하는 검투사.) 작가의 유령 같은 모습을 담고 있음에도 불구하고 서로 다른 특성을 지닌 작품들이다. 먼저 『악의 비밀』에는 여러 단편소설들, 인터뷰들, 이런저런 토막 글들이 수록되어 있는데, 이것은 그의 친구이자 비평가였던 이그나시오 에체바리아가 볼라뇨의 컴퓨터 하드 디스크를 뒤지다가 발견해서 빛을 보게 된 글들이다. 이와 달리 『미지의 대학』은 볼라뇨의 미망인 카롤리나 로페스가 소개 글에서 밝히고 있듯 작가가 수년에 걸쳐 고심하고 구성한 작품이었지만, 볼라뇨는 생전에 이 작품을 출간하기 원하지 않았다. 아마 그는 이 책을 귀환의 여지가 일체 없는, 결정적인 어떤 것처럼 느꼈던 것 같다.

『악의 비밀』의 어떤 부분들은 유령 볼라뇨가 전하는 희미하면서도 명확한 메시지처럼 읽히는 반면에, 『미지의 대학』(이 책의 일부분은 살아생전 출간되기도 했다)은 오늘날 그의 문학적 유언의 총체로서의 성격을 지닌다. 『악의 비밀』이 미래로 뻗은 여러 갈래의 선들(비록 그 선들이 중단된 것이라 하더라도)을 그리고 있다면, 『미지의 대학』은 해마다 다녀가는 산타클로스처럼 도처에 편재한 〈유령〉의 모습을 띠고 있다.

에체바리아는 『악의 비밀』 서두의 〈편집자의 말〉에서 이렇게 말한다. 〈볼라뇨의 작품 전체는 어둡고 깊은 심연 위에 떠 있는 듯하고, 그 심연 위로 기꺼이 몸을 기울이는 것을 두려워하지 않는 문학이다. 그의 모든 산문 작품, 특히 『악의 비밀』을 지배하는 것은 미완결의 시학이다.〉 『야만스러운 탐정들』의 열린 결말이나 『부적』과 『칠레의 밤』 같은 작품의 끝을 장식하는, 열에 들뜬 듯한 광적인 피날레가 그 좋은 예라고 할 수 있다. 『악의 비밀』은 「해변」, 혹은 「페사다pesada의 표류물」이나 「세비야가 나를 죽인다」 같은 인터뷰들처럼 이미 알려진 글들뿐 아니라, 『짧은 룸펜 소설』 창작의 밑바탕이 되는 「근육들」 같은 글을 담고 있는데, 방치되어 있었거나 기존에 썼던 글을 다시 수록한 이 모음집은 그 유혹적인 성격으로 〈벨라노, 우리의 친애하는 벨라노〉 신화를 증폭시키는 데 기여하고 있다. 작가의 얼터 에고이자, 또 다른 차원에서 하나의 대안적 삶을 영유했던 이 내장 사실주의 시인(볼라뇨는 아프리카에서 벨라노의 자살을 암시했지만 다른 여러 장소에서 그를 다시 부활시켰고 심지어는 그의 역할을 대작 『2666』을 지휘하고 거기에 질서를 부여하는 미래주의적 목소리로서 제시하고 있다)은 이 책에서 예전과는 다른 모습으로 등장하는데, 때로 그는 윌리엄 버로스의 죽음에 사로잡힌 젊은이의 모습이기도 하고(「산의 늙은이」), 만인으로부터 놀라운 추앙을 받는 〈저주받은 시인〉이자 〈영원한 패배자〉의 모습으로 멕시코로 귀환해서 약간은 〈특권적 작가〉가 되어 과달라하라 도서전으로 떠나 자신과 더불어 피와 시를 나누었던 형제

울리세스 리마의 말년을 조사하러 다니기도 하고(「울리세스 리마의 죽음」), 뮌헨에서 잃어버린 아들을, 청춘의 이상주의적 혁명의 기운이 감도는 베를린적 분위기가 지배하는 그곳에서 찾아다니는 모습으로 출현하기도 한다(「혼돈의 나날들」). 이 모든 이야기를 볼라뇨는 필립 말로, 앙투안 두아넬, 혹은 코르토 말테제[4]를 연상케 하는, 향수에 찬 가벼운 터치로 표현하고 있다. 왕년에 함께 모험에 나섰던 옛 친구와 함께한다는 것은 감동적이고 또 즐거운 일이기도 하다. 이 모음집의 나머지 요소들은 실제로 겪은 일이나 읽었던 것들의 자전적 반영(「콜로니아 린다비스타」, 「소돔의 현인들」, 「나는 읽을 줄 모른다」)이거나, 볼라뇨가 즐겨 보았던 텔레비전 프로그램 드라마 시리즈 「대령의 아들」을 좀비들이 출현하는 끔찍한 악몽으로 변신시킨 내용이다. 「악의 비밀」, 「범죄들」, 「옆방」, 페렉을 연상시키는 「미로」, 「다니엘라」, 그리고 특히 사라진 로커 존 말론John Malone의 이미지를 통해 볼라뇨다운 새로운 도망자적 프로필이 엿보이는 「순회공연」은 인사말도 끝맺지 못한 전화처럼 읽히지만, 볼라뇨적 언어의 리듬감에 의해 빛을 발하는 전화, 어느 날 밤 작가 자신이 스스로의 번호를 누르는 것 같은 전화 같은 것이기도 하다. 내 생각에 『악의 비밀』은 『참을 수 없는 가우초』보다 훨씬 월등한 작품이며, 몇몇 부분에서는 『전화』나 『살인 창녀들』과 동등한 위상에 도달한 작품이기도 하다. 영문판 『지상에서의 마지막 밤Last Evenings on Earth』은 볼라뇨의 몇몇 글들을 취사선택한 후 다시 순서를 배치해서 출간했는데, 「뉴욕 타임스」는 이 책을

---

4 필립 말로는 미국 추리 소설 작가 레이먼드 챈들러의 주인공, 앙투안 두아넬은 프랑스 영화감독 프랑수아 트뤼포의 영화 다섯 편에 나오는 등장인물, 코르토 말테제는 이탈리아 만화가 후고 프라트Hugo Pratt의 캐릭터로, 유럽에서 극동, 남미 대륙까지 떠돌아다니는 모험가적 인물이다.

2006년 최고의 작품 가운데 하나로 선정했다. 『악의 비밀』은 베스트 앨범은 아니라 해도, 아티스트의 내면적 음악성을 더 잘 담고 있고, 예술가가 음악적으로 엄청난 성공을 거두는 데 있어서 밑바탕이 되는 희귀한 데모 버전, B 사이드[5]라고 평할 수 있을 것이다.

　『미지의 대학』은 토템적 성격을 지닌 작품으로, 『야만스러운 탐정들』에서 노골적으로 드러나지 않았던 내장 사실주의자들의 일종의 샴쌍둥이, 혹은 거의 알려지지 않았던 인프라레알리스트들의 동반자 역할을 하는 작품이다. 알란 파울스가 세미나 「볼라뇨의 해법」에서 지적했듯 〈『야만스러운 탐정들』에 무수히 등장했던 수많은 시인들이 아무 시도 쓰지 않았다면〉, 〈거기에 작품이란 게 없다면〉, 그것은 이 소설이 마치 〈부재를 통해 작품을 빛나게 만드는 거대한 시학적 민족지*ethnographie* 개론서처럼 기능한다〉는 것을 의미한다. 『미지의 대학』 역시 이렇게 해석되어야 할 작품이다. 장엄하며 승리에 찬, 잠언풍의 작품이며 단호한 선언들과 준엄한 판결들을 담은 작품이다. 『미지의 대학』은 볼라뇨의 가장 자전적인 작품이라고 할 수 있다. 이것은 그 무엇보다도 스스로를 시인으로 여겼으며, 파괴할 수 없는 얇은 막으로 결합한 두 개의 거대한 소설 속에서 거침없이 경계선을 넘나들 듯, 장르들을 구별하는 경계들을 자유롭게 가로질렀던 볼라뇨가 쓴 일종의 〈새로운 희비극〉[6]이다. 『미지의 대학』은 엄밀하게 제한된 용도에서 〈볼라뇨가 되기 위한 내밀한 개론서〉, 작가의 개인적 발전을 위한 개론서인 동시에, 그것을 읽은 독자들에게도 작가의 문학적 영

5　음반 녹음 시대에 A 사이드가 작곡가나 제작진의 작품 홍보 및 라디오 청취용이라면 B 사이드는 A 사이드의 연주 버전을 의미하거나, A 사이드가 라디오 청취용인 경우 B 사이드는 앨범 버전을 의미한다. 디지털 다운로드가 활성화된 현재에는 A 사이드, B 사이드 개념은 더 이상 유효하지 않은 것이 되었다.
6　*Divine Tragicomédie*. 단테의 『신곡*Divine Comédie*』을 연상시키는 표현.

감을 형성했던 수많은 길고 지난했던 여정을 간접적으로 체험하게 해 주는 작품이다. 여기서 한 가지 중요한 사실을 지적하고 싶다. 현재 여러 문인들이 볼라뇨의 뛰어난 문체를 너도나도 모방하려 하고 있고, 그의 문학적 영향력은 방사능처럼 무섭게 퍼져 나가고 있는데, 나로서는 이 책을 우스꽝스럽게 흉내 낸 어쭙잖은 풍자적 모작을 보게 되지 않을까 우려된다. 이 책을 하나의 트락타트[7]로 간주하여, 무책임하고 무모한 추종자들이 조악한 오류를 통해 이것을 일종의 희석된 〈볼라뇨 개론서〉로 해석해서 대중에게 널리 전파하여 주관이 없고 충동적인 팬들을 〈슬로건〉과 구령들, 명령의 지침들로 가득 채우지 않을까 심히 걱정되는 것도 사실이다. 불행한 일이지만, 볼라뇨의 팬들은 이사벨 아옌데에게 공공연히 경멸을 퍼부으면서, 제임스 엘로이에 대한 볼라뇨의 찬사에 지나친 의미를 부여하는 경향이 있다. 그러나 볼라뇨가 즐겨 차용한 것은 보헤미안들의 진부한 사고들, 클리셰들이었으며, 그것들을 자신만의 것으로 만들어 하나의 통일적인 것으로 변형시켰다는 점이 볼라뇨 문학의 진정한 가치이며 그만의 천재성이라고 말할 수 있을 것이다. 특별한 모방적 의도 없이 그것들을 즐기기만 하는 독자들은 이 책에서 보물 지도보다 훨씬 더 소중한 것, 보물 그 자체를 발견하게 될 것이다. 생생하고 독창적이며 또 볼라뇨다운 오만함과 귀족적 낭만성으로 가득 찬, 독백으로 이뤄진 5백 페이지를 읽다 보면 가장 완전한 행복감을, 절정의 황홀감을 경험할 수 있을 것이다.

『낭만적인 개들』, 『셋』, 『안트베르펜』같이 이미 널리 알려진 작품들과 선집들, 잡지에 실려서 비교적 잘 알려지지 않은 페이지들이 이 책

---

7 *tractat*. 카탈루냐 말로 〈개론〉이라는 뜻.

속에 마치 퍼즐의 조각들처럼 정확하고 구체적으로 자리 잡고 있으며, 이 작품이 내포한 신비로움을 훼손하는 게 아니라 오히려 그것을 한층 강렬한 것으로 만들고 있다. 『미지의 대학』에 실린 서사적이며 내면적인 시들에는 여러 나라와 거리들, 책들과 영화들, 사랑했던 작가들과 사람들의 이름들이 성난 듯 회오리치고 있는데, 이런 현상은 작가의 우주론을 익히 아는 볼라뇨라는 행성의 지리학자들에게는 친숙한 것이다. 그러나 이 모든 것보다도, 로베르토 볼라뇨라는 인물이 개인적으로 드나들던 지역들, 거리들, 그가 평가를 내린 영화들이 이 책에서 여러 차례 등장한다. 황혼 무렵 거울 앞에 선 사람처럼 자신이 지나온 나날들을 반추하듯, SF 소설이 지닌 추상적 거리를 두고 자신을 내면으로부터 외면으로 관찰하듯, 지옥의 도서관에서 책을 읽는 것 같기도 하고, 어느 날 그의 아들이 읽게 될 책들로 책장을 가득 채우려는 듯 쉼 없이 시를 읊기도 하는 듯한 로베르토 볼라뇨의 모습이 여기에 나타나고 있다. 〈알마 마테르(alma mater, 모교)〉인 『미지의 대학』에 대한 최고의 찬사는, 이 책을 읽는 일은 『모비 딕』을 읽을 때 느끼는 것과 같은 조화로운 놀라움과 동일한 황홀경을 가져다준다는 사실이다. 신비에 찬 『모비 딕』의 레비아단[8]만큼이나, 『미지의 대학』은 어떤 특정 카테고리에 속하기를 거부하는 기이하고 다형(多形)적인 저작물, 작가의 차원과 우주의 차원을 하나로 뒤섞어 주조한 책이다.

　『미지의 대학』은 불안감을 해소하기 위해 자신의 모든 것을 거는 시인의 이야기에서부터 시작해서 단테를 연상시키는 〈태양보다 아름다운/별들보다/훨씬 아름다운/뮤즈〉에게 감사를 표하는 행복한 문구로 끝맺는다.

8 유대교 문학 및 구약 성서에 나오는 바다 괴물.

『악의 비밀』은 1968년 멕시코에서의 로베르토 볼라뇨로 시작하지만, 2005년 베를린에 착륙할 때 〈그의 모든 모험이 끝났다고 믿는〉 아르투로 벨라노로 이야기의 종지부를 찍는다. 작가 볼라뇨는 2003년에 사망했지만 그는 미래의 창작을 위해 글을 썼고, 2007년 현재 우리가 읽는 것은 이 돌이킬 수 없는 시간, 그 잃어버린 시간이지만 그렇다고 해서 볼라뇨 작품의 가치가 경감된 것은 아니다.

〈나의 시와 나의 산문은 사이좋은 쌍둥이 자매다. 나의 시는 플라톤적이고, 나의 산문은 아리스토텔레스적이다. 둘 다 디오니소스적인 것을 강렬하게 혐오하지만, 둘 다 디오니소스적인 것이 승리를 거뒀음을 알고 있다〉라고 볼라뇨는 한 인터뷰에서 밝혔다. 여기서 언급한 두 책을 분석해 보면, 자신만큼은 정복당하지 않으리라 믿었던 사무라이가 최후의 용기를 내어 다시 한 번 검을 빼 들었고, 장렬한 최후를 맞은 뒤에도 여전히 전투에 참여하고 있음을 알 수 있다. 볼라뇨가 단언했듯, 〈괴물〉과 맞선 전쟁은 싸우기도 전에 이미 패배한 것인지도 모른다. 그렇다고 해도 우리가 이 낭만적 전투의 비극적인, 그러나 승리에 대한 갈망으로 목말라했던 그의 운명에 찬사를 보내는 일을 막지는 못할 것이다. 적어도 우리에게는 삶이, 여행이 남아 있지 않던가!

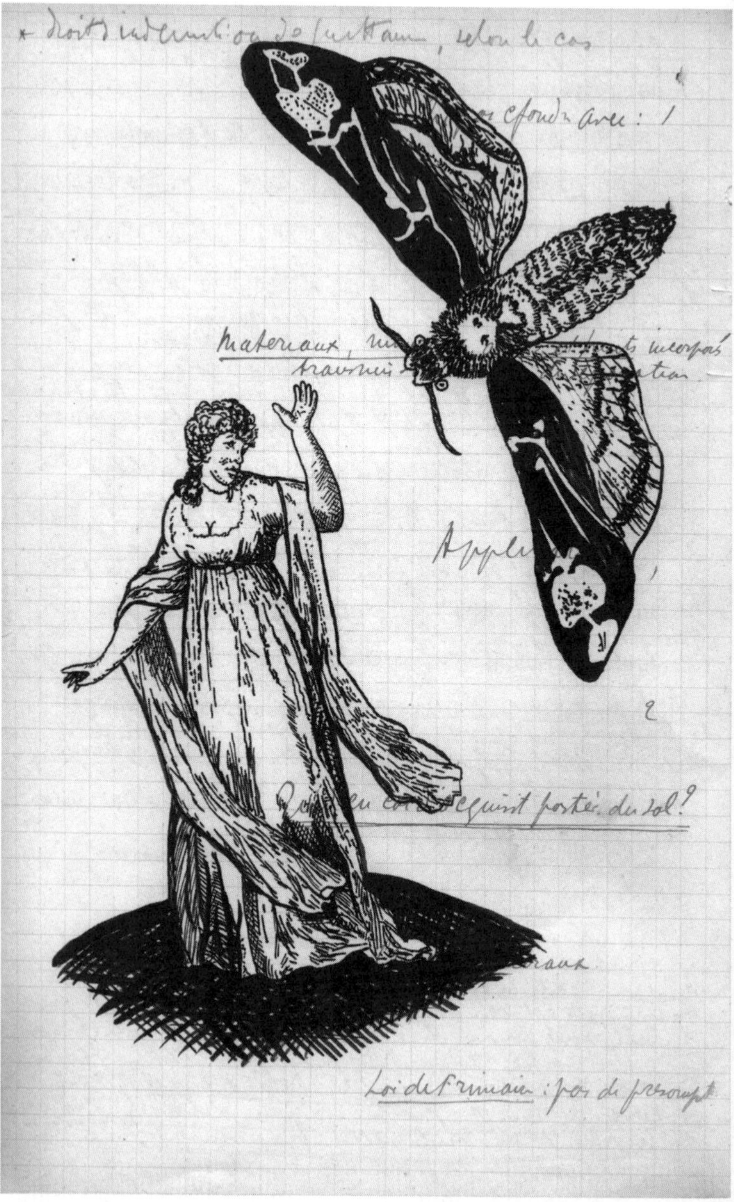
Matériaux,
Loi de Frimaire : pas de présompt

시인 볼라뇨

『미지의 대학』과 출혈*의 시학

호아킨 만시

Joaquín Manzi

파리 제8대학 라틴 아메리카 문학 영화과 조교수.
잡지와 평론집을 통해 로베르토 볼라뇨에 관한 글
을 다수 발표했다.

* 프랑스어 *dépense*는 〈낭비〉, 〈소비〉라는 뜻이지만, 볼라뇨의 시학을 논하는 본 글의
취지에는 〈출혈〉이라는 표현이 더 적절하다고 판단했다.

2007년 아나그라마 출판사에서 『미지의 대학』이 출간되었을 때, 볼라뇨의 열혈 팬들은 놀라운 즐거움을 맛본 동시에 여러 의문이 들지 않을 수 없었다. 왜냐하면 그 책에는 독자들이 과거에 잡다한 잡지들이나 출간물 속에서 헛되이 찾아다녔던, 빠져 있는 연결 고리들이 무수히 많았기 때문이다. 1977년에서 1994년 사이에 쓰인 2백 편이 넘는 시들(시인이 손수 기록해 둔 각각의 시를 쓴 장소와 날짜가 책의 마지막에 기록되어 있다)로 이뤄진 이 모음집은 고단한 이민 생활과 생계의 문제, 정착한 후 한 번도 떠나지 않은 카탈루냐 지방에 적응해야 했던 힘들고 고단한 세월에 관한 일종의 서정적 일기라고 할 수 있다.

이 일기 속에는 도시(바르셀로나, 헤로나), 해안 지방(카스텔데펠스, 블라네스), 그리고 대도시(멕시코시티, 파리)를 방황하던 기억들이 길게 묘사되어 있으며, 대서양 횡단선에서 쓴 항해 일지도 찾아볼 수 있다. 작가의 인생 여정에서 결정적으로 작용한 경계선을 넘어서야 했던 순간들, 아메리카 대륙과 유럽을 넘나들 때의 기억들, 건강과 질병의 문제들, 고독, 그리고 부성이 묘사되어 있다. 마지막으로 이 모음집의 열여섯 개의 시 파트들은 원칙적으로 전환이 가능한 하나의 행로, 즉 시에서 산문으로의 이행을 보여 준다. 그리고 이러한 텍스트적 변신은 볼라뇨를 방대한 분량의 장편소설로 인도했다(『야만스러운 탐정들』과 『2666』). 『미지의 대학』은 사후 작품으로 출간되었다. 이런저런 모든 이유들 때문에, 이 책은 볼라뇨를 탐독하고 그의 작품 읽기에서 불안과 도취를 동시에 느끼는 독자들에게는 생동감 있게 고동치는 하나의 프레센테(presente, 〈선물〉이자 〈현재〉)라 할 것이다. 독자가 『미지의 대학』의 시 속에서 설사 길을 잃는다 할지라도 이 책을 읽다 보면 심장이 두근거리는 기이한 감각을 떨쳐 버리기 힘들 것이다.

이 책은 15년 전에 쓰인 새로운 유작으로, 볼라뇨가 주해까지 달면서 매우 정성스럽게 준비한 작품이다. 오늘날 어느 누구도 볼라뇨가 점하고 있는 인기 작가의 위상에 무관심할 수 없겠지만, 그는 죽은 후에도 여전히 독자들을 감동시키고 있다. 여기서 등장하는 시적 목소리들은 상실(어린 시절의 고향과 청소년기의 고향), 애도(사랑했던 여인 리사와 시인 마리오 산티아고)에 많은 지면을 할애하고 있다. 이 시집의 시적 음성에는 가슴이 텅 빈 듯한 공허함과 심연이 드러나며 보들레르와 로트레아몽을 연상시키기도 하고, 여러 여백들과 흐릿한 영상들(이것들은 작가가 손으로 쓴 수첩들과 비망록에도 나타나는데, 예를 들면 「일기 I, II, III Diario íntimo I, II, III」이나 「서술 1980 Narraciones 1980」, 「시 1990 Poesía 1990」의 진정한 윤곽을 노출시키기도 한다.

이 책에는 자전적 내용을 암시한 여러 수수께끼들이 뒤엉켜 있는데, 운문과 산문을 혼재시킨 자전적 내용들은 「서로 멀어지는 사람들 Gente que se aleja」이 그 좋은 실례를 제공하듯, 예상할 수도 없고 설명할 수도 없는 주변부를 맴돌며 하나의 내밀한 기억을 떠올리고 있다. 도저히 실타래를 풀어낼 수 없는 복잡한 피륙처럼 여러 가지 불안한 플롯들을 산문으로 짜 들어간 여러 시퀀스들과 마찬가지로, 서정적이고 서술적인 여러 시들은 에로틱한 만남이나 범죄적인 만남을 그려 내고 있지만, 그런 만남들 역시 텍스트적 수수께끼를 해명할 만한 일체의 해답이나 재구성은 불가능한 것으로 만들고 있다.

그리하여 혼란에 빠진 독자(《너의 동포 ton semblable》)[1]는 시인의 주관성을 계시적으로 드러내는 서정성에 완전히 동화하거나, 아니면

---

[1] 여기서 ton semblable이란 표현은 19세기 프랑스 시인 보들레르의 대표적 시집 『악의 꽃』의 서문에 해당하는 시 「이 책을 읽는 이들에게」의 마지막 구절인 《Hypocrite lecteur-mon semblable-mon frère(위선적 독자여, 내 동포이자 내 형제여)》를 암시하는 표현이다.

여러 명칭들과 목소리들이 서정성을 파괴함으로써 갈등 상황에 직면하고 작가의 입장에 동화하지 않을 수도 있다. 예전에는 이런 유형의 몇몇 일화들이 허구적 등장인물에 한정되었다면(『먼 별』에서의 아르투로 B.나, 다양한 소설과 『악의 비밀』에 수록된 「산의 늙은이」 같은 이야기 속에 등장하는 아르투로 벨라노), 이 시집에서의 〈나〉는 가면을 벗은 벌거벗은 모습으로, 사지가 절단되어 형체를 알아보기 힘든 모순된 형태를 띠고 있다.

이렇게 독자는 더듬거리듯, 이 시집의 어둡고 좁은 복도들을 헤쳐 나갈 수밖에 없다. 여기에 수록된 몇몇 시들을 고려한다면, 그리고 시집의 제목만 따져 본다면 이 작품은 시인이 책을 읽거나 글을 쓰면서 자신의 지적 형성을 다졌던 다양한 장소를 환기하는 것처럼 보이기도 한다. 바로 그런 이유로 독자들은 미제로 남은 어떤 사건에 대한 해답을 추적하는 것이며, 그것이 불가해한 만큼 독자들은 더욱더 기이하면서도 유혹적인 하나의 시적 공간으로 유인당하는 것이다. 이 시집의 첫째 부에는 아무런 구체적인 레퍼런스도 나타나지 않으며, 일체의 감동 요소를 배제한 현재적 서술이 전개된다.

밤이 되었고 그리고 나는 바르셀로나의
언덕에 있고 그리고 나는
알지 못하는 사람들과 함께
이미 세 잔 이상의 밀크 커피를 마셨고 그리고 가끔은
나에게 비참하게만 보이는 달빛 아래,
또 때로는 외로운 달빛 아래, 그리고
아마도 달은 비참하지도 외롭지도 않고, 그리고 나는
커피를 마신 것이 아니라

유리로 된 언덕의 레스토랑에서

코냑을 그리고 코냑을

그리고 코냑을 마셨고, 그리고 내가

동석했다고 믿었던 사람들은

실제로는 존재하지 않거나 내 옆 테이블의

내가 언뜻 바라본 얼굴들이고,

내 테이블에서 나는 홀로 술에 취해서

미지의 대학의

여러 한계들 중의 하나에서 내 돈을 낭비하고 있다.

〈나에겐 아무런 나쁜 일이 일어나지 않을 것이다*Nada malo me ocurrirá*〉라는 부에 포함된 이 무제(無題)의 시는 고독하고 역설적인 현재성이 갖는 불확실한 무상(無償)의 경험을 되짚고 있다. 구두점 없이 새로운 시퀀스를 연결하는 접속사 〈그리고〉는 행동들과 인식들을 연쇄적으로 유도하지만, 그것들은 시 한가운데에서 정확한 귀착점을 제시하지 못하고 있다. 일곱째 줄의 부사 〈아마도〉와 그 뒤에 이어지는 부정문은 이 시의 모든 언어에 의혹의 그림자를 던지고, 오직 시적 〈나〉를 혼란에 빠뜨리는 불확실성만을 확연히 부각할 따름이다. 다음 행으로 내려가면 앞에서 쓰인 것을 교정이라도 하듯, 한 행에서 다른 행으로 좀 더 명쾌하게 연결되는 하나의 내면 인식이 드러난다. 바로 이 내면 인식이 고독한 취기에도 불구하고 이 책 전체에 타이틀을 부여한, 최종적 메타포의 공간에 속하는 것이다. 이 내면 인식을 매개로 해서, 유리 레스토랑에서의 가짜 동반자들, 그리고 시간과 돈의 지출(출혈)은 시인에 의해 하나의 공간 내부(〈여러 한계들 중의 하나〉)에 새겨지지만, 그것은 여전히 세속적 특권이나 레퍼런스와는 이질적인 공간이다(『미지의 대학』).

이 시집의 페이지들을 차례대로 읽어 나간다면, 독자(〈너의 형제*ton frère*〉)는 타자에 대한 어떤 것을, 특히 자신에 대한 어떤 것을 발견할 수 있을 것이다. 그렇다면 그것은 구체적으로 무엇이 될 수 있겠는가? 먼저, 커피/코냑, 비참한/외로운, 동석/고독 같은 연결되는 어휘들을 사용한 기발한 글쓰기는 하나의 상징적이고 신비로운 레퍼런스 뒤로 그 장소가 갖는 사회적 레퍼런스를 은폐하고 있다는 점이다. 글쓰기의 이러한 유희적 성격은 명백한 목표가 없는 자유로운 성찰과, 일체의 경험 외부에 놓인 순간적인 성찰처럼 해석된다. 오로지 창조적 충동만 따를 뿐 그 이외의 어떤 것에도 전혀 의지하지 않는, 그리고 사회 경제적으로 인정받는 일체의 직업 활동으로부터 완전히 자유로운 무상적 실천인 것이다. 텍스트가 강조하고 있는 과도한 지출(출혈)은 역설적이게도 새로운 어떤 것의 취득으로 독자를 안내하는데, 그것의 실제 모습은 노골적으로 드러나지 않지만, 결국 독자들을 다음과 같은 질문으로 유도하고 있다. 그 미지의 대학, 그 신비의 대학에서는 무엇을 가르치는가? 아니면 좀 더 천진한 질문을 던져 볼까? 이 시집은 도대체 무엇을 가르치고자 하는가?

〈가르치다〉라는 동사를 〈보여 주다〉, 〈전시하다〉, 〈무엇을 지시하다〉 같은 익숙한 의미로 받아들인다면 위 질문에 대한 해답의 실마리를 찾을 수도 있을 것이다. 보들레르적 형용사 〈위선적인〉이 결여된 독자라면, 비생산적인 지출(출혈)이 이 시집의 여러 부분에서 다양하게 발현되는 만큼 그것이 인도하는 경로를 따라가기를 원할 것이다. 그렇게 텍스트의 공간 속으로 나아가는 일은 무명의 이방인에서 저명한 소설가가 되기까지 볼라뇨 일생의 마지막 20년을 거슬러 올라가는 일이기도 하다. 그리고 이런 여정은 하나의 비판적인 우화, 추측과 짐작으로 이뤄진 짧은 시간적 시퀀스가 될 것이다.

　1977년 볼라뇨가 모든 것을 버리고 먼 길을 떠났을 때 그는 특별히 목표하는 바 없이 글을 썼고, 출판을 위해 글을 쓴 것도 아니었다. 『야만스러운 탐정들』의 에디트 오스테르라는 등장인물의 입을 빌려 표현했듯, 그는 단지 〈우리가 어디까지 이를 수 있는지 보려고〉 글을 썼다. 시를 쓰고 시를 살아간다는 것은 당시 시인으로서의 존재 조건에 분리할 수 없는 양면을 이루었던 것 같다. 시인으로 산다는 것, 그것은 사람들이 이방인을 보게 되리라 기대하는 바로 그곳에 있는 한 명의 탈존재적 인물, 사회적 주변인을 의미했다. 화려한 도심과 부르주아적 무대와 거리를 둔 시적 목소리들은 1970년대와 1980년대에 쓰인 1부와 2부에서는 변화무쌍하고 다양하며 또한 포착하기 어려운 양상을 보여 준다. 이 시적 음성들이 전달하는 것은 시간과 에너지, 돈의 출혈이 남긴 흔적들이며, 그 흔적들은 여행길에서의 우연한 만남, 혹은 에로틱한 만남을 노래하는 시적 형태를 띠고 있지만, 결국 그 만남에는 언제나 난폭한 죽음의 위협이 도사리고 있다.

　1980년대 말에서 1990년대 중반에 이르면서 시인에게 남아 있던 시간적 여유나 생명의 활력이 줄어들게 되었을 때, 볼라뇨에게 절실했던 시적 지출(출혈)은 고갈되거나 적어도 생계에 대한 고민 때문에 잊은 것처럼 보인다. 이 시기에 쓰인 마지막 부에서 시인의 목소리는 과거의 경험을 되짚으며, 시인의 가면, 아버지의 가면, 탐정의 가면이라는 문학적 코드 속에 새겨진 여러 가면들을 형상화하고 있다. 이 부를 지배하는 것은 하나의 이중적 과거, 개인적이며 문학적인 과거이며, 그것을 통해 시인은 자화상이나 시학, 혹은 가족에 대한 예찬 같은 약호화된 문학적 실천에 들어간다. 〈생존의 파이프 속 인생 *La vida en los tubos de supervivencia*〉은 결국 〈행복한 결말 *Un final feliz*〉 ― 이것은 마지막 부에 나오는 두 제목이다 — 로 귀결되며, 레퍼런스에 있어서 앞의 시들보다 훨씬 더 구체화되고 풍요로운 하나의 서정적인 목소리는 새로운 불안감을 쫓아내고 미래의 문학적 유산을 쌓아 올리는 데 기여하고자 한다. 볼라뇨의 아내 카롤리나 로페스에 따르면 이 시들을 출판하기 위해 편집 작업을 했던 것은 정확히 1993년이었다. 시인이 간 질환을 선고받은 해다.

생의 마지막 10년 동안 볼라뇨는 시 창작을 멈추지 않았고, 에릭 하스노트Eric Haasnoot의 다큐멘터리 「볼라뇨 곁에서Bolaño cercano」에서 언뜻 볼 수 있는 노트들이 말해 주듯, 죽기 며칠 전까지도 시를 손에서 놓지 않았다. 그러나 볼라뇨의 도발적인 출혈의 글쓰기는 말년에 이르러서는 파괴적 흡수(『아메리카의 나치 문학』과 『야만스러운 탐정들』을 각각 『먼 별』과 『부적』으로 다시 쓰기), 혹은 전이(작가 개인의 서술적 음성을 대변하는 얼터 에고, 아르투로 벨라노의 픽션을 통해 전달되는 자서전)를 통한 소설 장르로 대체된다. 그의 이런 소설 작품들은 무수하게 증식되는 목소리들과, 연대기적 순서를 완전히 파괴한 파편화된 서술로 인해 소설의 결말 자체가 갑자기 유예된 듯, 완결된 서술이 아닌 소설 창작이 여전히 현재 진행형인 듯한 양상을 띤다. 후속으로 출간될 이야기를 읽으라는 듯 그의 산문은 명쾌하게 하나의 지점(『2666』 같은 시간적 지점)을 찍고 있는데, 잡다한 요소들이 그 지점을 향해 합류해 감으로써 이제 그것들은 더 이상 모순적인 것이 아니게 된다.

활자가 찍힌 것이라면 손에 잡히는 대로 읽어 대던 독서광이자 특히 시의 열렬한 독자였던 볼라뇨가 초현실주의 시를 발견한 것은 멕시코였고, 그는 손수 초현실주의적 시를 쓰기도 했다. 그는 모순이 더 이상 모순이 되지 않는 정확한 지점을 알아냈던 것이다. 그가 발표했던 「인프라레알리스모 선언」은 초현실주의의 창시자 앙드레 브르통이 카리스마적 영향력을 행사하며 남발했던 여러 명령적 어휘들만 수용한 것이 아니라, 일체의 순응주의와 부르주아적 모럴에 완강히 저항하는 어휘들을 새롭게 창안해 냈다. 1970년대 후반에 들어서면 칠레 시인 볼라뇨는 전혀 예상 밖의 결합들과 일상적 우연들을 적극 활용하여 몽환적 꿈들과 대낮의 삶을 접근시키고자 했다. 한마디로, 그는 그의 시 「새로운 칠레인들Los neochilenos」의 시구와 같이 〈천정(天頂)점과 천저(天底)라는 동일한 욕망Nadir y Cénit de un anhelo〉으로, 삶과 죽음의 경계를 흩트리는 일체의 경험을 문학화하고자 했던 것이다.

1981년부터 1982년 사이에 쓰인, 세 편의 시를 담은 두 번째 부 「빙산」이 주력하는 것은 바로 이때의 경험과 한계에 대한 언어적 탐색이다. 견디기 힘들 정도로 애매모호하고 팽배한 긴장감으로 인해, 이 각각의 시들은 사물들의 외관 너머로 감춰진 것, 그래서 우리들의 시야를 벗어나는 일부분을 탐색하고자 한다. 거기에는 위급하고 준엄한 하나의 치명적인 수수께끼가 깃들어 있어서, 시적 발화는 여러 개의 목소리로 갈라지고, 모순되는 여러 특질들로 묘사되는데, 바로 그런 특질들이야말로 임시로나마 자기 스스로를 다시 소유할 수 있게 만들어 주는 것이다.

이 세 편의 시들 중 첫 번째 시는 꿈과 거울이라는 매개를 통해 아주 오래전에 행해진 자해 행위를 현재 시점으로 기술하고 있다. 「거세 노트Apuntes de una castración」를 구성하는 복합적인 2행시 구조는 시인의 현재적 목소리를 빌려 중세 시대 툴루즈의 음유 시인 페레 비달Peire Vidal의 과거를 삽입하고 있다. 세세한 사항까지 일일이 묘사되고 명명된 거세 과정은 사랑하는 여인을 파괴하고 견고한 껍질에 갇힌 남성성을 찬미하는 희생 의식처럼 보인다. 이 단단한 껍질은 일종의 거울처럼 작용하면서 그것으로부터 두 개의 목소리가 솟구친다. 이 난폭한 희생제의, 명백하게 비인간적인 제스처는 해체된 시학을 사용하여 담론을 쇄신하고 서사적 이상을 공유함으로써 결국 사랑을 초월하는 데 성공하는 것이다.

두 번째 시 「갈색 머리 여인La pelirroja」은 두 부분으로 이뤄져 있는데, 해체된 통사론을 사용하여 강렬한 에로틱한 만남을 시적으로 형상화하고 있다. 여러 시간대를 종횡무진 오가면서, 시의 언어적 현재는 어슴푸레한 어둠 속에 누워 있는 연인들의 육체를 이야기하고, 칠레/칠리(국가/고추), 눈[目], 가르마, 종유석 같은 애매한 메타포를 통해 연인들의 움직임과 신체 기관을 묘사한다. 기나긴 밤 동안 변화하는 불빛에 노출되어 있고, 라틴 아메리카의 과거를 연상시키는 구체적이고 신성한 공간의 오브제들처럼, 축 늘어져 있던 그들의 육체는 임박한 죽음에 사로잡혀 에로틱한 전율로 몸부림치지만 정작 죽음은 다가오지 않는다.

「승리La victoria」는 또 다른 역설적인 실존 상황, 즉 시를 쓰는 행위 자체를 규명하고자 하는 작품이다. 이 시는 보다 관습에 따른 형태를 취하고 있으며, 유사 모음이 등장하는 여섯 개의 3행 시구와 몇몇 11음절 시구로 이뤄져 있다. 시인은 제삼자적 존재로 인격 분열하면서 스스로에게 자신의 삶을 이야기하고, 글쓰기의 시간과 장소를 냉정하게 관찰하고자 한다. 넷째 연에서 시인은 위험이나 모험, 혹은 우연 같은 일체의 과거의 알리바이를 지워 버릴 수 있는 불확실한 허공에 위치해 있다. 바로 거기에 이 시의 비밀이 있다. 시는 시인을 무장 해제된 현재 속으로 안내하는데, 그 최종 순간에 시인이 다가가는 나

무에는 시체 한 구가 매달려 있다.

미래와 꿈이라는 차가운 물로 들어가는 것, 이름 붙여지기를 완강히 거부하는 어둠 속으로 잠수하는 것은 볼라뇨가 10년 후 마지막 부분의 시 「부활Resurrección」에서 상상했던 시의 사명을 보여 준다. 아무런 구조망 없이, 두려움도 없이 어둡고 차가운 물속으로 잠수할 때, 시적 화법은 〈황량한dévasté〉 공간 속에 위치하는데, 이 표현은 〈황폐한〉, 〈유린된〉이라는 의미의 라틴어 형용사 vaste가 말해 주듯, 문자 그대로 과도한 지출(출혈)과 결부되어 있다. 모든 것을 주고 모든 것을 잃어버린 후 〈나〉는 새롭게 자기 자신을 되찾고, 사막에서 그의 예전 연인이었던 에드나 리베르만에게 바치는 노래(「에드나 리베르만을 위해Para Edna Lieberman」)를 부른다.

거대하고 황폐하고 삭막한 공간은 프랑스 초현실주의자 기 로지Gui Rosey의 실종을 하나의 시적 음성이 이야기해 주는 「거대한 구덩이La gran fosa」를 환상적인 바다를 배경으로 재현한 것일 수도 있다. 혹은 어린 소녀의 육체와 낡고 헐벗은 자전거 몸체의 우연한 조우를 보여 주는 버림받은 정원일 수도 있다. 바로 이 우연성이 아름다움이라고 하는 (낡은) 테마에 예상치 않았던 효과를 주며, 〈나〉가 텍스트 처음부터 아무런 소득 없이 찾아다녔던 것이기도 하다. 〈너의 심장 고동 소리 Las pulsaciones de tu corazón〉라는 제목이 보여 주는 심장 박동의 리듬 덕분에, 둘로 분열된 시적 음성은 마침내 온전한 몸체 속에서 자신을 되찾고, 다음과 같은 현현을 받아들인다.

아름다움은 나타나고, 사라지고
다시 나타나고, 사라지고
또다시 나타나고, 희석된다.

몇 년 후, 연약하고 도주하는 여인들의 육체들은 『야만스러운 탐정들』이나 『2666』의 멕시코 소노라 사막의 버림받은 국경 지역에서 전개되는 소설적 플롯을 한층 더 긴장감 있게 만들어 줄 것이다. 한없이 펼쳐진 불모의 땅에서의 그들의 육체, 곧 시신이 될 그들의 육신은 또 다른 등장인물들이 갖는 인간다운 면모를 한층 부각시킴으로써 마침내 그들이 원래의 소명에 도달할 수 있도록 해준다. 즉, 초보 독자는 시인으로 탈바꿈하고, 시인은 탐정으로, 학계의 비평가들은 진정한 열정적인 탐색자가 되는 것이다.

사막의 불모성, 어떤 생물도 자랄 수 없는 그 적대적 성격으로 인해 사막은 1990년대의 시인이 자신의 청춘 시절의 행로를 은유적으로 되새기는 공간으로 설정되어 있다. 볼라뇨가 시적 인격 분열이나 시적 애매모호함을 털어 버리고, 이 시집의 마지막에 자리 잡은 뮤즈 뒤로 자신의 고유한 실루엣을 위치시키는 곳도 바로 사막이다. 이 부의 또 다른 많은 시들은 파편적인 볼라뇨 삶의 일화들을 하나의 예술가적 초상화로 변모시킨다. 즉, 「헌신Devoción」에서는 거의 전설처럼 살아남은 생존자로, 「스무 살의 자화상」에서는 용감한 전사로, 「낭만적인 개들」에서는 영원불멸한 몽상가로, 「세월들Los años」에서는 대담한 패자의 모습으로 등장한다.

이런 자전적 삶의 노출, 특히 독자들의 호의와 감동을 얻기 위한 시도를 통해 이 부의 시들은, 불편한 존재감을 일깨우고 시의 해독에 무한히 도전해야 했던 앞선 두 개의 부와는 명백한 대조를 이룬다. 여러 목소리로 분열되어 불안정했던 젊은 시인은 예술가의 전통적인 성스러운 이미지와 이질적으로, 때로는 적대적으로 위치했다. 「헤로나의 가을 산문Prosa del otoño en Gerona」에서는 시적 〈나〉의 명백한 실존적 패배를 강조하기 위해서, 매일 열두 시간씩 일하는 것을 자랑스러워하는 30세가량의 카탈루냐 화가(미겔 바르셀로?)의 하루 일과가 언급된다. 부러움에 찬 비아냥에 뒤이어, 만화에서 튀어나온 것 같은 하나의 몽환적인 영상, 조르조 폭스의 이미지가 나타난다. 폭스는 우아하고 매력적인 이탈리아 문학 평론가이지만 바로 이런 이유로 불신과 조롱의 대상이 되는 인물이다. 여름 동안 열심히 작업한 후 헤로나로 돌아온 그가 텅 빈 방에 들어갈 때, 시적 〈나〉의 유일한 소유물은 〈1973년 영사관에서 교부되어 1982년까지 유효한, 근로권 없는 3개월짜리 스페인 체류 허가가 찍힌 여권 하나만 달랑 있는 헐벗음〉뿐이다.

이런 단편적 특징만으로 만족스럽지 않다면, 〈늙은 뻐꾸기들 (viegos cucús, 옥타비오 파스처럼 살아 있거나 네루다처럼 사망한 시인들)〉이 시인의 꿈속에 출현해서 그에게 협박과 욕설을 퍼붓는 부분도 있다.

진정하게나 로베르토라고 그들은 말한다.
우리가 자네를, 자네의 순결한 뼈다귀들과 자네의 글들을 사라지게 할 것이며,
그것들을 더럽히고 교묘하게 표절할 터이니,
그것들은 난파에서 살아남지 못할 것이다 (……)

문단이라는 좁은 울타리 안에 갇혀 사는 이 늙은 시인들은 「무리 Horda」, 「라틴 아메리카 문학La literatura latinoamericana」에서 신랄한 조롱과 독설의 대상이 되지만, 시인의 독설은 또한 자아비판적

인 것으로, 서술적 산문으로 방향을 전환한 볼라뇨의 입장을 일부분이나마 이해시켜 주는 것이기도 하다.

이 고약한 늙은 시인들에 맞서는 최선의 방어책은 2002년 출간된 『안트베르펜』의 첫 번째 버전인 「멀어지는 사람들」의 몇몇 실험적 텍스트에서 나타나는데, 그 늙은 시인들을 매섭게 공격하고 매일같이 끈질기게 글쓰기를 훈련함으로써 자신의 글쓰기를 함부로 접근할 수 없고 공격할 수 없는 것으로 만드는 일이다. 이 책은 노련함과 신비로움을 가미해서 영화적 코드를 시적 산문에 결합시킨 독특한 구조를 채택하고 있는데, 이 지면에서 다루기에는 충분하지 않으며, 완전히 별개의 연구 대상이라고 할 수 있는 작품이다. 반대로, 초판에 작가가 썼던 서문은 『미지의 대학』 출판본에는 빠져 있다는 사실을 지적하고 싶다.

「완전한 무정부 상태: 22년 후에」에서, 로베르토 볼라뇨의 자전적 이야기는 〈남들이 성(城) 안에 사는 것처럼 체류 허가증도 없이 허허벌판에서〉 지내는 한 젊은 아웃사이더 작가를 그려 내기 위해서, 앞에서 다뤘던 여러 독설들의 실존적 공간들을 서로 교차시키는 것으로 시작한다. 성숙한 성찰에 도달한 중년의 작가는 모순되는 독서들(포르노그래피에서 옛 그리스 시인들까지, 만리케[2]에서부터 영국의 SF 소설가들까지)과, 괴상망측한 희망들(불법적으로 한밑천을 마련한다거나 서른다섯 살까지만 살겠다는), 그리고 고단한 쳇바퀴 같은 일상(절대 잠자지 않고 밤에 일하고 낮에 글을 쓰는)으로 이루어진 병적인 실존적 지출(출혈)을 자신의 과거에 부여하고 있다. 병적인 즐거움과 자부심, 폭력성과 분노가 뚜렷하게 새겨지고(이것을 기억하는 이들에

---

2 Jorge Manrique(1440?~1478). 스페인의 시인.

게는 진부한 표현이다), 책의 타이틀에 슬로건으로 남은 문구들, 볼라뇨 자신은 그 문구들을 자신의 방에 압정으로 붙여 놓기도 했다.

그때는 고단한 나날들이 마침내 끝나고, 덜 파괴적인 삶과 새로운 글쓰기의 양태가 시작되는 시기였다. 볼라뇨 문학의 흐름은 점차 산문으로 된 픽션 서술로 향하게 되며, 『먼 별』에서부터 시작해서 그때까지 그가 경멸하기조차 했던 출판계의 인정을 한몸에 받으며 현기증 나는 속도로 여러 이야기들과 소설들을 출간하게 될 것이다.

그러나 문학의 상업적 교환이나 생계의 어려움에는 여전히 낯설기만 한, 대담하고 유연하며 또한 풍요로운 시적 글쓰기라는 청춘의 이상은 전혀 변질되지 않고 그대로 남아 있다. 『2666』의 2부 「아말피타노에 관하여」 마지막에서 마르코 안토니오 게라라는 한 멕시코 인물의 입을 통해 환기하고 있는 것이 바로 그것이기도 하다. 이 이름이 갖는 아이러니한 속성,[3] 그리고 그의 극단적인 성격을 가로질러 볼라뇨 작품 전체에서 거의 마지막으로, 시라고 하는 지출(출혈)의 글쓰기에 대한 호소가 울려 퍼질 것이다.

---

3 Marco Antonio는 고대 로마의 정치가이자 장군인 마르쿠스 안토니우스를 연상케 하며, *guerra*는 스페인어로 〈전쟁〉을 의미한다.

미국에서의
볼라뇨 신화

오라시오 카스테야노스 모야
Horacio Castellanos Moya

이 글은 원래 2009년 9월 19일, 아르헨티나
일간지 「라 나시온La Nación」에 더 짧은 형
태로 발표되었다.

나는 한때 로베르토 볼라뇨에 대해서라면 더 이상 이야기하지 않거나 다시 글은 쓰지 않겠다고 작정한 바 있다. 근래에 들어, 특히 몇몇 미국 언론에서 볼라뇨의 이미지를 너무 심하게 조작한 탓에 이런 식의 기만 현상은 끝내야 한다고 생각했던 것이다. 그렇게 결심했건만 나는 다시 그에 대해 글을 쓰고 있다. 지금 손에 든 게 마지막 잔이고 내일 아침에는 해장술로 딱 한 잔만 할 거라고 호언장담하는 알코올 중독자와 같은 꼴이다. 나의 이런 결심을 접게 만든 사람은 내 친구 세라 폴락Sarah Pollack이다. 그녀가 내게 미국에서의 〈볼라뇨 신화〉를 주제로 한 날카로운 학술 논문을 보냈던 것이다. 뉴욕 대학 교수인 세라 폴락의 글 「(다시) 번역된 라틴 아메리카: 미국에서의 로베르토 볼라뇨의 『야만스러운 탐정들』은 계간지 『비교 문학Comparative Literature』 2009년 여름 호에 실렸다.

　이탈리아의 신문 기자이자 동료인 알베르트 피아넬리Albert Fianelli는 괴벨스를 풍자하며, 〈시장(市場)〉이란 말을 입 밖에 꺼내기만 해도 총을 꺼내 들겠다고 말하곤 했다.[1] 나는 피아넬리처럼 극단적이지는 않지만, 시장이란 게 몇몇 신비한 법칙에 의해 그 자체로 작동하는 신성한 세계라는 이야기를 순진하게 믿는 사람도 아니다. 지구라는 이 타락한 행성의 거주자가 각자 자신의 주인을 모시고 있듯, 시장에는 시장을 지배하는 보스들이 있고, 그 보스들은 전략적으로 무엇을 겨냥해야 하는지, 미국에서 콘돔을 저렴한 가격에 팔 것인지 아니면 라틴 아메리카 소설을 팔 것인지를 결정하는 자들이다. 내가 여기서 소개하고자 하는 세라 폴락의 핵심적인 주장은 다음과 같다. 볼라뇨의 조작된 신화 이면에는 단지 출판업계의 마케팅 논리만 작용한

1　Paul Joseph Goebbels(1897~1945). 히틀러 정권에서 대중 선동 및 홍보를 담당한 인물. 그가 자신 앞에서 〈문화〉란 말만 꺼내면 권총을 꺼내 들겠다고 한 발언을 패러디한 것이다.

것이 아니라, 북미 대륙의 문화 지배층들이 대중에게 팔아먹고 있는 라틴 아메리카 문화와 문학의 이미지가 관건이며, 그리하여 라틴 아메리카 문화와 문학의 이미지가 새롭게 정의되고 있다는 사실이다.

나에게 일어난 일이 그저 단순한 불운이었는지 아니면 다른 동료들에게도 똑같은 일이 일어났는지는 잘 모르겠지만, 내가 미국에 발을 들여놓을 때마다 곧바로 — 공항의 바이거나, 사교 모임이거나 그 어느 곳이 되었든 간에 — 미국의 여느 시민 앞에서 경솔하게도 내가 작가이며 라틴 아메리카에서 왔다고 밝히기만 하면, 그 사람은 즉각 가르시아 마르케스를 꺼내 들고 마치 〈나는 당신이 누구인지 알아, 나는 당신네들 모두에 관해 알아〉라고 내게 말하듯이 의미심장한 미소를 짓는 상황에 처해야 했다. 물론 때로는 이사벨 아옌데나 파울로 코엘료를 들먹이는 훨씬 더 야만적인 작자들도 있었지만 내게는 별반 차이가 없는 일이었다. 어쨌든 그런 글들은 가브리엘 마르케스의 〈자기 계발서〉 버전이거나 혹은 〈라이트 노벨〉 같은 버전일 뿐이었으니까. 그런데 최근 들어서는 이런 미국 시민들, 공항의 바에서나 모임에서 만나는 이런 이들이 볼라뇨의 책을 꺼내 들기 시작했다.

폴락의 또 다른 주장은 다음과 같다. 지난 30년 동안 가르시아 마르케스의 작품과 그의 마법적 사실주의가 미국 독자들에게 라틴 아메리카 문학을 대변했다. 그러나 시간과 더불어 모든 것은 닳기 마련이고 더러워지게 되어 있고, 미국의 문화 제도권은 새로운 것을 원하고 있었다. 그래서 매콘도와 크랙[2] 같은 그룹의 젊은 작가들로 어떻게 해

---

2 Mc'Ondo는 가브리엘 마르케스의 대표작 『백 년 동안의 고독』의 무대인 마콘도Macondo를 야유적으로 차용한 문학 그룹의 명칭. 매콘도 그룹은 마르케스의 마법적 사실주의와 결별하는 의미에서 현대 라틴 아메리카를 지배하고 있는 것은 맥도널드, 매킨토시, 콘도미니엄으로 상징되는 도시 생활의 범죄와 성, 가난, 세계화와 양극화 문제들을 리얼리즘으로 접근하고자 했다. Crack은 붐 세대(마르케스, 바르가스 요사, 네루다, 보르헤스 등)와 결별한 1990년대의 멕시코 문학 운동이다.

보려 했지만 상업화에 성공하지는 못했다. 폴락이 설명하듯, 아이팟의 세상이나 나치 스파이가 등장하는 소설이 라틴 아메리카와 라틴 아메리카 문학의 새로운 이미지를 대변한다고 미국 독자들에게 팔아 먹기는 어려웠던 것이다. 볼라뇨의 『야만스러운 탐정들』과 내장 사실주의가 등장한 것은 바로 이런 정황에서였다.

〈우리는 우리가 누구를 위해 일하는 것인지 결코 알 수 없다〉라는 문장은 내가 즐겨 되뇌는 것이지만, 이것은 또한 내가 살아오면서 한두 차례 나를 경악하게 만들었던 추악한 현실의 단면을 보여 주는 문장이기도 하다. 단지 나만 그런 건 아니라고 나는 생각한다. 논의를 계속해 보자. 볼라뇨의 이야기들과 단편들은 유통 규모는 작지만 명망 있는 독립 출판사인 뉴 디렉션 출판사에서 세심한 공을 들여 꾸준히 출판되고 있었는데, 『야만스러운 탐정들』의 출판권 계약을 진행하던 와중에 갑자기 대형 출판사가 끼어들었다. 이 소설에는 뭔가 새롭고 독창적인 게 있다는 거였다. 그들의 시각에서 보면, 죽은 지 얼마 안 되는 작가가 썼다는 것 자체가 상업화에 유리한 여러 조작들을 훨씬 수월하게 만들 수 있었고, 그들은 그 모든 과정에 소요되는 막대한 자금을 충분히 지불할 여력이 있는 자들이었다. 그리고 소설이 출간되기도 전에 신화화 작업이 선행되었다. 세라 폴락의 말을 인용해 보자. 〈볼라뇨의 창조적 천재성, 그의 매력적인 전기(傳記), 그의 작품들 일부를 코노 수르[3]의 독재를 다룬 소설들처럼 취급하는 것, 2003년 50세의 나이에 간 질환으로 타계했다는 것이 미국에서의 볼라뇨 작품의 수용과 소비에 있어서 작가의 이미지를 《생산》하는 데 커다란 일

---

3 Cono Sur. 남미 대륙에서 남회귀선 아래쪽에 위치한 삼각 형태의 지역(아르헨티나, 칠레, 파라과이 및 우루과이).

조를 했으며, 이 모든 작업이 진행된 것은 그의 작품의 독서가 일반화
되기도 전이었다.)

『야만스러운 탐정들』의 영문판을 펼치면 예전에는 한 번도 보지 못
했던 작가의 사진이 실려 있는데 그것을 보고 놀란 사람이 나만은 아
닐 것이다. 그것은 장발에 콧수염을 기른 히피 혹은 인프라레알리스
트 시절의 반체제 젊은이, 갓 사춘기를 지난 볼라뇨의 모습이었지 우
리가 익히 알고 있는 차분하게 집필에 몰두하던 중년의 볼라뇨가 아
니었다. 순진하게도 나는 이 사진을 보고 좋아했다. 소설의 상당 부분
을 차지하고 있는 볼라뇨의 젊은 시절 사진을 편집자들이 찾아냈다고
생각했던 것이다. (현재 인프라레알리스트들은 웹사이트를 열었고,
이런 사진들이 거기에 여럿 나와 있다. 내 친구들인 페페 페게로Pepe
Peguero, 피타Pita, 〈막Mac〉, 그리고 파리에 살고 있는 페루 신문 기
자이자 내가 인프라레알리스트 그룹에 속한 줄도 몰랐던 호세 로사
스José Rosas의 모습도 볼 수 있다.) 책이 갓 출간된 시점이었고 뉴욕
의 미디어들 역시 거기에 대해 막 반응하기 시작할 때라, 나는
1960~1970년대의 저항적인 반문화에 대한 향수를 담은 이 사진이 완
벽하게 조직된 마케팅 전략의 일부분이라는 사실을 깨닫지 못했었다.

작가의 사진에 관련된 대다수의 논평들이 볼라뇨의 파란만장했던
젊은 시절의 에피소드를 과장적으로 떠들어 댄 것은 단순한 우연이
아니었다. 오디세우스처럼 온갖 역경을 이기고 멕시코에서 칠레까지
귀환한 것, 칠레에서 쿠데타가 나자마자 수감된 것, 시인 마리오 산티
아고와 함께 시작했던 인프라레알리스모 운동이 좌절된 것, 유럽 이
곳저곳을 방랑하며 살던 것, 캠핑장 경비원이나 접시닦이 같은 임시
직을 전전한 것, 그리고 마약 중독자였다가 갑자기 죽음을 맞았다는
것 등등. 〈미디어에서 떠들어 대는 이단아적인 에피소드들은 너무나

매력적이어서, 볼라뇨 신화화가 증폭될수록 비극적으로 느껴지기조차 한다. 청춘 시절의 이상(理想)을 마지막까지 살아 낸 인물이 바로 거기 있는 것이다. 《라틴 아메리카 문학의 커트 코베인[4]을 발견하세요》라는 타이틀이 많은 것을 말해 주고 있지 않은가!〉

세라 폴락이 지적하다시피, 어떤 미국 평론가도 『야만스러운 탐정들』과 그의 대다수 산문 작품들은 〈점잖고 조용했던 한 가장이 썼다〉는 사실에 주목하지 않았다. 말년에 그는 자애로운 아버지였으며, 가장 큰 관심사는 바로 아이들이었다. 정부가 있기는 했지만, 정부와의 관계는 가장 보수적인 라틴 아메리카 스타일로 이루어졌고 그는 가정의 평화를 깨기를 원치 않았다. 〈미국 독자가 『야만스러운 탐정들』의 첫 페이지를 넘기기도 전에, 독자의 눈에 볼라뇨는 인생 자체가 이미 하나의 전설이 되어 버린 아르튀르 랭보와 비트족을 혼합한 인물처럼 보였다.〉 볼라뇨의 사망 원인은 간 질환으로 인해 제대로 된 치료가 불가능했던 오래된 췌장염이었지(볼라뇨가 블라네스에서 내게 그렇게 설명했다. 나 혼자 술을 마셨고 그는 차만 마셨다), 과다한 마약 복용이나 알코올 때문이 아니라는 사실을 대다수의 비평가들은 완전히 간과했다. 또한 50세를 일기로 그가 사망한 것은 발자크나 프루스트처럼 극단적으로 창작에 몰입했기 때문이지, 마약이나 스캔들로 얼룩진 미국의 팝 아이돌과는 다르다는 사실도 무시해 버렸다.

볼라뇨가 살아 있었더라면 그는 사람들이 자신을 제임스 딘이나 짐 모리슨, 혹은 라틴 아메리카 문학의 잭 케루악[5]이라고 부르는 것을 흔쾌히 받아들였을 것이다. 그가 소설 창작 초창기에 가르시아 포르

---

4 Kurt Cobain(1967~1994). 1987년에 결성된 전설적 록 그룹 너바나의 보컬 겸 기타리스트. 마약 중독에 시달리다 27세의 나이에 권총 자살했다.
5 Jack Kerouac(1922~1969). 미국 문학의 비트 세대의 대표적 작가, 시인.

타와 공저로 쓴 책의 제목이 〈모리슨의 제자가 조이스의 광신자에게 하는 충고〉라는 것은 단순한 우연은 아닐 것이다. 이런 호칭들의 이면에 숨은 진짜 동기를 알면 과히 좋아하진 않겠지만, 그건 또 다른 이야기이다. 볼라뇨가 기존 체제에 저항했던 것은 확실하지만 그는 정치적 운동에 참여한 혁명가나 폭도는 아니었고, 저주받은 작가(그의 젊은 시절 동료였던 베라크루스의 시인 오를란도 기엔 Orlando Guillén의 경우인데 기회가 있으면 나중에 이야기할 것이다)였던 것도 아니었다. 그는 레알 아카데미아 사전의 정의대로 저항아, 〈기존 질서에 대해 반발하고 대립하고 그에 맞서 논쟁을 벌이는〉 저항아였을 뿐이다.

그는 1970년대 우안 바뉴엘로스Huan Bañuelos나 옥타비오 파스로 대변되는 멕시코 문단의 기득권 세력에 저항했고, 이런 저항 정신으로 무장해서 아옌데가 통치하던 칠레로 떠났던 것이며 거기서 특별한 정치적 전투 활동을 전개하지도 않았다. 「뉴욕 타임스」의 한 기자가 이 여행에 대해 의문을 제기하기에, 나는 프랑스 바욘에 지금도 살고 있는 내 친구이자 영화감독 메메(마누엘 소르토Manuel Sorto)에게 전화를 걸어, 볼라뇨는 칠레에 갈 때나 거기서 떠날 때 엘살바도르를 거치면서 그의 집에 머물렀는지를 물어보았다. 볼라뇨는 『부적』에서 그렇게 이야기했던 것이다. 메메는 내게 이렇게 말해 주었다. 〈볼라뇨가 도착했을 때 그는 아직도 감방에 갇혔던 충격에서 벗어나지 못하고 있었어. 그는 콜로니아 아틀라카틀에 있는 우리 집에 머물렀지. 그리고 내가 그를 파르케 리베르타드 정류장에 데려다 주었고 그는 거기서 버스를 타고 과테말라로 떠났어.〉 볼라뇨는 마지막 순간까지 저항아였고, 행운의 여신이 그에게 다가왔을 때조차 라틴 아메리카 문학의 황금 송아지들, 특히 붐 세대 문학에 아무런 주저 없이 독설을 퍼부었다.

체 게바라의 이미지(카스트로 정권의 장관으로서의 이미지가 아닌, 오토바이를 타고 라틴 아메리카 전 대륙을 질주했던 방랑자의 이미지)가 문학 시장에서 체의 신화를 팔아먹는 데 사용되는 것처럼, 볼라뇨 인생의 이런 저항적인 면모는 미국에서 그의 신화를 구축하는 데 커다란 기여를 했다. 이런 식으로 취급하면 라틴 아메리카의 새로운 이미지란 것도 그다지 새로운 것은 아니다. 결국 그것은 케루악에서 시작된 〈로드트립road-trip〉이라는 낡은 신화를 가엘 가르시아 베르날Gael García Bernal의 얼굴을 통해 재유통시키는 데 불과한 것이니까. 이런 신선함이 라틴 아메리카의 신선함이라면, 이에 덧붙여 세라폴락이 강조하듯 『야만스러운 탐정들』의 미국식 독서에는 두 가지 메시지가 담겨 있다. 첫째는 이 소설이 반항과 모험을 다룬 〈청춘 시절의 이상주의〉를 환기하고 있다는 것, 둘째는 〈열여덟 살까지는 도전적 반항아로 살아도 좋지만, 거기서 성장하지 않는다면, 진지하고 정돈된 성숙한 어른이 되지 않는다면〉 아르투로 벨라노나 울리세스 리마의 삶이 그렇듯 〈그 결과는 매우 비극적일 수 있다〉는 의미에서 이 소설은 일종의 〈도덕적 교훈의 이야기〉로 읽힐 수 있다는 것이다. 폴락은 〈볼라뇨의 역할은 미국의 문화적 규범이 진실인 것처럼 홍보하는 것으로〉 환원되었다고 결론짓는다. 나도 이렇게 말하련다. 위대한 작품을 완성하기 위해 한곳에 정착해서 탄탄한 가정적 기반을 필요로 했던 우리의 소중한 작가에게 일어난 일이 바로 그런 일이었다고.

『야만스러운 탐정들』을 읽은 몇몇 미국 독자들이 라틴 아메리카 대륙에 대해 최악의 상투어, 보호주의적인 담론을 남발하게 된 것은 작가의 잘못이 아니다. 세라 폴락이 설명하듯 그 작품을 읽으며 미국 독자들은 노동에 대한 그들의 프로테스탄트적 윤리의 우월성을 재확인하게 되었고, 북미 대륙 사람들은 성실한 근로자이며 책임감이 강한, 성숙하고 정직한 성인으로 스스로를 인식하는 반면, 이웃인 남미 대륙 사람들은 게으르고 무책임하며 경범죄나 저지르는 사춘기 아동들처럼 취급하는 이분법을 더욱 강화시켰을 것이다. 폴락이 지적하다시피 이런 관점에서 보면 『야만스러운 탐정들』은 〈미국 독자들에게는 매우 실용적인 선택일 수 있다. 왜냐하면 그 책은 그들에게 이국적 야만성을 맛보는 즐거움과 문명인으로서의 그들의 우월성을 확인시켜 주기 때문이다〉. 다시 한 번 말하거니와, 〈누구를 위해 일하는 것인지 결코 알 수 없다〉. 혹은 시인 로케 달톤이 말했듯, 〈어느 누구나 청년 마르크스의 저작물을 갖고도 물기가 쭉 빠진 밋밋한 가지죽을 만들어 낼 수 있다. 정작 어려운 것은 그의 책들을 있는 그대로 보전하는 일, 즉 경고음을 울려 대는 개미집으로 바라볼 줄 아는 일이다〉.

Au contraire:

N-B.

VIII — Sauf une seule exception, l'infraction à la loi fiscale
n'est d'aucune influence sur la validité des actes.

IX — Il n'y a point fraude à user d'un moyen
legal à l'effet d'éviter ou atténuer les charges de l'impôt.

Cor:

Cepdt:

아침의 마르타

알방 오르시니
Alban Orsini

비트 세대와 현대극에 심취해 있는 작가. 잡지에 여러 편의 단편소설을 발표했다.

마르타에게 행해진 식탐은 내 손이 드러누운 그녀의 등을 수평으로 가로지르게 만든다. 마르타에게 행해진 식탐은 내 몸을 그녀 몸에 바짝 붙이게 만들고, 나로 하여금 그녀 육신이라는 공간을 소유하여 그 육신의 정수를 맛보게 만든다. 헐떡이는 소리, 어디 보자, 중얼거리네, 그뿐이다. 마르타에게 행해진 식탐은 내 영혼 속에 문신처럼 새겨진 한 생각, 그렇게, 침대 시트 속의 그녀는 너무 괜찮아라는 생각에 집착하게 만든다. 마르타에게 행해진 식탐은 나로 하여금 그녀의 귓전에 그녀가 지난밤에 내게 알려 준 세 마디를 흘려보내게 만들고, 그러면 그녀는 거기에 웃음으로 화답하는데 그때 그녀 육신이 파르르 떨리는 모습이 나는 좋다. 마르타에게 행해진 식탐은 내 침대 위에 벌거벗은 채 몸을 둥그렇게 웅크린, 어깨 위로 반쯤 올라가서 약간은 애매한 시트 아래의 그녀를 지켜보는 나를 세상에서 가장 행복한 사내로 만들어 준다. 마르타에게 행해진 식탐은 나로 하여금 그녀 목덜미의 머리채를 감아올려 그것들을 그녀 쇄골과 움푹한 눈언저리에 올려놓고 그녀 목덜미에 입맞춤하게 만든다. 내 턱에 걸리는 그녀의 보닛 모자 끝, 어디 보자, 능직 무늬구나, 그뿐이다. 마르타에게 행해진 식탐은 나로 하여금 내 라틴어를 잊게 만들고 그녀 입술에 다가가 그녀의 혀를 찾게 만든다. 마르타에게 행해진 식탐은 나로 하여금 손바닥으로 그녀 척추를 길게 쓰다듬게 만들고, 잠든 그녀 등 위의 혹 같은, 작은 산처럼 돋은 척추 뼈마디를 어루만지게 만든다. 소금기가 난다. 내 땀. 톱니처럼 돋아난, 그뿐이다. 마르타에게 행해진 식탐은 나로 하여금 그녀를 미동하는 덩어리로, 내 침대에 놓인 성스러운 이미지로, 거룩하기까지 한 이미지로, 몸체와 직각으로 뻗은 다리들이, 머리에서 꽃부리처럼 퍼져 불쑥 튀어나온 젖가슴과 엉덩이에 대꾸하는, 약간은 해체된

영상처럼 보이게 만든다. 어젯밤 마르타에게 행해진 식탐은 나로
하여금 그날 밤 그녀가 취했던 여러 모욕의 양상들을 잊게 만든다.

마르타에게 가해진 모욕은 나를 범죄로 몰아간다. 나로 하여금
그녀의 배를 가르게 한다. 이 순간 내 아파트에 벌거벗고 있는
마르타의 무례한 현존. 바람처럼 해치운 강간. 만약 그게 내가
아니었다 해도 다른 것들이 있다. 나를 물끄러미 응시하는 가구들은
내게 해명을 요구하고 있고, 길가로 활짝 열어젖힌
창문 너머로 휘날리는 투명한 대형 커튼들은 더 이상 나를
변호하지 않고, 나는 그들의 판결을 확연히 알아들을 수 있다.
전혀 애매하지 않은 판결. 벽장들은 견고하게 봉인된 입술들처럼
열리는 것을 강력하게 거부하고, 마르타가 제공하는 나른한 육신을
이유로 들어 공기 저항에 전혀 순응하지 않는다. 물리학의 오류.
과학적 변칙. 그녀가 존재하고 위치를 바꾼다는 단순한 방식을 통해
공간들을 밀어낼 수 있다는 사실을 램프들은 거부한다. 계속
지속되지 않았던 하나의 사물,
그들이 초대하지 않은 사물. 마르타에게 가해진 모욕은 나를
극단으로 몰고 가 마치 깨진 원처럼, 최후의 투쟁으로 몰아간다. 물론
내 물건들은 이것을 견디지 못할 것이다.
어쩌면 그것들이 나를 이겨야 할 의무가 있는지도 모른다. 나는
그것들을 잘 알고 있고 수차례 그렇게 되도록 내버려 두었다. 그들의
선고는 간결하고 준엄한 것이었다: 모르는 여자다. 숟가락들이 서로
부딪치는 소리를 내고 칼들이 저절로 꽂히기 시작한다. 책들이
뼈다귀가 되어 허공에서 소용돌이쳤고, 마르타가 내던진 옷가지들

사이로 드러난 앙상한 뼈대들 사이에서 메아리치듯 웅웅거린다. 책들이 일체를 온통 찢어발길 듯 서가에서 떨어져 전투를 벌인다. 책들은 날카로운 이빨을 갖고 있어서 거기 벗어 놓은 마르타의 허름한 옷들은 그 운명에서 벗어날 수 없을 것이다. 벽에 걸어 놓은 양탄자가 수직으로 치솟은 초벽으로부터 바둑판 모양의 바닥 타일들 위로 한 방울, 한 방울씩 떨어져 내린다. 텔레비전도 나를 용서하지 않는다. 텔레비전은 직사각형의 키클롭스의 외눈으로 그녀를 냉혹하게 응시한다. 내 모든 물건들이 마르타를 참을 수 없어 한다. 나는 나 자신을 정당화하려고 하지만, 그러나 나는 느낄 수가 있다. 마르타에게 가해진 모욕은 나를 곧 행동으로 몰아갈 것임. 십자가를 짊어진 모습으로 나를 정의할 것임.

라이터가 말한다. 〈그러니까 뭐야, 너 봤어, 어, 말해 봐, 너 봤냐고? 그녀의 육신이 전투가 끝난 후 죽은 동물 같은 꼬락서니를 하고 있는 것을……. 하지만 그건 먹고, 이것 봐, 먹고 비우고, 또 채우는 파이프와 같아. 그러니까 엄밀하게 말하자면. 이건 뭔가 잘못된 거야……〉 라이터가 내 담배에 불을 붙인다.

담배가 말한다. 〈그러니까 뭐야, 너 봤어, 어, 말해 봐, 너 봤냐고? 지난밤에, 어, 그게 뭐냐고? 그녀를 내보내……. 그녀의 아름다운 빛깔이 아직도 조금은 춤추고 있고 그녀에게 살아 있는 무게감을 주고는 있지만, 그래도 너무 나가, 무게가. 그래 좋아, 그녀는 존재한다는 것 말고는 아무 유용성이라곤 없어. 그러니까, 이건 뭔가 잘못된 거야……〉 내가 피우는 게 이 담배다. 노랗게 변색된 손가락 끝으로.

〈그녀는 너를 사랑한다는 시늉을 할 뿐이야. 우리는 물론 너를 사랑

해, 물론이지.〉

내가 담배 냄새를 지우기 위해 태우는 아르메니아 종이[1]가 말한다. 〈그녀의 향기: 천박해. 그녀의 한계: 진지하지 않아.〉

반쯤 죽은 것 같은 새벽에 태우는 담배에서는 특별한 냄새가 난다.

마르타의 등과 팔을 흐르는 가늘고 푸른 혈관들.

그러면 나는 어깨 위로 휘말려 올라간 시트 더미 아래 마르타의 척추를 본다. 오직 그것만 본다. 색칠한 것 같은 긴 띠가 천식 환자처럼 호흡하는 리듬을 따라 뱀처럼 흐느적거리는 것을. 혹 모양의, 작은 언덕 같은 척추 돌기들의 혀.

혀의 모습이 나타나고 노래하고, 잔털이라곤 없는데, 순간 째지는 소리를 낸다. 머리에서 엉덩이까지 연결된 등줄기의 혀.

순간 그것을 그녀 몸에서 잡아채고 싶은 욕망이 든다. 그것의 감촉을 느끼고 마치 진짜 물건인 양 그것을 정의하고, 그것과 한 몸이 되고, 그것과 결합해서 아무런 움직임 없는 그것들의 물리적 차원 속에서 동일해지고 싶다는 욕망. 아무런 미동 없는 죽음의 차원에서. 아무 소리도 울리지 않는 교회 종소리처럼. 지난밤 뒤엉켰던 우리 육신의 투쟁을 비물질성 속에서 재연하기 위해서. 모든 것이 완전해지기 위해서, 물렁하지 않은 단단한 나무와 같은 부동적인 사물의 통일성 속에서 내가 그녀를 하나의 조각상으로 빚어내기 위해서.

아마도 나는 이렇게 말할 수 있으리라. 〈좋아 그래, 지난번에 그녀가 떠났을 때 그녀의 그림자는 여기에 3일은 남아 있었고, 너희들은 아무 말도 하지 않았어!〉

하지만 그게 무슨 소용이 있겠는가?

---

1 아르메니아의 원주민들이 사용하던 벤조인 나무 진액을 원료로 한 것으로, 이것을 태우면 향을 피우며 공기를 정화한다.

재떨이가 내게 반박한다. 〈그러니까 뭐야, 너 봤어, 어, 말해 봐, 너 봤냐고? 우리들이 살아 있는 사물들에게 그렇듯, 너는 마르타에게 행해진 식탐과 모욕에 싫증날 거 아냐! 우리들이 저거보다는 나아. 좋아. 적어도 우리는 아무런 변화도 없이 그대로 남아 있잖아. 우리는 움직여서 공기를 흩뜨려 놓는 일도 없어. 부동성은 구원이고 움직임은 즉흥적인 부패야. 네가 계속 그녀를 곁에 둔다면 뭔가가 잘못될 거야……〉 이 재떨이가 입을 열어 내 담뱃재와 아직도 뜨거운 담배꽁초를 받아들인다.

그 위로 놓인 아르메니아 종이.
그리고 나는 등 위로 사랑스럽게 칼날을 꽂는다.
그녀가 잠에서 깬다.
나를 바라본다.
그녀의 눈은 박하사탕이다.
첫 데이트 전에 빨아 먹는 박하사탕.
너무 독특한 맛이라 다시는 그 맛을 되찾을 길 없는 박하사탕.
내게 미소를 짓는다.
물건들이 입을 다문다.
사물들은 각자 위치에 고정되어 있다.
그녀에 관해서 나를 이겨 먹을 태세로.
수용 거부.
투옥.
혼과 육체의 분리.
담뱃불이 잘못 꺼졌다. 종이 타는 냄새만 나지, 아르메니아 종이 타는 냄새는 나지 않는다.

그것들은 그대로 방치된 채, 마르타에게 행해진 식탐과 모욕에도 불구하고 시간은 계속 퍼져 간다.

〈뭐하는 거야? 날 죽일 생각이야?〉 아직도 뿌연 밤에서 덜 깬 목소리로 그녀가 내게 묻는다. 그리고 전날 내게 했던 세 마디 말도.

나는 아니라고 바보같이 대답하고 그 자리에 얼어붙어 있다.

결국 나를 무생물로 만드는 것은 그녀이다.

〈왜냐하면 펜을 가지고…….〉

그녀는 다시 미소 짓는다. 한층 아름다운 미소.

나는 내 손 안의 물건을 바라본다.

내가 겁쟁이가 된 것 같다. 네 가지 색깔이 나오는 빅 볼펜. 하지만 솔직히 말하면……

나는 덧붙였다.

〈아니, 네 몸에 뭔가 쓰려고 그랬어……〉

그게 내가 한 것이다.

욕실에서 칫솔이 자살하려 한다.

내일 나는 담배를 끊는다.

당신은
볼라뇨
입니다*

훌리오 P. 라몬
번역 박훌요

박훌요: 로베르토 볼라뇨의 팬 블로그 vivabolano.
tistory.com 운영자. 20세기 중남미 소설에 관심이
많다. 후장 사실주의자.

* 「엘 파이스」에서 볼라뇨 9주기 특집으로 구성한 기사에 실린 글 중 하나. 원제는 ⟨Tú
eres Bolaño⟩로 ⟨너는 볼라뇨야⟩라고 해석되지만 한국 정서에 맞춰 높임말을 사용했다.

볼라뇨는 내가 만난 최초의 작가였다. 당시 나는 언론계에 막 발을 담근 풋내기 기자였다. 원래 「엘 파이스」에서 진행하는 볼라뇨 인터뷰는 하비에르 세르카스가 도맡아 했다(그는 볼라뇨라면 〈만세!〉를 외치고도 남을 인물이었다). 그러나 전해에 출간된 『살라미나의 병사들』의 인기로 낭독회나 출판 기념회가 늘어나면서 시간을 내기가 어려워졌다. 평소 문학에 대한, 특히 시에 대한 내 애정을 눈여겨봤는지 세르카스는 자신을 대신할 인터뷰어로 나를 추천했다. 그리하여 나는 스페인이 월드컵 8강에서 한국이라는 자그마한 나라에 패한 해 여름, 바르셀로나와 헤로나 사이에 있는 해안가 마을 블라네스에 도착하게 되었다.

지금이야 시집을 두 권이나 펴내 시인인 양 어깨에 힘을 줄 때도 있지만 그땐 습작생에 불과했다. 그러니까 하루 종일 시에 대해 생각하던 시기였다. 그리고 볼라뇨의 시를 읽어 보았다. 솔직히 그의 시는 그리 좋은 편이 아니었다. 더군다나 혈기왕성하던 시절 그가 중남미 시단에서 양대 주적으로 삼던 옥타비오 파스나 파블로 네루다에 비하면 부족한 실력이었다. 하지만 그는 멕시코판 초현실주의 운동이라 할 수 있는 인프라레알리스모 운동에서 앙드레 브르통 같은 역할을 하려 했다. 그 젊음의 끓어오르는 에너지. 그러나 결과는 실패로 돌아갔다. 그는 유럽을 떠돌다가 헤로나에 도착했고 행상을 하며 가난하게 살았다. 아이들이 태어났고, 줄곧 시를 쓰던 볼라뇨는 생계를 위해 본격적으로 소설을 쓰기 시작했다. 그리고 인터뷰를 하던 즈음, 그의 눈앞에 성공이라는 두 글자가 보이는 듯했다. 블라네스의 상 조르디Sant Jordi 서점 진열대에는 보란 듯이 『야만스러운 탐정들』이 전시되어 있었다. 특이한 일이 아니었다. 스페인에선 덜한 편이지만 중남미에선 어떤 서점의 진열대에서도 그의 책을 쉽게 찾아볼 수 있었다. 로물로 가예고스상 수상작이라는 프리미엄도 붙은 데다, 무엇보다 그 작은 마을은 볼라뇨가 거주하고 있던 곳이 아닌가.

블라네스의 암플레 거리에 약속한 장소가 있었다. 간판이 인상적이었다. 노란색 바탕에 붉은색 〈La Gran Muralla〉.[1] 볼라뇨가 즐겨 찾는 중국식 음식점이었다. 가게 안으로 들어가 중국인처럼 보이는 주인에게 볼라뇨를 만나러 왔다고 말했다. 그는 (카탈루냐어가 아니라) 유창한 스페인어로 〈엘 칠레노[2]는 이미 와서 기다리고 있습니다〉라며 나를 작은 방으로 안내했다. 볼라뇨의 첫인상은 세르카스가 종종 말하곤 하던 모습 그대로였다. 〈잡동사니를 팔며 시장 바닥을 전전하는 히피 잡상인의 모습.〉

가볍게 인사를 나눴다. 이후 볼라뇨는 자신이 살고 있는 곳에 대해 설을 풀기 시작했다. 블라네스의 아름다운 봄에 대해서, 수많은 사람으로 가득한 브라바 해변의 뜨거운 여름에 대해서, 이와 대조적으로 유령의 마을처럼 보일 때도 있는 브라바 해변의 겨울에 대해서. 그의 에세이에서도 쉽게 접할 수 있는 블라네스와 브라바 해변. 그가 이곳에 머문 지도 어느덧 15년이 훌쩍 넘었다. 이름을 알 수 없는 음식들이 하나둘 나오기 시작했다. 나는 블라네스에서의 삶, 다시 말해 망명자로서의 삶에 대해 먼저 물어보았다. 볼라뇨는 작가에게 망명이 그다지 나쁜 경험이 아니라고 말했다. 변호사나 정치인처럼 해외로 나가면 물 밖의 물고기나 마찬가지인 직업과 달리, 작가는 어디에서나 일을 할 수 있다고 했다. 그러고 이렇게 덧붙였다.

「사실상 망명은 사라지는 것이 아니라 작아지는 것을 의미합니다. 천천히, 현기증이 날 정도로 조금씩 작아져서 자신의 진정한 크기를 획

---

1 스페인어로 〈만리장성〉이라는 뜻.
2 칠레인. 동네 사람들은 그를 〈엘 칠레노〉라고 불렀다고 한다.

득하는 거죠. 어쩌면 작가들과 독자들은 유년기를 지나면서 망명을 시작하는 건지도 모르겠습니다. 그러니 문학에서 망명 작가라는 명칭을 따로 부여할 필요는 없을 것 같습니다. 모든 작가는 문학에 뛰어들었다는 사실만으로 이미 망명자라고 할 수 있으니까요. 독자 역시 책을 펼쳤다는 것만으로 이미 망명자고요.」

(망명) 작가이자 (망명) 시인인 로베르토 볼라뇨. 소설가로 유명해지긴 했지만 그는 시도 꾸준히 발표했다. 그는 어떻게 불리는 걸 선호할까. 그는 자신의 존재를 어떻게 인식하고 있을까. 망명에 대한 이야기가 마무리될 무렵, 나는 시에 대해 간단히 물어보았다. 최근에 인상 깊게 본 시가 있느냐는 질문이었다. 이면에는 시인으로서 그의 자의식을 살펴볼 꿍꿍이속도 있었다. 볼라뇨가 질문의 이면까지 감지했는지는 알 수 없지만 결과적으로 그는 우회적인 답변을 내놓았다. 대뜸 니카노르 파라를 언급했던 것이다. 동문서답처럼 느껴졌지만 그가 파라를 얼마나 흠모하는지를 생각하면 충분히 수긍할 수 있는 일이기도 했다.

「파라의 시와 관련해서 확신할 수 있는 게 하나 있어요. 21세기에도 살아남을 거라는 점이죠. 용감한 사람이라면 파라를 따를 거예요. 젊은이들만이 용감하죠. 순수한 영혼을 가진 젊은이들. 제가 아는 한, 파라의 작품을 명민하게 이해한 사람은 마리오 산티아고가 유일해요. 나머지 사람들은 그저 검은 별똥별을 봤을 뿐이죠. 그건 나도 마찬가지고요.」

만족스러운 답변이 아니었으나 당장 내 속에 있는 질문을 꺼내기가 쉽지 않았다(지금 돌이켜 보건대, 습작생 특유의 치기와 유약함이 공존했던 것 같다). 우리는 천천히 음식을 먹었다. 볼라뇨가 각각의 음식에 대해 간단히 설명해 주긴 했으나 지금으로선 아무것도 기억나지 않는다. 오는 길에 서점 진열대에서 봤다며 『야만스러운 탐정들』을 화제로 꺼냈다. 늦었지만 로물로 가예고스상 수상을 축하한다는 말도 보탰다. 예상했던 대로 그의 목소리는 담담했다.

「수상과 관련된 일은 대체로 운의 문제예요. 『야만스러운 탐정들』 이 그렇게 나쁜 소설은 아니란 말일 수도 있겠고요. 그래도 솔직히 운 이 좋았죠.」

그는 그렇게 말하고는 잠시 틈을 두더니 다시 이야기를 이어 갔다.

「인간과 시대에 대해 쓰려고 했어요. 멕시코 이야기를 쓴 이유는 그 냥 내가 가장 잘 아는 주제였기 때문이고요. 엄밀하게 말해 이건 문학 에 관한 소설이 아니거든요. 내가 쓴 문학에 관한 소설은 『아메리카의 나치 문학』이 유일해요. 『야만스러운 탐정들』은 젊은 시절을 추억하 며 마리오 산티아고와 같이 웃고 즐기려고 쓴 작품이에요. 특별히 인 프라레알리스모를 부각시킬 의도는 없었고요. 마리오 산티아고의 삶 의 파편들을 어느 정도 충실하게 옮겨 썼다고 생각해요. 그 친구와 친 구가 될 수 있었던 건 나에겐 행운이었죠.」

그는 잠시 입을 다물고 천장을 바라보았다. 커다란 선풍기가 돌아 가고 있었다. 『야만스러운 탐정들』은 1998년에 출간되었고, 그해 1월 마리오 산티아고는 교통사고로 사망했다. 볼라뇨는 다시 입을 뗐다.

「『야만스러운 탐정들』을 읽는 방법은 여러 가지가 있을 것 같아요. 마크 트웨인의 『허클베리 핀』에 대한 흔적을 보는 것도 그중 하나죠. 특히 소설 2부에 나오는 수많은 목소리. 그 목소리의 흐름을 미시시피 강이라고 볼 수도 있을 겁니다. 소설에 어떤 세대의 패배와 행복을 동 시에 반영하려고 했어요. 여기서 행복이란, 경우에 따라 용기를 뜻하 기도 하겠지만, 반대로 용기의 한계를 말하는 걸 수도 있어요. 소설에 나오는 많은 목소리만큼이나 다양한 독법이 있을 거라고 생각해요.

고통스럽게 읽을 수도 있을 것이고, 또한 신나게 읽을 수도 있겠죠. 어떻든 간에 내가 보르헤스와 코르타사르의 작품에 영원한 빚이 있다는 점은 명백합니다.」

볼라뇨는 그렇게 보르헤스와 코르타사르에게 감사를 표했다. 하지만 『야만스러운 탐정들』에는 그가 영향을 받았거나 의식적으로 오마주했을 작가와 작품들이 수두룩할 것이다. 그가 천 권에 버금가는 책 중 하나로 꼽았던 『인생 사용법』에서 조르주 페렉이 그러했던 것처럼. 독서광 볼라뇨, 그는 언제부터 그렇게 책을 많이 읽었을까. 어렸을 때는 어떤 작가들의 작품을 읽었을까.

「10대 시절은 에드거 앨런 포만 읽으면서 보냈어요. 훌륭한 시인이자 소설가였던 포. 프랑스에선 보들레르가 포를 번역했고 중남미에선 코르타사르가 포를 번역했죠. 각자 주력 분야는 다르지만, 보들레르와 코르타사르가 프랑스어권 문학과 스페인어권 문학에서 각각 어떤 위치를 차지하고 있는지를 생각해 보면 의미심장한 일이라고 할 수 있죠. 사실상 포는 단편 작가들이 알아야 할 모든 것을 가지고 있다고 봐도 무방합니다. 언제나 이 사실을 생각해야 하죠. 어쨌거나 중요한 건 계속해서 읽는 거라고 생각합니다. 읽는 것은 쓰는 것보다 항상 더 중요하니까요.」

그리고 잠시, 읽는 것이 쓰는 것보다 더 중요하다고 말하는 작가의 소설 작법이 이어진다. 「그냥 가는 겁니다. 근데 어디로 가는 게 좋을지는 몰라요.」 추상적이고, 모호하고, 그래서 어쩌면 진실에 가까운 듯 보이는 이야기. 물론 그는 〈소설을 쓰기 위해선 상상력이 아니라 기억력이 필요〉하다는 말과, 사람들의 예상과 달리 자신은 〈소설을 쓰기 시작할 때마다 머릿속에 매우 정교한 구조를 짜놓는다〉는 말을 덧붙이기도 했다. 하지만 결론은 결국 니카노르 파라였다. 「니카노르 파라가 말하길, 최고의 소설은 운율로 쓰인 겁니다.」 다시 니카노르 파라였고, 다시 시였다. 자연스럽게 다시 시에 대해 물어볼 계기가 마련된 것이다. 어떤 식으로 말을 꺼내야 할까. 우선 볼라뇨에게 무엇으로 글을 쓰는지 물었다.

「시는 손으로 써요. 그 밖에 다른 건 전부 1993년산 고물 컴퓨터로 쓰고요.」

나는 〈시를 계속 쓰시네요〉라고 대꾸했다. 물론 이면에는 〈소설가로 잘나가고 있음에도, 반면에 시인으로는 제대로 인정받지 못하고 있음에도 불구하고〉라는 의미가 담겨 있었다. 이번에는 그가 내 속내를 눈치챈 것 같았다. 그의 입꼬리가 슬쩍 올라갔다.

「이런 뭐 같은 세상에서 할 수 있는 가장 아름다운 일이 시 쓰는 일 아니겠습니까?」

나는 조금 더 직설적으로, 그러나 신중한 말투로 질문했다.

「소설가로서의 성공과 비교하자면 시인으로선 별로…… 알려지지 않은 것 같습니다. 수상 여부나 판매량은 차치하고라도 말입니다. 자기 존재에 대한 괴리감이랄까, 그런 게 느껴지지는 않습니까?」

줄곧 인상 좋은 얼굴로 있던 볼라뇨가 입술을 일자로 다물었다. 그는 다른 곳을 보며 입에 넣은 음식을 오물오물 씹어 목구멍으로 넘겼다. 그러고 나서 다시 내 얼굴을 쳐다보았다. 내가 늘 이상적으로 그려 왔던, 그러나 지금껏 단 한 번도 본 적이 없는 눈빛이었다.

「맞아요. 내 시는 실패했어요. 패배한 거죠. 하지만 그것 역시도 삶이에요. 계속 살아야죠. 시를 쓰든 소설을 쓰든, 쓰는 사람에게 중요한 건 쓰는 과정입니다. 인정을 받고 못 받고는 두 번째 문제죠. 걸작의 최우선 조건은 주목받지 않은 채 지나가는 겁니다. 아마도 카프카가 말했을 겁니다. 작가라면 죽은 사람처럼 글을 써야 한다고. 내 미래가 어떻게 될지는 저도 잘 모르겠습니다.」

　조금 횡설수설하고 있다는 게 느껴졌다. 그는 과연 무슨 말을 하고 싶었을까. 그의 진심은 무엇이었을까. 나는 아무 말도 하지 않은 채 가만히 그의 얼굴을 바라보았다. 이를테면 희망에 찬 것도 아니고 절망에 빠진 것도 아닌 듯한 그의 표정을. 낙관하지도 않고 비관하지도 않는 듯한 그의 자세를. 하긴, 시인이면 어떻고 소설가면 어떠랴. 그런 호칭이나 자의식이 볼라뇨에게 뭐가 그렇게 중요하겠는가. 그는 그 당시에도, 몸 상태가 정상이 아니었음에도 불구하고, 끊임없이 글을 쓰고 있었다. 결국 미완성 유작으로 발표된, 그러나 제목 그대로 최소한 2666년까지는 사라지지 않고 읽힐 『2666』이라는 작품을. 더불어 수많은 시들을.

　우리는 식사를 마치고 나와 잠시 거리를 걸었다. 헤어질 시간이 다가오고 있었다. 나는 미처 묻지 않은 것들이 있는지 머리를 굴렸다. 다시 정체성의 문제였다. 예를 들면 라틴 아메리카 작가와 스페인 작가의 차이점 같은 것.

　「개인적으론 라틴 아메리카 작가와 스페인 작가들을 분리할 수 없다고 믿습니다. 우리는 모두 스페인어라는 같은 언어 속에 사니까요. 최소한, 국경 같은 건 넘어선다고 생각해요. 그리고 우리 세대에는 이미 스페인 작가들과 라틴 아메리카 작가들의 토대가 섞여 있기도 하고요.」

　브라바 해변은 여행객들로 북적였다. 거기엔 국적이나 나이를 불문한 다양한 사람들이 뒤섞여 있었다. 볼라뇨가 어느 에세이에 썼던 것처럼, 거기에선 민주주의의 냄새가 났다. 문명의 냄새가 났다. 그는 힘들 땐 그저 버티는 것밖엔 다른 수가 없다고 했다. 그리고 자신이 미치지 않은 것은 늘 웃음을 간직하고 있었기 때문이라고 덧붙였다. 나는 볼라뇨에게 마지막으로 물었다.

「당신은 독자들에게 어떻게 기억되길 바랍니까? 소설가? 아니면 시인?」

볼라뇨는 이제야 그 질문을 하느냐는 듯 짧고 건조하게 웃었다. 마치 토끼의 웃음 같았다.

「나는 그냥 볼라뇨예요. 로베르토 볼라뇨입니다.」

우리는 요로 거리에 있는 그의 작업실 앞에서 헤어졌다. 그는 헤어지기 전 내게 진정한 시에 대해 말해 주었다. 진정한 시란 결국 감지되고, 공기 속에서 예고된다는 내용이었다. 그 말을 끝으로 그는 등을 돌려 건물 쪽으로 걸어갔다. 나는 작아지는 그의 뒷모습을 보며 그가 마지막으로 남긴 말을 되새겼다. 그가 건물 안으로 사라진 후 나는 버스 터미널로 발걸음을 옮겼다. 그것이 우리의 처음이자 마지막 만남이었다.

볼라뇨와의 짧은 만남이 어떤 의미였는지 현재로선 설명할 수 없다. 어쩌면 앞으로도 마찬가지일 것이다. 볼라뇨는 이듬해 간 부전으로 숨을 거두었다. 세르카스의 얼굴을 차마 똑바로 바라볼 수 없었다. 2년 뒤 나의 첫 시집이 출간되었다. 4년이 지난 후 두 번째 시집도 출간되었다. 나는 볼라뇨가 말했던 바대로의 진정한 시를 썼을까. 쓰고 있을까. 모를 일이다. 하지만 분명히 알고 있는 사실이 하나 있다. 볼라뇨는 내가 만난 최초의 시인이라는 점이다.

그는 줄곧 볼라뇨였고, 앞으로도 계속 볼라뇨일 것이다.

야만스러운
탐정들

장정일

1962년 경북 달성 출생의 작가. 1984년 무크지 『언
어의 세계』에 처음 시를 발표한 이래 시와 소설, 희
곡 등 다수의 작품을 발표했으며, 다양한 장르를 넘
나드는 글쓰기를 계속하고 있다.

로베르토 볼라뇨의 『야만스러운 탐정들』은 칠레에서 태어난 작가가 스페인에 살면서, 청년기의 고향이었던 멕시코에 관해 쓴 소설이다. 이 작품이 빚어낸 풍요로움 가운데 일부는 이처럼 복잡한 다국적성으로부터 왔다. 그런 까닭에 작품의 귀속처가 애매해진 것은, 문학사가들이 겪을 곤경이다. 칠레에서 태어나 청년기를 멕시코에서 보내고, 스페인으로 건너가 살았던 볼라뇨가 스페인어로 쓴 이 작품은 어느 나라 작품일까? 술이 떨어지자 새 술을 사러 나가는 청년에게 집주인인 은퇴 시인은 아래와 같이 가르쳐 준다.

나는 그가 나가기 전에 길을 일러 주었다. 레푸블리카 데 베네수엘라 가를 따라 브라질 가까지 가서 오른쪽으로 돌아 온두라스 가가 산타카타니라 광장까지 가고, 그곳에서 왼쪽으로 꺾어 칠레 가까지 간 뒤 다시 오른쪽으로 꺾어 라 라구니야 시장 방향으로 가다 보면, 보도 왼편에 있는 바 라 게레렌세를 발견할 거라고, (389면)

작중 어디에, 코스타리카 가도 나오는 것을 보면, 멕시코의 수도인 멕시코시티에는 라틴 아메리카의 모든 국명이 도로명으로 올라 있는 모양이다. 곁말이지만, 한국, 중국, 일본 작가들이 서로 주거니 받거니 개최지를 옮겨 가며 문학 포럼을 열어 온 지 오래되었다. 한자와 유교 문명을 공유하고 있으면서 서구 문명의 타자로 존재하는 동아시아의 동질성을 확인하고, 그것으로부터 무엇인가를 모색해 보자는 것이다. 하지만 하나의 언어권(스페인어)으로 결속되었을 뿐 아니라, 방금 본 인용처럼 그야말로 〈길바닥〉에서부터 다져진 운명의 동질성이 획득되지 않고서는, 실체로서의 〈동아시아 문학〉 따위가 생겨날 리 없다.
스페인어로 결속되고 정치·문화적으로 혼효된 라틴 아메리카의 사정은, 『야만스러운 탐정들』의 무대를 라틴 아메리카 전역으로 넓혀 놓았을 뿐 아니라, 역사적으로나 문학적으로 굉장히 복잡한 상호 텍스트성을 가능하게 만들었다. 예컨대 이 소설에 나오는 작가들의 이름을 다 정리하기만 해도 꽤 쓸모 있는 라틴 아메리카 작가 사전을 만들 수 있다. 하지만 앞서 명시해 놓았듯이, 볼라뇨가 젖을 먹고 자란 범(汎)라틴 아메리카는 이 풍요로운 작품의 일부를 구성할 뿐이다.

뒤늦지만, 『야만스러운 탐정들』이 지닌 풍요로움의 성질을 밝히기 위해 작품의 줄거리를 요약해 보자. 전체 3부로 구성된 이 작품의 1부와 3부는 17세의 시인 지망생 가르시아 마데로가 쓴 일기다. 시인이 되고자 했던 그는 아르투로 벨라노와 울리세스 리마가 주도하는 〈내장 사실주의 그룹〉에 가입한다. 멕시코 문단의 말썽쟁이로 떠오른 이 그룹은 순수시를 대표하는 옥타비오 파스와, 그보다 역량이 낮은 농민 시인(저항 시인) 모두를 거부하면서, 세계 문학사에서 사라진 〈프랑스 상징주의 → 다다 → 초현실주의〉의 맥을 멕시코에 되살리려고 한다(우리나라 시단으로 비유하자면 김춘수와 신경림 사이의 노선이랄까?). 내장 사실주의자들이 보기에, 프랑스 상징주의자, 다다이스트, 초현실주의자는 중산층의 허위의식과 체제 보전의 미학을 전복하려고 했던 혁신가들이며, 삶을 예술로 바꾸려고 했던 급진주의자들이다.

내장 사실주의 그룹의 단짝인 벨라노와 리마, 그리고 뒤늦게 합세한 풋내기 시인 지망생은 어쩌다 알베르토라는 무지막지한 포주에게서 도망친 루페라는 열여덟 살의 여자를 보호하게 된다. 세 사람은 그녀를 잡으러 온 포주를 따돌리고, 한 대의 차를 타고 무작정 멕시코시티를 탈출한다. 이것이 1975년 11월 2일부터 12월 31일까지의 일기로 이루어진 1부다.

3부는 1976년 1월 1일부터 2월 15일까지의 일기다. 멕시코시티를 탈출한 일행은, 〈내장 사실주의자의 어머니〉라는 세사레아 티나헤로의 행방을 찾아 멕시코 북부(소노라)로 향한다. 세사레아 티나헤로는 1920년대에 내장 사실주의라는 이름으로 활약을 했던 여성 시인으로, 한 편의 작품도 남기지 않은 채 종적을 감췄다(물론 주인공들은 은퇴한 시인이 간직하고 있는 옛 잡지에서 그녀의 시를 처음으로 보게 된다). 일행은 끊일 듯 말 듯한 세사레아의 단서를 찾아 점점 멕시코 오지로 깊이 빠져들게 되고, 오지로 들어간 만큼 점점 추락하는 세사레아의 일생을 더듬게 된다. 그리고 과거를 완전히 잊은 듯한 그녀를 발견하는 것과 동시에, 추적해 온 알베르토 일행(알베르토와 그의 친구인 경찰관)과 마주치게 된다. 옥신각신 끝에 포주와 경찰관이 죽고, 그 와중에 세사레아도 죽는다. 3부이자 이 소설의 대단원은, 주검을 묻고, 일행이 흩어지는 것으로 끝난다.

1부와 3부는 일기라는 형식을 빌리긴 했지만 〈옛날에, 어디서, 누가〉로 시작하여 문제 해결로 끝나는 전통적인 이야기 구조를 크게 벗어나지 못한다. 문제는 1부(11~215면)와 3부(899~982면)를 합한 것보다 두 배나 분량이 더 많은 2부(217~898면)다. 1부의 끝과 3부의 끝 이후가 교묘하게 교직되는 2부는, 세사레아의 행방을 찾기 위해 최초로 찾아갔던 은퇴 시인의 회고담(멕시코시티를 탈출한 1부의 끝과 연결된다)과, 세 사람의 주검을 사막에 묻고 나서 1996년까지 유럽, 남미, 아프리카 등지로 떠돌아다니는 벨라노와 리마의 여정으로 채워져 있다. 그런데 그들의 여정은 두 사람의 당사자에 의해서가 아니라, 8개 국가 15개 도시에 산재한 38명의 등장인물이 보이지 않는 한 명의 탐정에게 보고하는 식으로 전개된다. 일종의 퍼즐이 펼쳐지는 것이다.

2부는 멕시코에서 사라진 벨라노와 리마에 대한 후일담이면서 이를 구성하는 무수한 이야기 조각은, 그 자체로 완성도 높은 단편(콩트라고 부르든, 손바닥 소설이라고 부르든)이기도 하다. 스페인어권의 비평가들은 『야만스러운 탐정들』을 평하면서 〈보르헤스가 썼을 법한 소설〉이라는 극찬을 바쳤다. 하지만 그와 같은 칭송은 이 소설의 귀속처를 라틴 아메리카라는 지역성에 고착시키는 우를 범하는 것이다. 『야만스러운 탐정들』에 귀속처가 있어야 한다면, 그것은 무한한 진화가 가능한 현대 소설의 잡식성과 무경계성이다. 소설 독자들에게 그것을 가장 잘 보여 준 소설은 허먼 멜빌의 『모비 딕』일 것이다.

에이하브 선장이 모비 딕(백경)을 쫓는 이야기가 『모비 딕』이 아니듯, 『야만스러운 탐정들』 또한 누군가를 추적하는 이야기가 아니다. 표면적으로 보면 『야만스러운 탐정들』의 1부와 3부는 마치 랭보처럼 오지로 숨어 버린 세사레아를 그의 후배 시인들이 추적하는 이야기처럼 보인다. 또 2부는 죽은 포주의 형제나 경찰이 벨라노와 리마를 추적하는 이야기처럼 보인다. 하지만 『모비 딕』이 모비 딕을 쫓는 일과 아무 상관 없는 〈뒤죽박죽, 잡동사니〉 서사로 독자를 고해(苦海)에 빠뜨렸듯이, 『야만스러운 탐정들』 역시 독자를 끝없이 증식하는 이야기의 미로로 초대한다.

프랑스 상징주의, 다다, 초현실주의의 전복성을 멕시코에 되살리려고 했던 내장 사실주의는 떠들썩한 소문만 남기고 해체됐다. 아르튀르 랭보와 이름이 같은 벨라노는 아프리카에서 죽음을 택한 듯하고, 그의 동지였던 리마는 멕시코시티의 공원을 노숙자처럼 배회한다. 그들은 〈삶은 다른 곳에〉라는 랭보의 이상과 〈삶을 예술〉로 바꾸고자 했던 다다이스트의 급진성을 성취한 듯 보이지만, 문학적으로는 실패했다(무엇보다 이 두꺼운 소설에 그들의 시가 한 줄도 나오지 않는 게,

결정적인 증거다!). 아래는, 지금은 대서인으로 먹고사는 은퇴 시인과 사라진 세사레아가 40년 전에 나누었던 대화다.

우리 모든 멕시코 시인은 반골주의자라기보다는 내장 사실주의자라고. 하지만 뭐가 중요하겠어. 반골주의와 내장 사실주의는 우리가 정말로 이르고 싶은 곳에 이르기 위한 두 개의 가면일 뿐인데. 세사레아가 물었다. 우리가 어디에 이르고 싶어 하는데? 내가 말했다. 현대성이지, 그 빌어먹을 현대성에 이르고 싶은 거잖아. (748면)

유럽의 모든 전복적인 문학 운동은 현대성에 대한 조롱에서 비롯한다. 하지만 이탈리아의 후진성이 현대 문명을 찬양하는 미래파로 왜곡되었듯이, 〈빌어먹을 현대성〉에 이르는 것이 내장 사실주의의 목표였다면, 거기에 그들의 패착이 있었다. 세사레아는 자신을 오지로 유폐하기 전에 〈멕시코 혁명은 22세기에 일어날 것〉이라는 말을 남겼다. 그녀의 도피는 현대성의 성취와, 현대성의 극복이라는 이중의 과제에 저항하고자 하는 지극히 시인다운 발상에서였을까? 이 소설을 다 읽고 그림을 하나 그렸다. 볼라뇨가 소설 속에 그려 넣은 그림을 흉내 낸 것이다. 지금까지 쓴 쓸데없는 말보다, 『야만스러운 탐정들』에 대한 독후감으로는, 이 그림이 더 내 마음에 든다.

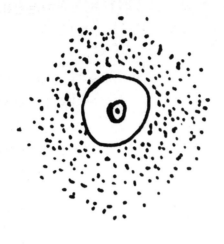

〈사막에서 길을 잃은 멕시코인 혹은 사막에 선 멕시코인〉

2012년 7월 10일, 서울 은평구 진흥로 3길

수면 부족의 서평가 금정연

인터넷 서점 알라딘에서 인문 분야 MD로 일했다. 여러 매체에 책에 관한 글을 쓰고 있으며 서평집 『서서비행』이 있다. 후장 사실주의자.

희극으로 시작된 모든 것은 무엇으로 끝나는가? 볼라뇨는 말한다. 비극으로. 희비극으로. 어김없이 희극으로. 암호 작업으로. 공포 영화처럼. 개선 행진처럼. 미스터리로. 허공에 대고 하는 위령 기도로. 희극적인, 그러나 더는 웃지 않는 독백으로. 모두 저마다의 대답들. 나는 덧붙인다. 그러니까 모든 것으로. 하지만 너무 늦었다. 희극으로 시작된 모든 것은 모든 것으로 끝나고 이미 끝나 버렸다. 이제 우리를 기다리는 건 침묵이다. 책장을 덮은 뒤의 침묵. 모든 것의 침묵. 나는 아무 말도 하지 못한다. 모든 것이 끝난 후에 무슨 말을 덧붙일 수 있단 말인가? 그러니 내가 하는 말은 아무것도 아니다. 정말이지 아무것도 아니다. 고작해야 요란하고 소란한 침묵일 뿐이다. 그것이 우리가 『야만스러운 탐정들』에 대해 말하는 유일한 방법이다. 나와 P의 방식이다. 그는 내게 볼라뇨를 소개했다. 이미 몇 권의 볼라뇨를 읽은 상태였지만, 나는 그냥 그렇게 말한다. 그는 소설을 쓰고, 볼라뇨 덕후다. 나는 덕후가 아니고, 서평을 쓴다. 볼라뇨에 대한 우리의 의견은 종종 어긋난다. 이를테면 『전화』의 경우. 나는 그 단편들을 좋아했지만 그는 아니었다. 다른 작품들에 비하면, 특히 아직 번역되지 않은 작품들과 비교하면 충분히 좋지 않다는 것이다. 번역되지 않은 작품들(그도 읽지 않았다)과 어떻게 비교한다는 건지 궁금했지만 묻지 않았다. 그는 다만 『야만스러운 탐정들』을 기다린다고 했다. 정정한다. 그는 『야만스러운 탐정들』을 기다린다고 했다. 그러니 나도 기다릴 수밖에. 누군가 굵은 글씨로 기다리는 책을 함께 기다리는 것이 내가 아는 진정한(어쩌면 유일한) 우정의 방식이다. 하지만 그는 기다리지 못하고 영문판을 읽기 시작했다. 나는 기다리지 못하고 그에게 감상을 묻기 시작했다. 그러자 침묵이 찾아왔다. 아직 잘 모르겠는데, 이제 겨우 중반이라, 아니 아직도 모르겠어, 뭐 그런 침묵들. 말이 되지 못한 채 침묵의 심연으로 떨어져 버린 언어의 조각들. 『*The Savage Detectives*』를 읽은 P는 더욱 고집스럽게 침묵을 지켰고, 계속해서 『야만스러운 탐정들』을 기다렸다. 나 역시 기다렸다. 인생이란 대체 얼마나 많은 기다림으로 채워진 것인지. 우리는 기다림을 원치 않지만 기다림은 언제나 우리를 기다린다. 기다림에게는 기다림쯤이야 아무것도 아닌 것이다. 우리가 우리 자신에게 그런 것처럼. 우리는 담배를 피우고 술을 마시고 스스로에게 진저리를 치는 일로 기다림의 속을 채웠고, 결국 두 권의 책을 손에 쥐었다. 한 손에 하나씩. 이번에도 그가 빨랐다. P는 읽었고, 두 번 읽었다. 나는 읽지 못했다. 나에게는 먹고살기 위해 해야 하는 일이 있다. 책을 읽는 일이지만 그 책은 아니었다. 적어도 그때는. 마침내 책을 펼친 내게 P는 묻는다. 『야만스러운 탐정들』에 대한 나의 감상을. 17세의 시인(나는 지망생이라는 말을 쓰지 않기로 한다) 가르시아 마데로의 일기 형식으로 이루어진 1부를 읽으며 나는 재미있다고, 무척이나 재미있다고 답한다. P는 웃는다. 책 속에서는 우연히 내장 사실주의라는 전위적인 문학 단체에 가입하게 된 마데로가 아르투로 벨라노와 울리세스 리마를 만나고, 자신을 돌봐 주던 숙부의 집을 떠나 여러 여성들과 함께 어울려 성기를 말 좆처럼 세우기도 하면서 나름대로 즐거운 시간을 보내고 있었다. 나는 그저 부러울 뿐이다. 남자란 무릇 커다란 야망과 성기를 가진 열일곱 살의 시인을 부러워하는 법이다. 책을 읽는 습관을 지닌 남자라면 더더욱. 부러움에도 아랑곳 않고 여인들 사이를 오가던 젊은 시인은 말썽에 휘말린다. 몸을 팔던 루페와 그녀의 기둥서방 사이에 끼였으니 인과응보라고 해 두자. 결국 마데로가 내장 사실주의의 선구자 세사레아 티나헤로를 찾아 떠나는 벨라노와 리마의 여정에 동행하는 것으로 1부는 막을 내린다. 사라진 시인을 찾아 떠나는 여행. 전형적인 볼라뇨식 이야기다.

2부는 다르다. 8개 국가 15개 도시 출신의 인물들이 인터뷰를 하듯 돌아가며 저마다의 사연을 늘어놓는 형식. 분량 또한 1부와 3부를 합친 것의 두 배가 넘는다. 고작 몇 페이지를 읽은 내게 P가 감상을 묻는다. 나는 실험을 위한 실험은 좋아하지 않는다고, 벌써부터 지루하다고 말한다. P는 다른 생각이다. 2부는 마치 넓은 강물과 같다고. 어느 순간 작은 이야기들이 개울이 모이듯 하나의 강물로 모이는 경험을 하게 될 거라고. 머릿속에 폭탄이 터지는 것 같은 느낌을 받을 거라고. 이 정도면 제법 요란한 침묵이다. 나는 직접 확인하고 싶고, 그렇게 한다. 1976년에서 1996년에 이르는 20년 동안의 이야기다. 각각의 장소에서 저마다의 시간을 살아가는 38명의 인물들은(대부분 시 혹은 다른 예술을 꿈꿨던 사람들이다) 삶의 어느 순간 벨라노와 리마를 만났고 이제 그들을 추억한다. 일종의 목격담. 그 속에서 그들은 엉터리 초현실주의자에서 마약 밀매상으로, 가짜 마르크스주의자에서 이도 저도 아닌 얼간이로 계속해서 모습을 바꾼다. 하지만 중요한 건 벨라노와 리마가 아니다. 적어도 2부의 인물들에게는. 그들에게는 각자의 삶이 있는 것이다. P가 감상을 묻는다. 나는 슬슬 재미있어지기 시작했다고, 속도가 붙었다고 말한다. 나는 페이지를 넘긴다. 넘긴다. 넘긴다. 그리고 폭탄이 터진다. 머릿속이 새하얗게 타버리는 기분. 나는 이해하지 못한다. 그저 활자가 모여 만들어 낸 단어를, 단어가 모여 만들어 낸 문장을, 문장이 모여 만들어 낸 목소리를 따라갔을 뿐이다. 그런데 폭탄이라고? 이미 늦었다. 터져 버린 머리에 이해력이 남았을 리 없다. 나는 그냥 목소리를 좇는다. 그 속에 담긴 그들 각각의 인생을. 비극을. 희비극을. 어김없는 희극을. 암호 작업을. 공포 영화를. 개선 행진을. 미스터리를. 허공에 대고 하는 위령 기도를. 희극적인, 그러나 더는 웃지 못할 독백을. 그건 모든 것이다. 폭탄은 계속해서 터진다.

머리가 너덜너덜해진다. P는 묻는다. 나는 아무 말도 하지 않는다. P는 더 이상 묻지 않는다. 3부는 다시 마데로와 벨라노와 리마의 이야기다. 하지만 그 내용을 여기에 요약하는 건 아무 의미 없는 일이다. 실은 처음부터 그랬던 것처럼. 모든 것은 오직 모든 것으로서만 말해질 수 있다. 나는 책장을 넘긴다. 더는 넘길 것이 남아 있지 않을 때까지. 그리고 깨닫는다. 모든 것이 끝났다는 사실을. 나는 안다. 안다는 것은 이해와 믿음 어디에도 속하지 않는 것이다. 볼라뇨도 알았다. 그래서 그는 말했다. 알고 있는 것을. 모든 것을. 모든 것을 말한다는 것은 모든 것을 다시 말한다는 것이다. 모든 것은 언제나 거기 있었으니까. 그는 알았고, 그렇게 했다. 문학으로서의 인생. 혹은 인생으로서의 문학. 모든 것이 반복됐고, 반복된 모든 것이 끝났다. 그러니 내가 무슨 말을 할 수 있겠는가? 그저 침묵할 수밖에. 바로 이렇게. 이건 아무 말도 아니다. 정말이지 아무 말도 아니다. 나는 기다릴 뿐이다. 언젠가 우리에게도 〈야만스러운 탐정들〉이 나타나기를. 그리하여 모든 것을 반복하기를. 돌이킬 수 없음을 돌이키기를. 마지막으로, 다시 마지막으로, 그리고 다시 마지막으로. 얼마나 기다려야 하는지도 모른 채 그저 기다리는 것이다. 다시. 희극으로 시작된 모든 것은 기다림으로 끝난다. 잠깐. 그런데 기다림을 끝이라고 할 수 있을까?

볼라뇨,
카페 라 아바나의
청춘

이경민

서울대학교 라틴 아메리카 연구소 선임 연구원. 멕시코 메트로폴리탄 자치 대학교에서 노마드 문학 개념을 통한 로베르토 볼라뇨 연구로 문학 박사 학위를 받았다. 옮긴 책으로 로베르토 볼라뇨의 『제3제국』, 『참을 수 없는 가우초』, 『살인 창녀들』(공역)이 있다.

고기 굽는 냄새가 진동하는 길거리 타코집, 교통 신호도 아랑곳 않고 길을 건너는 사람들, 부랑자들, 상인들, 연신 경음기를 울려 대는 자동차. 멕시코시티의 심장부는 늘 그렇게 부산하고 혼란스럽다. 나는 지금 차풀테펙 역을 나와 18세기 식민 시대 누에바 에스파냐의 부왕(副王) 안토니오 마리아 데 부카렐리의 명으로 건설된 부카렐리 가를 따라 중국 시계탑을 향해 느긋하게 걸어가고 있다. 구시가지와 차풀테펙 성을 동서로 잇는 멕시코시티의 중심가 레포르마 대로로 이어지는 이 길을 가다 보면 이른 새벽마다 신문 보급소가 들어서는 부카렐리 가와 모렐로스 가의 교차로를 만난다. 나는 〈내장 사실주의〉 패거리의 아지트인 카페 키토를 찾아가고 있다. 이 거리에 들어서면 언제나 『야만스러운 탐정들』의 치기 어린 시인들이 그 주변 어딘가를 배회하고 있을 것 같고 가르시아 마데로가 어느 카페에 앉아 시를 쓰고 있을 것 같다. 아르투로 벨라노와 울리세스 리마는 어디에 있을까? 어느 후미진 골목에서 몰래 마리화나를 피우며 킥킥거리고 있을까? 1920년대 아방가르드 시인들을 찾아 어딘가를 수소문하고 있을까? 아니면 어느 문학 모임에 다짜고짜 쳐들어가 난동을 피우고 있을까? 마데로의 일기는 어디에서 끝날까? 카페 키토에서 그들이 남긴 먼 향기가 내게 오기를 기대하며 시계탑 로터리를 지난다.

　　레포르마 대로나 차풀테펙 대로를 통해 『야만스러운 탐정들』의 에피소드를 그리며 아르티쿨로123 가의 노숙자와 눈을 맞추고 조잡한 그래피티가 그려진 폐점 상가를 지나 카페 키토로 향할 때면 〈청춘, 사랑, 죽음의 삼위일체가 마치 신의 계시처럼〉 내려와 주체할 수 없는 욕망과 이유 없는 반항의 시절, 그 짧은 〈사기극〉 같은 청춘으로 나를 이끄는 것 같다. 나는 성상 파괴와 문학 혁명을 꿈꾸며 보헤미안으로 살아가는 소설 속 내장 사실주의, 그리고 존재하지도 않았다는 듯 가라앉아 버린 1970년대 중반 멕시코의 〈인프라레알리스모〉 시인들을 다시 떠올린다. 환멸의 시대를 반달리즘적 객기로 버티면서 길을 잃고 방황한 청춘들. 나는 그들을 만나러 소설 속 카페 키토로 간다. 그곳은 한때 온갖 예술인과 지식인들의 만남의 장소였으며 논쟁과 축제의 장이었고 한 시대의 부침을 생생히 목격한 〈카페 라 아바나Cafe La Habana〉다. 스무 살의 볼라뇨는 그곳에서 〈순종적 육체〉를 거부한 청춘들과 더불어 문학 혁명을 꿈꿨으리라.

볼라뇨의 청춘 시절은 자꾸만 달아나는 꿈과 잔인한 현실, 머무름의 안락함과 미지의 모험을 향한 탈주의 긴장이었고 문학에 대한 신념과 절망 사이의 위태로운 외줄타기였다. 그는 1953년 칠레 산티아고에서 태어나 15세가 되던 1968년 가족과 함께 멕시코로 이주한다. 미국에선 베트남전 반대의 목소리 속에 마틴 루터 킹이 암살되었고 프랑스에선 5월 혁명이 있었으며 멕시코에선 민주화 운동이 틀라텔롤코 광장 학살로 짓밟힌 해였다. 17세에 학교에선 배울 게 없다며 학업을 그만둔 볼라뇨는 길거리에서 잡동사니를 팔며 시인의 꿈을 키우다 스무 살이 되던 1973년에 칠레로 돌아간다. 〈아옌데를 지지하기 위한〉 그 긴 육로 여행의 또 다른 목적은 다름 아닌 〈비트닉beatnik〉이었다. 자유와 혁명을 갈망한 청년 볼라뇨. 그러나 그의 바람과 달리 산티아고에 도착하기도 전에 아옌데는 피노체트에 의해 무너졌고 볼라뇨는 8일간 구류되었다가 경찰이 된 초등학교 동창의 도움으로 풀려난다.

멕시코로 돌아온 볼라뇨는 아방가르드 문학에 심취하여 1920년대 멕시코 〈반골주의Estridentismo〉 시인들을 찾아다녔고 그러던 중 『야만스러운 탐정들』에서 울리세스 리마로 그려진 마리오 산티아고를 만나 〈인프라레알리스모〉라는 문학 운동을 시작했다. 후에 볼라뇨가

〈멕시코식 다다이즘〉이라고 했던 이 예술 운동에는 부르주아 문화의 가치를 거부하고 기성세대의 예술과 결별하고자 하는 별의별 뜨내기들이 몰려들었다. 그들은 멕시코 문학과 문학 권력의 상징인 〈옥타비오 파스를 아작 내고〉 〈공식 문화의 대갈통을 깨야〉 한다면서 보이지 않는 어둠과 심연의 현실, 존재하지만 드러나지 않는 현실에 눈을 돌려야 한다고 외친다. 1977년 볼라뇨는 「모든 걸 털어 내고 새롭게 시작하자. 첫 번째 인프라레알리스모 선언」에서 밑바닥 사실주의자는 〈빛나지도 보이지도 않는 어두운 별들〉로서 더 이상 세계에 대한 새로운 비전을 제시하지 못하는 부르주아 문화의 〈축제〉를 반역적 상상력으로 전복해야 한다고 주장한다. 마리오 산티아고 또한 〈멕시코 시는 둘로 나뉘는데, 멕시코 시와 인프라레알리스모 시다〉라고 단언한다.

그들의 예술 운동은 공식 문화에 대한 저항이자 탈주의 표현이었다. 그러나 스무 살 남짓한 청년들이 견고한 〈정착 문화〉를 전복한다는 게 가당키나 했겠는가. 손에 쥔 게 아무것도 없는 그들이 싸우는 방식은 사변적 수사나 논리적 설복이 아니라 무모한 〈행동〉이었다. 각종 문학 모임이나 발표회에 쳐들어가(옥타비오 파스도 예외가 될 순 없었다) 엉뚱한 짓으로 난동을 부렸고 부랑자나 보헤미안처럼 거칠 것 없이 도시를 쏘다녔다. 어찌 보면 허세에 찬, 유치하고 무용하기 짝이 없고 어찌 보면 용감무쌍한 그들의 반항적 행위들은 사실 현실에 아무런 반향도 끌어내지 못했다.

그러나 그들의 예술 운동은 그저 하위문화로 치부하기보다는 공식 문화에 대한 대항적 문화 현상으로서 멕시코의 반문화counter culture 전통에서 이해되어야 한다. 그 대표적인 예가 1960년대 중반 〈온다〉라는 문학 운동이다. 이들은 72년간 장기 독재한 제도혁명당을 비난하면서 마약, 섹스, 로큰롤의 파티를 열며 모든 전통적 금기를 깨고자 했다. 더욱이 한동안 〈제국주의 문화〉로 취급되던 청바지, 히피, 보헤미안이 68학생 운동을 지나 1970년대에 접어들면서 청년들의 저항 문화 코드에 편입되었고 젊은이들은 그것을 무기로 억압적이고 부조리한 세상에 대들었다. 우리나라에서 1970~1980년대 대마초와 생맥주, 포크송과 록 음악이 유행처럼 번지고 이를 너무나도 〈염려한〉 나머지 짧은 치마와 장발을 단속한 걸 보면 겁 없는 청춘의 〈반항 문화〉의 힘이 어떤 것인지 짐작하고도 남을 것이다. 견고한 질서의 세계일수록 자유와 탈주에 대한 열망은 증폭된다.

긴 머리를 치렁치렁 늘어뜨린, 반항과 우수에 젖은 눈빛의 청년들 속에 볼라뇨가 있었다. 그들은 날이면 날마다 부카렐리 가 주변을 맴돌았고 카페 라 아바나에서 문학을 전복해야 한다며 은밀한 모의를 하고 술에 취해 비틀거리며 밤거리로 사라졌다. 체 게바라와 피델 카스트로가 쿠바 혁명을 꿈꿨던 바로 그 카페 라 아바나와 어둠의 뒷골목에서 볼라뇨는 반역 문학을 꿈꿨을 것이고 그 길 어느 모퉁이에서 세상에 역겨워하며 구토했을 것이다. 위대한 거장들에 대해, 라틴 아메리카의 붐 세대 작가들에 대해, 그들의 〈문학〉 권력과 자본주의의 충복이 된 다국적 출판사들에 침을 뱉으며 미지의 새로운 삶과 문학을 상상했을 것이다. 볼라뇨는 그렇게 그 안락한 〈집〉을 떠나고자 했다. 그의 문학이 자신의 삶처럼 방황과 탈주의 문학인 이유이다. 그리고 카페 라 아바나는 부모의 품을 떠나 모험의 땅을 꿈꾸게 한 〈가출〉의 시작이었다.

그리하여 볼라뇨의 탈주는 무작정 풍차로 돌진하는 돈키호테의 우수, 백경에 운명을 건 에이하브 선장의 광기, 허클베리 핀의 유쾌한 모험이 된다. 또한 거기에는 제임스 조이스, 에드거 앨런 포, 호르헤 루이스 보르헤스, 훌리오 코르타사르, 가르시아 마르케스, 후안 룰포의 향기가 혼탁하고 아리송하게 섞여 있다. 라틴 아메리카 현대 문학 최고 작가의 반열에 오른 볼라뇨의 글에서 우리는 카페 라 아바나에서 시작된 또 다른 길 잃기와 모험을 경험할 수 있을 것이다. 볼라뇨의 로시난테, 포드 임팔라를 타고 말이다. 나는 볼라뇨가 자신의 꿈과 함께 마셨을, 카페 라 아바나의 유난히 쓰고 신맛이 강한 커피를 마시며 잊었던 내 청춘의 꿈이 지금 어디에 있는지 생각하다 언제 다시 오게 될지 모를 그곳을 나왔다.

로베르토 볼라뇨 삼각형

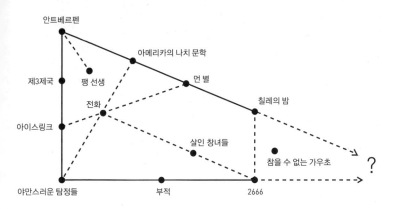

원작: 하비에르 모레노 수정: 이경민

볼라뇨는 자신의 문학 세계를 〈메타텍스트적 유희〉로 규정한 바 있다. 문학을 일종의 〈인용 체계〉로 간주한 보르헤스처럼 그 또한 (자기) 인용과 변용을 창작으로 이해한 것이다. 그런 이유로 그의 문학은 (단편) 소설과 시 문학 장르를 불문하고 상호 의존적으로 교차하는 분절적 연속체를 형성한다. 예를 들어, 『제3제국』의 주제인 나치즘은 『아메리카의 나치 문학』을 거쳐 『먼 별』, 『칠레의 밤』, 『2666』 등의 작품으로 투사되며, 『아메리카의 나치 문학』의 마지막 에피소드의 주인공인 라미레스 호프만은 『먼 별』에서 카를로스 비더로 재등장했다가 R. P. 잉글리시로 바뀌는데, 이 인물은 『전화』의 단편 「조안나 실베스트리」의 증언에서 다시 나타난다. 또한 『먼 별』에서 비더의 글을 비평한 이바카체나 비비아노라는 인물은 『칠레의 밤』에서 재등장한다. 마찬가지로 『제3제국』의 배경인 코스타 브라바는 『아이스링크』의 배경이 되며 이 작품이 지닌 다성적 목소리는 『야만스러운 탐정들』과 『2666』

에서 극대화된다. 더불어 『야만스러운 탐정들』에 등장한 아욱실리오의 이야기는 『부적』으로 확장되고 죽음과 폐허의 공간인 소노라는 『2666』의 산타 마리아와 아날로지적 상응 관계를 형성한다. 이렇듯 볼라뇨의 작품은 인물, 배경, 사건, 주제, 형식 등 다양한 지점에서 서로 맞물리며 움직인다. 그로 인해 볼라뇨의 작품은 문학적 유희가 되며 그 안에서 독자는 텍스트 추적자로 변모한다. 더불어 볼라뇨를 읽는 독자라면 볼라뇨의 작품 안에 흩어진 연쇄의 고리뿐만 아니라 다른 작가들의 작품의 흔적을 찾아내는 즐거움을 누리게 될 것이다. 그러나 그의 문학은 유희에 그치지 않는다. 그는 (문학) 세계의 내부 고발자로서 인간의 광기와 권력의 공포, 범죄와 폐허의 현대사를 파고들며 우리의 위선적 내면을 똑바로 주시하라고 성토한다. 그런 점에서 그의 문학은 거울이다. 그러나 그의 거울은 맑은 물에 씻고 화려하게 치장한 우리의 얼굴이 아니라 보는 것조차 겁이 나고 보는 것만으로도 역겹고 견디기 어려운 우리의 몸뚱이 속, 욕망과 이기와 고통으로 병들어 썩고 문드러진 우리의 내장을 비춘다. 친구가 죽었다는 소식에도 밀린 일 때문에 쉬지도 잠을 청하지도 못하는 자의 현실(『야만스러운 탐정들』), 지하실에서 전기 고문이 자행되고 있다는 것을 알면서도 모르는 체하는 지식인의 현실(『칠레의 밤』), 예술을 위해 살인을 저지르는 자의 현실(『먼 별』), 한 여자를 두고 삼각관계에 놓인 자가 경쟁자가 탄 비행기가 추락하길 바라는 무자비한 욕망의 현실(『2666』), 잔인한 살인 앞에 아무것도 할 수 없는(하지 않는) 현실(『2666』), 권력에 포위되어 생존에 직면한 여인의 현실(『부적』), 가상 세계가 현실을 초월한 현실(『제3제국』)이 우리의 야만적 현실이다. 그러하니 볼라뇨를 읽는다는 것은 추악한 현실을 보는 것이며, 어떠한 방식으로든 우리 모두가 그 현실의 공모자인 한 그의 문학을 추적하는 일은 불편한 모험이다. 부디 누구든지 그 불편함을 감수하고 그 모험에서 무언가를 찾을 수 있기를 소망한다.

삽화 출처

39, 47, 75, 94, 105, 117, 144, 161, 177, 201, 227, 242, 258, 268면 삽화: 뱅자맹 몽티Benjamin Monti의 2009년에 완성된 〈무제〉 시리즈. 리에주에 있는 나지아 빌렌 갤러리의 허락을 얻어 수록했다.
23, 276면 로베르트 볼라뇨 초상화: 라자르 브뤼앙Lazare Bruyant.

감사의 말

관련 자료 개선 작업에 참여한 로베르트 아무티오와 프랑수아 몽티, 열정적인 지원을 아끼지 않은 크리스티앙 부르구아 출판사와 도미니크 부르구아, 즉각적인 관대함과 호기심을 보여 준 엔리케 빌라마타스를 비롯한 작가들, 번역가들, A. C.와 G. 기꺼이 시간을 할애해 준 교정자들, 마지막까지 심혈을 기울인 Fric-Frac 클럽(www.fricfracclub.com) 회원들, 그 밖의 소규모 동호회 회원들, 〈*Pseudoceros bifuscus*〉의 단서를 알아낸 디디에, 인내심을 갖고 끝까지 참여한 히아니아 수아레스Gianina Suárez에게 감사한다.

볼라뇨 전염병 감염자들의 기록

옮긴이 신미경은 연세대 불문학과를 졸업한 후 프랑스 파리 제3대학에서 문학 박사 학위를 받았다. 저서로 『프랑스 문화 사회학』이 있고, 르 클레지오의 『홍수』, 프랑수아즈 프롱티시 뒤크루아의 『신화』, 다니엘 페낙의 『마법의 숙제』, 얀 아페리의 『디아볼루스 인 무지카』, 피에르 부르디외의 『사회학의 문제들』 등을 우리말로 옮겼다.

스페인어 감수 박세형은 1981년 홍성에서 태어나 서울대학교 서어서문학과를 졸업하고 동 대학원 석사 과정을 수료했다. 옮긴 책으로 로베르토 볼라뇨의 『전화』, 『아이스링크』, 『살인 창녀들』(공역)과 『볼라뇨, 로베르토 볼라뇨』(공역) 등이 있으며, 스페인어권 문학 및 다양한 세계 문학 작품을 소개하고 번역하는 일을 하고 있다.

지은이 에두아르도 라고 외   **옮긴이** 신미경   **발행인** 홍지웅   **발행처** 주식회사 열린책들
주소 경기도 파주시 문발로 253 파주출판도시   **전화** 031-955-4000   **팩스** 031-955-4004
홈페이지 www.openbooks.co.kr   Copyright (C) 주식회사 열린책들, 2014, *Printed in Korea.*   **ISBN** 978-89-329-1625-5 03860   **발행일** 2014년 5월 25일 초판 1쇄
이 도서의 국립중앙도서관 출판시도서목록 (CIP)은 e-CIP 홈페이지(http://www.nl.go.kr/ecip)에서 이용하실 수 있습니다. (CIP제어번호: CIP2014015403)